BASTEI
LÜBBE
TASCHENBUCH

Über den Autor:

Mark B. Mills schreibt Drehbücher und ist preisgekrönter Autor erfolgreicher Spannungsromane. Mit WARTEN AUF DOGGO wagt er sich in neue Gefilde und beweist sein sicheres Gespür für charmante Dialoge und herrlich pointierten Humor. Nach langen Aufenthalten in Italien und Frankreich lebt er inzwischen mit seiner Frau und seinen zwei Kindern in Oxford.

MARK B. MILLS

Warten auf Doggo

Roman

Übersetzung aus dem britischen
Englisch von Katja Bendels

BASTEI
LÜBBE
TASCHENBUCH

BASTEI LÜBBE TASCHENBUCH
Band 17 528

MIX
Papier aus verantwortungsvollen Quellen
FSC® C083411

Dieser Titel ist auch als Hörbuch und E-Book erschienen

Vollständige Taschenbuchausgabe
der bei Lübbe Ehrenwirth erschienenen Paperbackausgabe

Titel der englischen Originalausgabe: »Waiting for Doggo«
Originalverlag: Headline Review
Published by arrangement with Headline Review,
Headline Publishing Group, London

Textredaktion: Andreas Becker, Bonn
Titelillustration: © Ryan Fowler
Umschlaggestaltung: Mediabureau di Stefano, Berlin
Satz: hanseatenSatz-bremen, Bremen
Gesetzt aus der DTL Documenta ST
Druck und Verarbeitung: CPI books GmbH, Leck – Germany
Printed in Germany
ISBN 978-3-404-17528-4

2 4 5 3 1

Sie finden uns im Internet unter www.luebbe.de
Bitte beachten Sie auch: www.lesejury.de

Für Benny

Singe, als würde niemand zuhören. Liebe, als wurdest du niemals verletzt. Tanze, als würde niemand zusehen. Lebe, als wäre der Himmel auf Erden.

Mark Twain (1875)

Eins

Lieber Daniel,
oh mein Gott, das klingt so förmlich. So meine ich es gar nicht. Oder vielleicht doch. Wie bei so vielen Dingen weiß ich es nicht mehr so genau. Verdammt, ich würde den Brief noch mal von vorne anfangen, aber das hier ist schon der dritte Versuch, und ich muss meinen Flug kriegen.
Ich gehe weg, sehr weit weg. Wohin, kann ich dir nicht sagen. Ein Teil von mir möchte es dir sagen, aber es hat keinen Sinn, weil ich nicht weiß, wie lange ich dort sein werde. Jedenfalls ist es besser so. Das ist natürlich gelogen. Ich meine: Für mich ist es besser so, nicht für dich, obwohl ich weiß, dass du damit klarkommen wirst, denn du bist stark und vernünftig und ein bisschen kaltherzig.
Wir reden ein anderes Mal darüber, wenn ich mich diesem Gespräch gewachsen fühle – was ich gerade ganz offensichtlich nicht tue, denn sonst würde ich nicht nach Austral... Ups! (Das war ein Scherz. Siehst du, ich habe meinen Humor doch nicht verloren, wie du neulich gesagt hast.) Okay, es ist nicht wirklich lustig, wenn man die Umstände betrachtet. Ich sehe dich genau vor mir, wie du am Tisch stehst und das hier liest. Es tut mir so leid, mein liebster Schatz. Ich bin ein Feigling. So viel zumindest habe ich über mich gelernt. Und es tut mir leid wegen Doggo. Das ist al-

les meine Schuld. Keine Ahnung, was ich mir dabei gedacht habe. Was habe ich mir bloß dabei gedacht? Dass er alles ändern, uns heilen würde. Du hasst es, wenn ich so rede, so wie du es hasst, wenn ich von spirituellen Reisen und Energien und, ja, Engeln spreche.
Tatsache ist, ich glaube wirklich daran. Und du tust es nicht. Ist es das, worum es im Grunde geht? Vielleicht. Ich habe dich für deine höfliche Toleranz geliebt, dieses skeptische Lächeln in deinen Augen, aber jetzt macht es mich wahnsinnig. Es kommt mir zynisch vor und herablassend, so als würdest du glauben, du wüsstest auf alles eine Antwort. Tust du aber nicht. Wer tut das schon? Vielleicht ist das etwas, das du noch über dich lernen musst, so wie ich gelernt habe, dass ich ein Feigling bin. Vielleicht kann ich nur mit einem Mann zusammen sein, der an Engel glaubt. Keine Sorge, das heißt nicht, dass ich mit Brendon durchgebrannt bin. Brendon ist ein Arsch. Ich würde dich ihm jederzeit vorziehen. (Und wenn das kein Kompliment ist, was dann!?)
Nein, ich bin allein und reise mit leichtem Gepäck, wohin der Weg mich führt. Es gibt keinen anderen, nur mich und Du-weißt-schon-wen, »der, dessen Name niemals genannt werden darf«, wie du ihn im Scherz genannt hast. Du hältst ihn für ein Produkt meiner schrägen Fantasie, aber ich glaube daran, dass er bei mir ist und über mich wacht, und du kannst nicht leugnen, dass dieses Gefühl echt ist. (Selbst wenn du mit den Engeln recht hättest, was du nicht hast!)
Bring Doggo zurück. Irgendetwas sagt mir, dass du diesen Job bekommen wirst, und du kannst Doggo nicht den ganzen Tag in der Wohnung einschließen. Das wäre nicht fair, und es ist ja nicht so, dass ihr beide euch besonders gut verstanden hättet. Ist er gerade bei dir und starrt dich von da unten mit diesen seltsamen Augen an? Ich könnte schwören, er hat

mir eben voller Verachtung dabei zugesehen, wie ich meinen Koffer gepackt habe, als wüsste er, was ich da tue. Was natürlich Quatsch ist, denn er ist ja nur ein Hund, ein kleiner, hässlicher Hund. Nein, nicht direkt hässlich, aber du verstehst schon, was ich meine – nicht unbedingt mit einem umwerfenden Aussehen überfrachtet, das arme Ding. Ich glaube, er hat mir einfach leidgetan, als ich ihn gesehen habe. Ich fühle mich schrecklich, weil ich in seinem Leben herumgepfuscht habe, aber so hatte er wenigstens mal einen Tapetenwechsel, ein paar Tage Ferien. Ich hätte ihn selbst zurückgebracht, aber ich hatte keine Zeit mehr. Du siehst, ich habe das alles nicht geplant, es ist einfach über mich gekommen. Ich habe erkannt, was ich zu tun habe, und jetzt tue ich es.

Begehe ich gerade den größten Fehler meines Lebens? Ich denke nicht. Ich glaube, wir beide waren an einem Punkt, an dem wir eine Entscheidung gefällt hätten, die für uns beide nicht die richtige gewesen wäre, ganz sicher nicht für mich, und für dich wahrscheinlich auch nicht. Bitte hasse mich nicht, Daniel. Natürlich wirst du dich erniedrigt und gedemütigt fühlen, aber es könnte schlimmer sein. Es ist ja nicht so, als hätte ich dich vor dem Altar versetzt, und außerdem werden alle mir die Schuld geben und sagen, was für eine miese Schlampe ich sei, und das wird die Sache leichter für dich machen. Bitte versuche nicht, mich zu finden, und es bringt auch nichts, mich jetzt anzurufen, denn wenn du das hier liest, sitze ich schon im Flieger.

Liebe und Licht
Clara xxx

PS: Ich habe gerade alles noch mal durchgelesen und festgestellt, dass ich mich nicht ganz klar ausgedrückt habe. Es ist aus zwischen uns, im Moment zumindest, was, denke ich mal, heißt, für immer, aber wer weiß? Sag niemals nie, richtig? Ich muss mich wieder für andere Möglichkeiten offen fühlen (ja, okay, andere Männer). Ich kann dich nicht davon abhalten zu tun, was du tun willst, aber wenn du mit Polly schläfst, bringe ich dich um. Sie ist jung, verletzlich und sie vergöttert dich, aber sie ist auch meine kleine Schwester, also: »non toccare«, wie man in Italien sagt. (Das erinnert mich an den Souvenirladen in Lucca, wo du mir diese schreckliche Marienfigur aus Porzellan gekauft hast, weil du fandest, sie sieht aus wie mein Vater in Frauenkleidern.) x

Ich lege den Brief vorsichtig und mit zitternden Händen auf den Tisch. Kaltherzig? Wirklich? Zynisch und herablassend?

Ich bin mir nie herablassend vorgekommen. Es war unser kleines Spiel. Wir hatten die Regeln gemeinsam festgelegt. Astrologie, frühere Leben, Schutzengel, bei all diesen Dingen war Clara immer sofort hin und weg, und ich habe auf die Bremse getreten. Wir einigten uns darauf, dass wir uns nicht einig waren, und lachten gemeinsam darüber, denn das zwischen uns war stärker als all diese Dinge. Das zwischen uns war Liebe. Da waren wir uns einig. Sie kann doch nicht die Regeln ändern, in ein Flugzeug steigen und nach vier Jahren einfach verschwinden. Schließlich ist es auch mein Leben.

Ich will wütend sein, aber die Wut kommt nicht. Die vorgebrachten Anschuldigungen machen mich ein wenig benommen, und wie ein kalter Nebel beschleicht mich das Gefühl, dass ich womöglich schuldig im Sinne der Anklage bin.

Ich schaue nach unten. Doggo war eben noch da; jetzt liegt er auf dem Sofa. Er weiß, dass er nicht aufs Sofa darf, aber er scheint sich nicht allzu sehr darum zu scheren, wie ich reagieren könnte. Genau genommen würdigt er mich keines Blickes. Mit der Schnauze auf den Pfoten starrt er konzentriert aus dem Fenster, als läge in den vorüberziehenden Wolken die Lösung irgendeines metaphysischen Rätsels, mit dem er sich gerade beschäftigt.

»Doggo.«

Er reagiert nicht. Aber man muss dazu sagen, dass er noch nie darauf reagiert hat, wahrscheinlich weil er weiß, dass es eigentlich kein Name ist und wir ihn nur so nennen, bis wir entschieden haben, wie er wirklich heißen soll.

Wir haben alles versucht – sogar Websites mit Babynamen durchgeackert –, aber irgendwie hat keiner davon gepasst. Eine Zeit lang dachten wir, »Eustace« könnte die Antwort sein. Es hat nicht mal einen Tag gehalten. Laut Wikipedia war St. Eustachius ein römischer Feldherr, der sich zum Christentum bekehren ließ, nur um daraufhin eine ganze Reihe unangenehmer Torturen und Unglücksfälle zu erleiden, einschließlich der Erfahrung, gemeinsam mit seinen Söhnen in der bronzenen Skulptur eines Stiers bei lebendigem Leibe verbrannt zu werden. Das zumindest muss man Hadrian lassen: Er wusste nicht nur, wie man eine Mauer baut, er hatte auch eine ausgeprägte Fantasie, wenn es darum ging, sich seiner Feinde zu entledigen. St. Eustachius, das weiß ich jetzt, ist der Schutzpatron der Feuerwehrleute (also derjenigen, denen es offensichtlich nicht gelungen ist, die Flammen zu löschen, in denen er geröstet wurde) und ganz generell all derer, die sich in einer schwierigen Lage befinden.

»Eustace«, sage ich. »Ich befinde mich in einer schwierigen Lage.«

Doggo spitzt ein Ohr, nur eins, das linke, aber es ist kaum mehr als ein kurzes Zucken. Sein Blick hängt weiter an den vorbeiziehenden Wolken.

Ich hole mein Handy aus der Tasche. Ihre Nummer ist seit der Überraschungs-Geburtstagsparty für Clara im April darin gespeichert. Sie ist Koordinatorin für Kinderfreizeiten und scheint den Großteil ihrer Zeit damit zu verbringen, in Wales mit dem Schlauchboot durch irgendwelche Stromschnellen zu donnern. Da gerade Schulferien sind, stelle ich mich schon darauf ein, ihr auf die Mailbox zu sprechen.

Sie geht beim vierten Klingeln ran. »Daniel ...«

Nur ein Wort, aber es schwingt eine verheißungsvolle Mischung aus Freude, Überraschung und Erwartung darin.

»Hey, Polly.« Wieder zuckt Doggos Ohr, das rechte diesmal. »Wie läuft's denn so?«

Clara ist selbst schuld, sage ich mir und glaube es beinahe. Ich wäre gar nicht auf die Idee gekommen, wenn sie es nicht zur Sprache gebracht hätte.

»Gut«, zwitschert Polly. »Ich schufte wie ein Hund.«

Ich blicke zu Doggo, der auf dem Sofa festgeschweißt und beinahe eins damit geworden zu sein scheint, und frage mich, wo zum Teufel diese Redewendung ihren Ursprung haben mochte.

Zwei

Es fällt mir erst ein, als wir in den Bus steigen.

»Ist es erlaubt, Hunde mit in den Bus zu nehmen?«

»Die Entscheidung liegt beim Fahrer, Kumpel.«

Sie sitzen mittlerweile in einem Käfig – die Busfahrer meine ich –, zu ihrer eigenen Sicherheit, und er muss die Nase an die Plexiglasscheibe drücken, um Doggo da unten auf dem Boden richtig sehen zu können.

»Mein Gott«, murmelt er, nicht gerade begeistert. »Sie werden ihn auf den Schoß nehmen müssen.«

»Kann ich nicht. Wenn ich versuche, ihn hochzunehmen, beißt er.«

»Was? Bissig ist er auch? Eine Gefahr für die Öffentlichkeit?«

»Nein, nein, es ist nur …« Ich weiß nicht weiter. Was soll ich auch sagen? Es stimmt: Er wird mich beißen, wenn ich versuche, ihn hochzunehmen und auf meinen Schoß zu setzen.

»Tut mir leid, Kumpel, so sind die Vorschriften.« Bitte, sag es nicht, denke ich, aber er tut es: »Ich kann's mir nicht leisten, dafür meinen Job zu riskieren.«

Normalerweise würde ich jetzt anfangen, mit dem Mann zu diskutieren und sogar eine Szene machen, aber heute ist mir nicht danach. Ich war ja kaum in der Lage, mir ein Frühstücksei zu kochen. »Alles klar. Tut mir leid. Einen schönen Tag noch.«

Ich steige gerade wieder aus dem Bus, als der Fahrer sagt: »Na ja, wenn er ein Blindenhund wäre oder ein medizinischer Signalhund oder ein Begleithund ...«

»Ist er nicht.«

Der Fahrer rollt mit den Augen und erklärt es noch einmal ganz langsam für Minderbemittelte: »Weil der Fahrer bei denen nämlich nix sagen darf.«

»Oh ja, klar, er ist ein medizinischer Signalhund.« Um meine Aussage zu untermauern, klopfe ich mir bedeutungsvoll auf die Brust.

»Herzprobleme in Ihrem Alter?«, schnaubt er. »Sie wollen sich wohl über mich lustig machen.«

Dabei ist er derjenige, der sich über *mich* lustig macht. Er zwinkert mir zu und bedeutet mir mit einem Nicken, mir einen Sitzplatz zu suchen. Ich halte meine Oyster Card an das Lesegerät und danke ihm.

»Halten Sie ihn außer Sichtweite. Wir wollen schließlich nicht, dass er den anderen Passagieren Angst macht, nicht wahr?«

Diesmal ist es kein Scherz.

Das Battersea-Tierheim liegt eingequetscht zwischen einem alten Gaswerk und dem öden Brachland um das schon lange vom Netz genommene Battersea-Kraftwerk. Es gibt wohl kaum einen trostloseren Ort, um unerwünschte Haustiere unterzubringen. Das kleine dreieckige Areal wird auf zwei Seiten von Eisenbahnschienen und auf der dritten von einer stark befahrenen Straße begrenzt. Seit ich vor ein paar Jahren zum letzten Mal hier vorbeigefahren bin, ist das Tierheim renoviert worden. (Ich komme so gut wie nie auf diese Seite der Themse; mein Revier ist und bleibt North-West, aus dem simplen Grund, dass es mich zuerst dorthin verschlagen hat, als ich nach London gezogen bin.) Ein Gebäude mit runder Glasfassade präsentiert sich nun mit glänzendem Antlitz den vorbeifahrenden Autos. Die auffällig schicke Architektur wirkt ein wenig überzogen, ein grausamer Hohn für all die erwartungsfrohen Verwandten, die bei der Verlesung des Testaments ihrer Großtante Mabel plötzlich feststellen müssen, dass sie ihnen keinen Cent vermacht hat. Anders als in Frankreich oder Italien, wo es Regeln gibt und Gesetze, die den direkten Angehörigen einen rechtmäßigen Anteil am Erbe zusprechen, kann man hier in England seiner Familie noch aus dem Grab heraus eins reinwürgen, und der Tierschutz ist nicht selten der Gewinner eines solchen Erbschaftsstreits.

Doggo sieht nicht so aus, als würde er sich an diesen Ort erinnern. Er trippelt fröhlich hinein und scheint das schwache, aber trotz des Zuglärms deutlich vernehmbare Gekläff der Hunde gar nicht zu hören.

Ich schildere der Frau an der Anmeldung mein Problem. Sie ist so heiter und fröhlich wie der gesamte Eingangsbereich, in dem sie ihren Tag verbringt, sogar als sie mir erklärt, dass ich wirklich vorher hätte anrufen und einen Termin vereinbaren sollen. Wahrscheinlich bilde ich es mir nur ein, aber ich spüre eine leichte Gereiztheit in dem freundlichen Lächeln, das Laura (steht auf ihrem Namensschild) mir schenkt. Es erinnert mich an die Betreuer in dem düsteren Pflegeheim in der Nähe von Brighton, wo mein Großvater seine letzten Tage verbringt. Kann ein Mensch denn wirklich so schonungslos freundlich sein? Oder zeigen sie ihr wahres Ich, sobald die Tür hinter uns zugefallen ist, fluchen wie die Kesselflicker und lassen ihre Aggressionen an ihren unglückseligen Schutzbefohlenen aus? So viel zu meinem Vorsatz, meinen Zynismus, den Clara mir vorgeworfen hat, im Zaum zu halten.

Zehn Minuten später sitzen Doggo und ich in einem trostlosen Büro der nächsten forsch-fröhlichen jungen Dame in Poloshirt-Uniform gegenüber. Diese hier heißt Beth. Sie ist für die »Wiedereingliederung« zuständig und ganz offensichtlich nicht begeistert, einen Hund wiedereinzugliedern, den sie vor gerade einmal drei Wochen ausgegliedert hat. Ich bin erleichtert, festzustellen, dass sie menschlich ist. Beth ist ungefähr so alt wie ich, Ende zwanzig. Sie lehnt sich vor und stützt die Ellbogen auf den Tisch, während sie aufmerksam meiner Geschichte lauscht.

Ich spiele auf Sympathie: Dass es meine Freundin war, die den Hund wollte, dass sie mich nicht einmal gefragt hat, sondern einfach irgendwann mit ihm in der Tür stand, und wie sie mich dann einfach und ohne Vorwarnung hat sitzen lassen. Ich bin nicht, erkläre ich zerknirscht, in der Lage, mich allein um einen Hund zu kümmern. Beth nickt, und ich kann sehen, wie ihre Augen mein Gesicht auf Hinweise nach den Mängeln absuchen, die die arme Clara dazu genötigt haben, die Flucht zu ergreifen. Ich kann sehen, wie sie überlegt, ob ich brutal bin oder bloß langweilig. Mir ist egal, was sie von mir denkt, solange sie Doggo wieder zurücknimmt, damit ich mit meinem Leben fortfahren kann.

Ich ziehe den gelbbraunen Umschlag mit dem ganzen offiziellen Papierkram aus der Tasche, den Clara mir hingelegt hat. Beth braucht ihn nicht; sie hat ihre eigenen Unterlagen. Zwar habe sie Doggo nicht gekannt, aber sie sei erfreut, seine »Wiedereingliederung in die Einrichtung« vorzunehmen. Langsam klingt das Ganze für meinen Geschmack ein bisschen zu sehr nach George Orwell, aber ich grinse und danke ihr.

Wie sich herausstellt, hieß Doggo bei ihnen Mikey. Clara hat es mir gegenüber nie erwähnt, aber diese Unterlassung vergebe ich ihr. Mikey!? Das ist ungefähr so, als hätten Winston Churchills Eltern im letzten Moment ihre Meinung geändert und ihren strammen kleinen Burschen Brian getauft. Ich meine, hätten Roosevelt und Stalin sich jemals mit ihm in Jalta getroffen, wenn er Brian geheißen hätte?

Beth schaut in ihre Unterlagen und runzelt die Stirn. »Seltsam, er war nur eine Woche hier bei uns, bevor Ihre Freundin ihn mitgenommen hat.«

»Und?«

»Ich hätte ihn als Lebenslänglichen eingestuft.«

»Als Lebenslänglichen?«

»Wie im Gefängnis ... Das hier ist einer für die Langstrecke.«

»Warum sagen Sie das?«

»Na ja, schauen Sie ihn sich doch an.«

Ich schaue Doggo an, aber da gibt es nicht viel zu sehen. Er hat sich nach hinten gefaltet und leckt sich die Eier.

»Das ist nicht richtig«, sagt Beth.

»Doggo, hör auf damit.«

»Nein, ich meine, bei uns werden grundsätzlich alle Hunde kastriert, die hierherkommen.« Beth blättert in der Akte, bis sie findet, was sie gesucht hat. »Ah, okay. Er war gar nicht lange genug hier. Ihre Freundin hat sich bereiterklärt, das zu übernehmen.«

Diesmal korrigiere ich sie. »Meine Exfreundin.«

»Was auch immer. Sie hat hier unterschrieben, dass sie sich darum kümmern wird und ihn behandeln lässt.«

»Ihn behandeln lässt?«

»Schnipp schnapp.«

Ich zucke unwillkürlich zusammen. Vielleicht muss man ein männliches Wesen sein, um zu verstehen, dass man Kastration nicht auf eine Fingerschere und ein bisschen Lautmalerei reduzieren kann.

»Sie hat nie was davon gesagt.«

Beth legt die Hand auf die heilige Akte. »Hier steht's, schwarz auf weiß.«

Nur dass es nicht schwarz und weiß ist. Nein, es ist grau, ziemlich grau. Wir sprechen hier über Doggos Eier.

»Darüber muss ich nachdenken.«

»Es muss gemacht werden.«

»Warum?«

»Weil es einer unserer Grundsätze ist.«

Hätte sie mich ein wenig besser gekannt, dann hätte sie das nicht gesagt.

»Zu den Grundsätzen der Nazis gehörte es, Juden, Zigeuner und Homosexuelle zu vernichten. War es deshalb in Ordnung?«

Beth schaut mich tief verletzt an; sie schnappt sogar leise nach Luft. »Das ist jetzt wirklich nicht fair.« Ihre Augen glänzen plötzlich feucht, und ich blicke unangenehm berührt zur Seite. Doggo leckt sich noch immer die Eier. Ich kann mich nicht daran erinnern, ihn jemals so glücklich gesehen zu haben, und ertappe mich dabei, wie ich aufstehe und die Hand über den Schreibtisch strecke.

»Beth, es war mir ein Vergnügen, aber Doggo und ich werden jetzt gehen.«

Was ich hier gerade tue, ist absolut lächerlich. Er ist nur

ein Hund, ein Hund, den ich nie haben wollte, aber ich erwarte tatsächlich so was wie Dankbarkeit von ihm. Ein einziger anerkennender Blick zu der zweibeinigen Kreatur am anderen Ende der Leine hätte schon gereicht, aber nicht einmal den bekomme ich, als wir uns auf den Weg über die Straße zum Battersea-Park machen.

»Hey, Kumpel, die wollten dir die Eier abschneiden.«

Doggo bleibt stehen, um am Fuß eines Mülleimers zu schnüffeln.

»Ganz recht. Schnipp schnapp. *Adiós testículos.* Deine verdammten Klöten – weg.«

Mein Timing könnte nicht schlechter sein. Ich bin so auf Doggo konzentriert, frage mich, ob er wohl gleich das Bein heben und an den Mülleimer pinkeln wird, dass ich die Kinder in ihren schicken blauen Uniformen gar nicht bemerke, die gerade aus dem Schulgebäude strömen, bis eine ihrer betuchten Mütter schreit: »Entschuldigen Sie! Achten Sie doch *bitte* auf Ihre Sprache!«

Ich kenne diesen Typ: blond, mühsam heruntergehungert und sich ihrer Stellung in ihrer privilegierten Welt absolut bewusst. Wie meine Schwester. Ich will ihr gerade eine passende Antwort geben, als ich sehe, wie ihr Sohn sich vor Scham über die Einmischung seiner Mutter windet.

»Bitte entschuldigen Sie, junger Mann.«

»Wie heißt er?«, fragt der Junge unerwartet.

»Doggo.«

Ein paar Meter entfernt steht ein riesiger Geländewagen im Halteverbot, zwei Räder auf dem Bürgersteig, Warnblinkanlage im Einsatz. Die Frau drückt auf die Fernbedienung, und der Wagen entriegelt surrend die Türen. »Hector, komm jetzt.«

Hector ist ein hübscher Kerl, wie der junge Christian Bale in *Das Reich der Sonne* – mit strubbeligen Haaren und großen grünen Augen. »Hey, Doggo«, gurrt er freundlich und geht in die Hocke.

Doggo dreht nicht nur seinen Kopf in Hectors Richtung, er erlaubt dem Jungen sogar, ihn zu streicheln, ihm die Ohren zu kraulen und ihn unterm Kinn zu kratzen.

»Ja, Doggo, du bist der Beste. Du bist der Beste, Doggo. Der beste Hund der Welt.«

»Hector!«, ertönt der empörte Schrei seiner Mutter.

Der Junge schaut zu mir hoch und rollt mit den Augen. »Ich muss los.«

»Es wird besser – das Leben, meine ich.«

»Hoffen wir's«, sagt er. »Wir sehen uns, Doggo.«

Wir stehen da und sehen zu, wie Hector auf den Rücksitz des riesigen Mercedes klettert. Als der Wagen losfährt, winkt er uns noch einmal zu.

Hoffen wir's? Und das mit der müden Nachsicht eines biblischen Weisen. Er war auf keinen Fall älter als zwölf. Woher stammt dieses Kind? Ganz sicher nicht von seiner Mutter, so viel ist sicher.

Ich folge Hectors Beispiel und gehe in die Hocke. »Hey, Doggo, du hast gerade einen neuen Freund gefunden.«

Als ich die Hand ausstrecke, frage ich mich, ob es das Geräusch der vorbeifahrenden Autos ist, das ich da höre, aber es ist ein leises, warnendes Knurren, das mir deutlich zu verstehen gibt, meine Finger bei mir zu behalten.

Drei

»Kann ich was sagen?«

»Weiß nicht, J, kannst du's?«

»Ich werd's eh tun.«

Ich hebe die Hände zum Zeichen meiner Niederlage. »Okay, gib's mir.«

Wir sind in einer Bar auf der Portobello Road, und J nimmt noch einen großen Schluck von seinem dritten (oder war es der vierte?) Mojito, bevor er damit herausrückt. »Sei froh, dass du sie los bist, Kumpel.«

»Clara?«

»Wen sonst? Ich konnte sie noch nie leiden.«

Ich bin schockiert. »Wir waren fast vier Jahre zusammen. Und du hast es nicht für nötig gehalten, mir das zu sagen?«

»Scheiße, Dan, werd erwachsen. Glaubst du wirklich, ich würde dir sagen, dass die Liebe deines Lebens total durchgeknallt ist? So dämlich bin ich nun wirklich nicht. Nur damit diese Verrückte mir in den Arsch beißt, wenn du sie am Ende vor den Altar führst?«

»Sie ist nicht verrückt.«

»Sie ist geistesgestört, Kumpel, war sie von Anfang an. Hey, versteh mich nicht falsch. Es war okay, als wir noch jünger waren, aber das hier ist jetzt das richtige Leben. Ab jetzt geht es um die langfristige Planung. Ich meine, sieh dir doch mal Jethro an.«

»Was ist mit ihm?«

»Seine Zeit ist vorbei.«

»Jethro?«

Jethro ist der coolste Typ, den wir kennen. Groß und mit diesem kunstvoll arrangierten »Gerade aus dem Bett gefallen«-Look, verbringt er seine Zeit damit, bei anderen Leuten auf dem Sofa zu pennen, gigantische Mengen an Gras zu konsumieren und (ziemlich gut) Gitarre zu spielen. Er ist so eine Art moderner Troubadour, immer unterwegs, immer auf der Suche nach einem Mäzen, der ihm ein Dach über dem Kopf und was zu essen gibt.

»Ich sage dir, seine Währung befindet sich im freien Fall. Alle Frauen stehen auf böse Jungs, wenn sie jung sind, aber seien wir mal ehrlich: Jethro ist nicht gerade der Typ, den du mit deinem Erstgeborenen auf dem Schoß sehen willst. Wahrscheinlich würde er das arme Ding auf den Kopf fallen lassen.«

»Ich mag Jethro.« Tu ich wirklich. Er hat einen erstklassigen Humor und ist der beste Geschichtenerzähler, den ich kenne.

»Hey, ich ja auch«, sagt J besänftigend. »Aber seine besten Tage sind vorbei. Frauen in unserem Alter wollen keinen Rumtreiber mehr, egal wie niedlich und charmant er ist, wenn ihre biologische Uhr anfängt zu ticken.«

Er hat recht. Deshalb werden Jethros Freundinnen auch immer jünger. Armer Jethro.

»Clara ist kein bisschen wie Jethro.«

»Alles, was ich damit sagen will, ist: Ich kann verstehen, wieso du mit ihr zusammen warst. Sie ist heiß, verdammt heiß, und ein bisschen verrückt, was okay ist, wenn man jung ist, aber das sind wir nicht mehr … tut mir echt leid, dass ich es dir so sagen muss. Willst du wirklich eine Frau, die auf Kristalle und Auren und weiß der Himmel was sonst noch abfährt?«

»Engel.«

»Engel!?«

»Sie hat einen Typen getroffen, Brendon, der ihr weisgemacht hat, dass sie einen Schutzengel hat.«

»Du verarschst mich.«

»Sein Name ist Kamael.«

Ein Ausdruck leerer Ungläubigkeit erscheint auf Js Gesicht. »Womit dann alles gesagt wäre.«

J und ich haben uns an der Warwick University kennengelernt, wo wir beide English studierten. Es ist eine dieser seltenen und etwas besonderen Freundschaften (die, so meine Erfahrung, häufiger unter Männern zu finden sind als unter Frauen), bei der zwei Menschen, die unterschiedlicher nicht sein könnten, sich finden. Ich neige dazu, das Leben behutsam anzugehen und dankbar für alles zu sein, was es mir beschert. J dagegen stürzt sich darauf wie auf einen Hindernisparcours, bei dem jede Hürde und jedes Hindernis nur darauf ausgerichtet ist, sein Fortkommen zu verlangsamen. Er hat die Energie, den Tatendrang und den Ehrgeiz von zehn Männern, vielleicht sogar von hundert.

Natürlich haben wir auch ein paar Gemeinsamkeiten. An der Warwick war es unsere Liebe zur Literatur. Wir haben stundenlang zusammengesessen und uns vorgestellt, wie unsere Karrieren im Verlagswesen aussehen würden. Dort wartete man nur auf uns – junge Leute aus der Generation der digitalen Revolution, die ihren Siegeszug in der Branche gerade erst begonnen hatte. Wir rechneten damit, erst einmal getrennte Wege gehen zu müssen, aber nur, um zu lernen, wie die Branche funktioniert. Bei der erstbesten Gelegenheit würden wir gemeinsam unsere erste Firma gründen, sie zu einem millionenschweren Unternehmen aufbauen und dann an den Höchstbietenden verscherbeln.

Nun, beide von uns sind schon weit früher ausgestiegen. J hat in unserem letzten Jahr an der Warwick ein Jobangebot von McKinsey angenommen, und ich habe kurz darauf einen Platz an der D&AD Graduate Academy angeboten bekommen. Ein Management Consultant und ein Werbemann, das ist aus uns geworden. So viel zum Thema aufgegebene Träume.

Manchmal tröste ich mich mit dem Gedanken, dass ich meinen Lebensunterhalt wenigstens mit Wörtern bestreite, aber die Wahrheit ist, ich produziere prägnante Werbeslogans für Firmen, die mir am Allerwertesten vorbeigehen. Ich bin Werbetexter und gar nicht mal so schlecht in dem, was ich tue. In meinem Wäscheschrank verstauben ein paar furchtbar scheußliche Trophäen, die das beweisen. Bevor Trev (»Fat Trev«, wie er früher zu betonen pflegte, aber das ist vorbei) seinen Zusammenbruch hatte. Er war einmal mein Art-Direktor. Wir arbeiten eng zusammen, Texter und Art-Direktoren. Es ist eine kreative Partnerschaft, ein Zweierteam. Wir wechseln sogar manchmal die Jobs. Ich wusste, dass Trev depressiv war; deshalb hat es ja so viel Spaß gemacht, mit ihm zu arbeiten. Ich hätte es wohl kommen sehen müssen, vielleicht sogar jemandem Bescheid sagen sollen, aber Tatsache ist, er hatte seine besten Ideen, als der sprichwörtlich letzte Tropfen das Fass zum Überlaufen brachte. Er ist wieder okay. Nur okay, wohlgemerkt. Die Medikamente haben ihm alles genommen, was ihn mal zu dem gemacht hat, der er war. Es gibt keine rauen Kanten mehr, keine Höhen, keine Tiefen und garantiert kein Lachen, aber wenigstens ist er am Leben. Wie sich herausstellte, hatte er mit dem Gedanken gespielt, sich mit einem Schwalbensprung vom Dach seines Wohnblocks in der Nähe von Bermondsey zu stürzen.

Vielleicht hat Clara recht, vielleicht bin ich kaltherzig, aber ich kann mir nicht helfen, die Vorstellung ist einfach zu komisch: Fat Trev beim Schwalbensprung. Es liegt an der Kombination von schierer Masse und anmutiger Eleganz – wie das Nilpferd in Disneys *Fantasia*, das in diesem durchsichtigen Tutu über die Bühne tänzelt. Hoffentlich können Trev und ich irgendwann mal herzhaft darüber lachen. Doch bis dahin bin ich auf mich allein gestellt.

Es war nicht leicht. Ich wandere jetzt seit fast sechs Monaten durch die Wildnis, lebe von meinem Ersparten und mache mir Sorgen um meine Hypothek. Niemand will einen einsamen Werbetexter. Mein Ruf ist immer noch gut genug, um von unseren ehemaligen Konkurrenten um diese scheußlichen Trophäen zu Gesprächen eingeladen zu werden, aber die meisten wollen mich bloß mal persönlich kennenlernen und den neusten Klatsch über Fat Trev aus erster Hand hören.

Vielleicht ist es bei Indology anders. Ich werde es bald erfahren.

»Indology?«, schnaubt J. »Was ist denn das für ein Name für eine Werbeagentur?«

»Ich finde ihn gar nicht mal so schlecht«, entgegne ich defensiv.

Wir sind mittlerweile zu einer anderen Bar weitergezogen. Hier setzt man ganz auf Postapokalypse: unverputzte Ziegelwände, blanker Beton und Stahllampen im Industriedesign, die vielleicht der nächste große Trend der Zukunft werden.

»Sie sind klein, neu, unabhängig.«

»Okay«, lenkt J ein. »Das erklärt das ›Ind-‹, und was ist mit dem ›-ology‹?«

»Es weist auf eine Art Methode hin, eine gewisse Präzision. Wie Psychologie, Theologie, Soziologie …«

»Wichsologie.«

»Soweit ich weiß, wurde dieser Name ebenfalls in der Fokusgruppe diskutiert, aber am Ende hat man sich dann doch dagegen entschieden.«

J lacht und greift nach meinem Arm. »Entschuldige. Ich drück dir die Daumen. Wirklich. Wann hast du das Gespräch?«

»Übermorgen.«

J muss die Augen schließen, um nachzurechnen. »Donnerstag. Bin ich in Frankfurt. Warst du mal da?«

»Frankfurt?«

»Hast nichts verpasst. Ein Drecksloch. Aber gute Leute, die Deutschen. Ich habe großen Respekt vor den Deutschen.«

Das gibt mir neuen Mut. Js Familie ist deutsch-jüdisch, vor drei Generationen kamen viele seiner Angehörigen um. Er kennt die Geschichten – hat sie sozusagen mit der Muttermilch aufgenommen –, und trotzdem ist er bereit, das Kriegsbeil zu begraben und weiterzumachen. Im Angesicht seiner Großherzigkeit fühle ich mich gleich viel besser mit meinem im Vergleich eher unbedeutenden Problem, dass mir die Frau den Laufpass gegeben hat, von der ich dachte, dass ich sie heiraten würde.

Vier

Ich denke wieder daran, was Beth (mit einer mitleidigen Trübung ihrer Augen) im Tierheim gesagt hat: »Schauen Sie ihn sich doch an.« Die Wahrheit ist, ich habe ihn mir noch nie wirklich angeschaut, mich nie hingesetzt und ihn genau betrachtet, so wie ich es gerade tue.

Clara hatte recht – er *ist* klein und, trotz all ihrer Bemühungen es anders zu formulieren, hässlich. Ich bin zwar nicht direkt mit Hunden aufgewachsen, aber ich kenne Hunde, sie waren sozusagen ein Teil meines Lebens, seit ich ein kleiner Junge war. Aber das waren meist große Hunde, Hunde, die mit ihrer ungestümen, hechelnden Präsenz einen ganzen Raum füllen konnten: Retriever und Labradore und Setter. Das waren die Hunde, die mein Großvater liebte, weit mehr, befürchte ich, als er jemals meine Großmutter geliebt (oder auch nur gemocht) hat. Und jetzt ist sie diejenige, die sich um Hecuba kümmert – einen riesigen neurotischen Berner Sennenhund –, während mein Großvater in diesem grässlichen Pflegeheim langsam sein Leben aushaucht.

Doggo ist das genaue Gegenteil von einem Berner Sennenhund. Er ist alles, was ein Berner Sennenhund nicht sein möchte: winzig, weiß und fast vollständig haarlos. Ich sage fast, denn hier und da hat er schon ein paar Büschel, wilde Flecken, wie die Stellen im Rasen, die der faule Gärtner vergessen hat zu mähen. Er hat einen struppigen Streifen entlang der Wirbelsäule und einen dazugehörenden Büschel an der Spitze seines dünnen Schwanzes. Und ein paar kleine Löckchen – weder braun noch gelb, sondern irgendwas dazwischen – an der Rückseite seiner Vorderbeine. Sie könnten auf einen Schuss Spanielblut hinweisen, genauso wie die drei gleichfarbigen ordentlichen Stirnlocken (pissgelb vielleicht). Aber die Schnauze hat nichts von einem Spaniel. Sie ist zu kurz und zu rund, zu platt. Sie erinnert an irgendwas Orientalisches, wie einen Pekinesen. Nein, die Schnauze verweigert sich jeder Art von Kategorisierung. Wie von einem Hund, der mit dem Kopf voran gegen eine Mauer gerannt ist und sich dann entschieden hat, sein Gesicht nicht wieder richten zu lassen. In seinem Blick liegt ein schwermütiger, schlafwandelnder Ausdruck, der mich an einen Bluthund erinnert, aber die Augen selbst sind lebhaft und wachsam. In diesem Moment fixieren sie mich mit kalter, lauernder Beharrlichkeit auf meinem Stuhl.

Ob er weiß, was ich denke? Ob er weiß, dass ich mich gerade frage, ob seine Vorderläufe so viel kräftiger entwickelt sind als seine Hinterläufe, weil sein Kopf viel zu groß ist für seinen restlichen Körper und die Muskeln deshalb Mehrarbeit leisten müssen?

Er blinzelt träge vom Sofa.

Im Laufe der letzten Tage hat er beschlossen, dass das Sofa ihm gehört, und aus Mitleid (weil er sein Frauchen verloren hat) habe ich es ihm überlassen. Er mochte Clara; wenn sie da war, ist er förmlich aufgelebt – wie wir alle.

»Wo ist sie, Doggo?«

Niemand weiß es. Fiona nicht, Hatty nicht, keine ihrer Freundinnen. Es sei denn, sie lügen mich an. Ein Teil von mir möchte sich der Paranoia hingeben, in Verschwörungstheorien versinken, aber ich bin mir ziemlich sicher, dass Polly es ernst meinte, als sie mir sagte, dass die ganze Familie noch keinen Pieps von Clara gehört hat. Wie es scheint, sind ihre Eltern schon wahnsinnig vor Sorge.

Polly und ich haben mittlerweile dreimal telefoniert, seit ihre Schwester in ein Flugzeug gestiegen und verschwunden ist, und unzählige Nachrichten hin- und hergeschickt. Mag sein, dass ich als Erster einen Kuss hinter eine davon gesetzt habe, aber es war Polly, die ihn verdoppelt hat und dann verdreifacht. Ich habe mitgehalten und jedes Mal die gleiche Anzahl wieder zurückgeschickt. Wenn das so weitergeht, sind wir Ende der Woche bei xxxxxx. Wahrscheinlich gibt es für so was Regeln, irgendwelche Codes, die nur einer ausgewählten Gruppe von Eingeweihten bekannt sind. Vielleicht heißt xxxxxx »Komm und mach y mit mir«.

$6x = y$

Wenn $x = 4$ ist (die Anzahl der Jahre, die Clara und ich zusammen waren), dann entspricht y Pollys Alter, denn sie ist zufällig genau sechs Jahre jünger als ich. Diese Gleichung bildet eine befriedigende Kreisbewegung, aber es ist und bleibt eine armselige Rechtfertigung für das, was wirklich in meinem Kopf vorgeht.

Ich habe richtig vermutet: Polly ist tatsächlich in Wales, wo das Rafting nach den letzten Regengüssen gerade der absolute Wahnsinn ist. Sie wird am Samstag mit einem ganzen Bus voller Kinder nach London kommen und am Sonntag mit einer frischen Ladung der kleinen Scheißerchen (ihre Worte, nicht meine) wieder zurückfahren. Ich habe schon einen Tisch fürs Abendessen reserviert, in einem tollen kleinen italienischen Restaurant, gemütlich, aber nicht zu romantisch, nur ein paar Minuten zu Fuß von meiner Wohnung entfernt. Ich bin eben kurz dort reingesprungen und habe den Tisch ausgesucht, und gerade habe ich Polly getextet, dass sie – wenn es ihr zu viel ist, anschließend noch mit dem Taxi zu ihrem WG-Zimmer in East London zu fahren – gerne bei mir übernachten kann. Unterschrieben habe ich diesmal nur mit einem x, was höflich ausdrücken soll: Nein, nicht das, was du denkst.

Die Wohnung gehört mir. Clara ist ganz offiziell vor etwa einem Jahr bei mir eingezogen, aber in den Papieren steht nur mein Name. Ihre Wohnung, weit draußen im Westen hinter Acton, ist vermietet, und ein Teil der Einkünfte fließt jeden Monat in meine Hypothek. Nicht mehr, wie ich mittlerweile weiß, denn ich habe gestern Abend – an dem Tag, an dem ihr Geld normalerweise auf meinem Konto einläuft – nachgeschaut und gesehen, dass es nicht da ist. Das beweist eine gewisse Weitsicht. Egal wie sprunghaft und planlos Clara auch scheinen mag, so kann sie doch überraschend pragmatisch sein.

Dabei fällt mir etwas ein. Ich sehe die Post durch, die sich, seit Clara fort ist, unbeachtet auf dem kleinen Tisch im Flur stapelt. Darunter ist kein einziger Brief, der an sie adressiert ist. Nicht einmal Werbung. Als ich im Internet nachschaue, sehe ich, dass ein Nachsendeantrag bei der Post eine Vorlaufzeit von fünf Tagen hat.

Der kritische Blick, den ich eben noch auf Doggo gerichtet habe, beginnt allmählich Dinge wahrzunehmen, die ich zuvor nicht bemerkt habe, so wie die Lücken im Bücherregal und im CD-Ständer. Und das fehlende Kissen im Sessel, das Kissen, das sie letztes Jahr an Ostern in

Cornwall gekauft hat. Eine Minute später hocke ich auf Knien in der Küche und durchsuche die Schränke. Die Salatschüssel aus Holz, die wir auf einem Straßenmarkt in Bungay erhandelt haben, ist weg, genauso wie der Magimix. Ich habe mir immer vorgestellt, wie sie ein paar Arme voll Klamotten zu einem wartenden Wagen schleppt, aber langsam reden wir hier von einem ernst zu nehmenden Volumen: Kistenpacken und mindestens zwei Touren mit dem Auto, und die Frage, wohin mit dem ganzen Zeug? Die Geschichte, die sie mir in ihrem Brief aufgetischt hat – von wegen, sie sei aus einem spontanen Impuls heraus abgehauen –, erscheint mir mit jeder Schranktür, die ich öffne, unglaubwürdiger.

Ich fühle mich seltsam erleichtert. Ein impulsiver Aufbruch hat etwas von plötzlichem Abscheu oder Widerwillen – »Oh, ich kann es nicht länger ertragen« –, während ein geplanter Exodus, egal wie schlimm die Sache an sich auch sein mag, einen Einblick in die rationalen Hintergründe einer solchen Entscheidung gestattet. Ich kann verstehen, warum sie gegangen ist. Natürlich kann ich das, denn ich habe selbst schon ein paarmal mit dem Gedanken gespielt. Aber sie war schneller als ich, und mit einer solch brutalen Verve, dass ich beinahe stolz auf sie bin. Wie krank ist das denn?

Total krank, sagt Doggos Blick.

Er hat sein heißgeliebtes Sofa verlassen und sich an mich herangepirscht. Ich hocke immer noch auf Knien vor dem Küchenschrank, sodass wir fast auf Augenhöhe sind. Irre ich mich? Jetzt scheint er mich mit irgendwas zwischen Mitleid und Verachtung zu betrachten.

Wir sehen das, was wir sehen wollen, erinnere ich mich. Offensichtlich leide ich unter einem akuten Fall des

Kuleschow-Effekts. Der große russische Regisseur bewies diesen Umstand vor fast einem Jahrhundert mit seiner Montage eines Schauspielers, der erst auf einen Teller Suppe, dann auf ein totes Mädchen in einem Sarg und zuletzt auf eine wunderschöne Frau blickt, die verführerisch ausgestreckt auf einem Diwan liegt. Das Publikum war hin und weg von der Fähigkeit des Schauspielers, eine ganze Bandbreite an Emotionen in seinen leeren Blick zu legen – verzehrenden Hunger, Trauer und sexuelles Verlangen –, bis Kuleschow offenbarte, dass es sich jedes Mal um die gleiche Aufnahme des Schauspielers handelte. Die Leute sahen einfach, was sie sehen wollten, was sie erwarteten zu sehen.

Was ich jetzt sehe: mich selbst, niedergeschlagen von dem Ergebnis meiner Nachforschungen, gespiegelt in Doggos schwarzen und leicht glubschigen Augen. Wahrscheinlich will er einfach bloß einen Choc Drop. Er weiß, dass die im Schrank unter der Spüle wohnen.

»Wer will einen Choc Drop?«, frage ich in dem seltsamen Tonfall, in dem man zu Hunden und kleinen Kindern spricht.

Er wedelt mit dem Schwanz.

Fünf

Der Eingang macht nicht viel her. Eine graue Tür am Ende eines gepflasterten Hofs im Herzen von Soho. An der Wand befindet sich eine Gegensprechanlage und ein Schild aus gebürstetem Stahl, auf dem steht: INDOLOGY.

Hinter der grauen Tür führt eine Stahltreppe nach oben in einen großen Empfangsbereich. Sie haben sich für den enigmatischen Look entschieden, nichts überzogen Selbstdarstellerisches (wie gerahmte Auszeichnungen an den Wänden), nichts, was sie definieren oder zeitlich festlegen könnte. Eine attraktive junge Brünette mit Pixie-Schnitt und Geek-Brille schaut von ihrem Computer auf. Ich habe ihr über die Gegensprechanlage bereits meinen Namen genannt, und sie weiß offensichtlich, wieso ich hier bin.

»Sie werden gleich da sein. Setz dich. Kann ich dir was zu trinken bringen?« Sie ist eloquent und hat intelligente blaue Augen.

»Ein Kaffee wäre toll.«

»Was für einen? Wir haben die komplette Bandbreite.«

»Klein, stark und schwarz, bitte.«

»Doppelter Espresso?«

»Einfacher.«

»Du bist engagiert«, witzelt sie.

Ich mag sie jetzt schon. Und ich mag sie noch mehr, als sie aufsteht, um ihren Tisch herumkommt und mir die Hand hinstreckt. »Ich bin Edith.« Ein Name aus einer anderen Zeit. Er lässt an Eltern mit einem Faible fürs Skurrile und Obskure denken.

Ich bin lange genug in der Branche unterwegs, um zu wissen, dass es Leute wie Edith sind, die eines Tages Agenturen wie diese hier führen werden. Sie sind nicht wirklich Rezeptionistinnen, sondern nehmen, was sie kriegen können, um einen Fuß in die Tür zu bekommen. Sie sind clever, und vor allem sind sie ausdauernd. In Ediths Fall werden ihre Figur und ihr knabenhaftes Aussehen ihrer Karriere kaum schaden.

»Kolumbianisch«, sagt sie, als sie mit meinem Kaffee zurückkommt.

»Und wenn *die* keine Ahnung von Drogen haben, wer dann?«

Ich befürchte, ich habe es mit meiner Antwort etwas übertrieben, aber sie lächelt. »Hättest du ruhig sagen können. Wir haben auch Cola … normal und light.«

Jepp, sie wird es definitiv bis ganz nach oben schaffen.

Ich habe Ralph Aitken noch nie persönlich getroffen, aber ich habe ihn mal vor ein paar Jahren auf einer Weihnachtsfeier irgendeiner Agentur gesehen. Er ist kaum zu übersehen, sogar in einem Raum voller Menschen, und das nicht, weil er besonders groß wäre. In Socken kommt er wohl kaum an die eins achtzig ran, aber er hat eine außerordentliche Präsenz, eine laute, onkelhafte Energie, die einen herausfordert, es mit ihm aufzunehmen (und einem gleichzeitig zu verstehen gibt, dass er dich vernichten wird, falls du es tatsächlich wagen solltest). Er beherrscht den Markt mit seiner schulterklopfenden Bonhomie, und er duldet keine Konkurrenz um diesen Thron. Er hat dichtes, kurz geschorenes silbernes Haar, einen gepflegten Teint und trägt für einen Sechzigjährigen, der etwas auf sich hält, viel zu enge Jeans. Außerdem schwingt in seiner Aussprache ein Hauch von Estuary English mit, was darauf schließen lässt, dass er ein echter Selfmademan ist.

Ich weiß, dass Indology die dritte Agentur ist, die er gegründet hat, und dass der Verkauf der ersten beiden ihn zu einem reichen Mann gemacht hat, wahrscheinlich reich genug, um sich zur Ruhe zu setzen. Ich weiß auch, dass ich dringend einen Job brauche, und bin dementsprechend gerne bereit, ihm zu huldigen. Der andere Mann an dem großen ovalen Tisch im Konferenzraum trägt ein Jackett – ein todsicheres Zeichen, dass er nicht der Chef des Kreativteams ist.

»Tristan Hague«, sagt er und erhebt sich nur halb von seinem Stuhl, um mir die Hand zu schütteln. Die Natur hat es gut mit ihm gemeint, er sieht gut aus, und irgendetwas an seinem Lächeln sagt mir, dass er das auch weiß. Die Art, wie er seinen Namen nennt, deutet an, dass ich ihn kennen sollte. Ich weiß, was er meint; er kommt mir tatsächlich vage bekannt vor.

»Tristan ist unser Managing Director«, erklärt Ralph. »Er ist vor ein paar Monaten von der *Campaign* zu uns gekommen.« Die *Campaign* ist das Branchenmagazin, eine Mischung aus Nachrichten und inzestuöser Gerüchteküche, die ich so gut wie nie lese. Nichtsdestotrotz dämmert da etwas … Tristan Hague … die plakativen Kommentare mit einem Hauch Satire (und diesem leicht selbstgefälligen Unterton?).

»*Der* Tristan Hague?«, frage ich.

Das gefällt ihm, und er zeigt ein gewinnendes Lächeln. »Der Wilddieb ist zum Wildhüter geworden.«

»Oder andersherum, wenn man so will«, fügt Ralph hinzu.

Ralph lacht ganz offensichtlich gern über seine eigenen Witze. Und außerdem ist er der Boss, also lachen wir nachsichtig, Tristan und ich, kurzzeitig vereint in unserer Unterwürfigkeit. Da wir hier in England sind, unterhalten wir uns gerade über das schlechte Wetter, als Edith mit dem Kaffee hereinkommt. Auf dem Tablett stehen vier Tassen. Die vierte entpuppt sich als ihre, und sie lässt sich mit ihr zu Ralphs Rechter nieder. Ganz offensichtlich ist sie nicht hier, um Protokoll zu führen, denn sie hat keinen Block dabei.

»Ich habe Edith gebeten dazuzukommen«, erklärt Ralph. »Ich hoffe, du hast nichts dagegen.«

»Natürlich nicht.«

»Du wirst gleich sehen, warum.« Er geht nicht weiter darauf ein. Stattdessen stützt er die Ellbogen auf den Tisch, verschränkt seine Finger und sagt: »Also, erzähl uns von Fat Trev.«

Ich habe nicht gelogen. Ich mag Fat Trev. Aber ich bin es leid, ständig nach ihm gefragt zu werden. Vielleicht weil ich weiß, dass, wenn ich derjenige mit dem Sprung in der Schüssel wäre, Fat Trev nicht hier sitzen und über mich ausgefragt werden würde. Fat Trev ist eine Legende, eine »Persönlichkeit«, größer als das Leben, und ich bin sein stiller Partner, der Prügelknabe, der Stan Laurel zu seinem Oliver Hardy. Ich weiß natürlich, dass das nicht stimmt, dass Trev *mein* Sounding Board war, der Prüfstein, an dem ich *meine* Ideen getestet habe. Aber niemand will einen Mythos entzaubert wissen, und ich habe gelernt, die

Geschichte so zu erzählen, wie die Leute sie hören wollen: ich als das zuverlässige Paar Hände, das die verrückten Ergüsse von Trevs hasenhirniger Genialität zu etwas wenigstens halbwegs Präsentablem zusammengebastelt hat.

»Und die Bescheidenheit kannst du dir schenken«, fügt Ralph hinzu.

»Entschuldigung?« Ich fühle mich ein wenig überrumpelt.

»Was Ralph damit sagen will«, schaltet Tristan sich ein, »ist, dass wir uns ein wenig umgehört haben, bei Leuten, die sich auskennen, und die haben gesagt, dass Fat Trev ziemlich gut darin war, dir die Show zu stehlen.«

Ich weiß nicht so recht, wieso ich eigentlich hier bin. Sie waren diejenigen, die mich angesprochen und gefragt haben, ob ich nicht Lust hätte, mal auf einen kleinen Plausch vorbeizukommen. Ich habe meine Mappe mit ein paar Beispielen meiner Arbeiten mitgebracht, aber die interessiert sie überhaupt nicht. Die nächsten zehn Minuten verbringen sie damit, mir von sich zu erzählen, von Indology, wo sie stehen, wo sie hinwollen, wie sie vorhaben, das zu bewerkstelligen. Tristan übernimmt den Hauptredeanteil und wirft ständig irritierende Phrasen ein wie »kreatives Gold waschen«, »die Schlacht auf den Markt bringen« und »die alten Klischees auf den Kopf stellen«, aber er übertrumpft sich selbst, als er erklärt: »Bei uns dreht sich alles ums Zacken, während die anderen zicken.«

Denk an den Job, sage ich mir. *Nicht lachen. Schau ihm in die Augen und nicke wissend.*

Entweder singen sie jedem, der bereit ist zuzuhören, ihren eigenen Lobgesang vor, oder sie versuchen tatsächlich, sich mir zu verkaufen. Ich wage gerade zu glauben, dass es Letzteres ist, als Ralph mir eine Mappe rüberschiebt. Meine Hoffnung schwindet.

»Das hier ist eine Markteinführung für ein neues Mundwasser von unseren alten Freunden KP&G.« Offenbar hat die Marktanalyse gezeigt, dass die Öffentlichkeit von Zahnfleischentzündungen und Plaque-Entfernung genug hat und bereit ist für einen neuen Ansatz, etwas weniger Medizinisches. Es soll eine landesweite aufsehenerregende Posterkampagne werden. »Sie nennen es SWOSH!«, erklärt Tristan. »Man beachte das freche kleine Ausrufezeichen.«

Ein alter Trick, mit dem ich immer schon meine Probleme hatte. Der Job ist der Köder, mit dem sie versuchen, ein paar frische Ideen aus einem herauszulocken. Ich bin sauer, weil sie mich unter Vortäuschung falscher Tatsachen quer durch die Stadt geschleift haben, und beschließe, ihnen gar nichts zu geben oder mich zumindest sehr bedeckt zu halten.

Dummerweise bin ich von ihrer Vorlage ziemlich beeindruckt. Sie haben sich für eine Reihe Schwarz-Weiß-Fotos sich heftig umarmender Pärchen entschieden, keines davon allerdings so gesittet wie Cartier-Bressons berühmter Kuss. Die Aufnahmen haben einen lasziven Unterton, als wäre der Sex nur noch wenige Augenblicke entfernt oder die beiden wären sogar schon dabei, während wir zuschauen. Jedes Bild ist anders, wie Küsse nun einmal sind – in einem hält die Frau das Gesicht des Mannes in ihren Händen, souverän, bestimmend –, aber sie alle sind durch denselben Slogan miteinander verbunden: »Embrace Life.«

»Die sind gut«, sage ich.

»Aber?«, fragt Ralph.

»Nichts aber.«

»Gar nichts?«, fordert Tristan. Er blickt zu Ralph, der Edith ansieht, die mich mit einem seltsam intensiven Blick studiert. Und jetzt ergibt das alles einen Sinn. Die Bilder sind von ihr, von Edith. Deshalb ist sie hier mit dabei.

»Ich glaube dir nicht«, sagt sie. »Irgendwas stimmt nicht.«

Sie hat recht, und ich schaue mir die Fotos noch einmal an, aber nur, weil sie es ist und weil ich sie mag. »Möglicherweise fehlt ihnen noch ein wenig mehr Ausdrucksstärke.«

»Ausdrucksstärke?«, kommt das Echo im Chor zurück.

Ich habe mir geschworen, die Klappe zu halten, aber ich kann nicht anders. »Die Bilder sind klasse, aber ich finde, hier könnte noch mehr Spannung zwischen den Aufnahmen und dem Claim bestehen. Es ist, als kämen sie aus derselben Quelle.«

»Und was ist daran falsch?« fragt Tristan, ein wenig zu aggressiv.

»Marcel Duchamp hat ein Urinal in einer Galerie an die Wand gehängt und es ›Fountain‹ genannt. Hätte es genauso funktioniert, wenn er es ›Urinal‹ genannt hätte?«

Ralph lächelt. »Sprich weiter.«

Genug Gratisproben, denke ich. »Das ist alles.« Ich weiß, wie es sich anfühlt, in Ediths Schuhen zu stecken; ich weiß, wie furchtbar es am Anfang ist, seine Arbeiten zu präsentieren, damit alle sie sehen und auseinandernehmen können, und ich sehe sie direkt an und sage: »Gute Arbeit.«

Sie nickt dankend, aber es ist nicht überzeugend. Sie wirkt niedergeschlagen. Ralph bittet darum, einen Augenblick mit mir allein zu sprechen, und obwohl Tristan ganz offensichtlich nicht begeistert, ja sogar überrascht ist, hinausgeschickt zu werden, verlassen er und Edith den Raum. Ralph wartet, bis die Tür hinter ihnen ins Schloss fällt.

»Du hast recht, auch wenn die beiden es nicht glauben wollen.« Er lehnt sich in seinem Stuhl zurück und grinst mich an. »Marcel Duchamp. Das hat mir gefallen. Ich wünschte, ich hätte das gesagt.«

»Das wirst du, Oscar, das wirst du.«

Er lacht. »Warum haben wir bisher noch nie zusammengearbeitet?«

»Du konntest dir mein Honorar nicht leisten.«

Er lacht noch ein wenig mehr. »Und was bringt dich dazu zu denken, jetzt könnte ich das?«

»Der Bentley mit dem personalisierten Kennzeichen unten im Hof.«

Es ist seltsam, ich rede normalerweise nicht so. Fat Trev redet so (während ich danebensitze und schüchtern lächele). Ich weiß nicht, wie lange ich noch Trevs Geist heraufbeschwören kann, aber zum Glück muss ich das auch nicht. Ralph schlägt mit den Handflächen auf die Tischplatte und verkündet: »Okay, hier ist der Deal: Achtzigtausend plus umsatzabhängigen Bonus. Plus Krankenversicherung und Firmenrente – obwohl ich persönlich die Firmenrente nicht mal mit der Kneifzange anfassen würde. Diese Arschlöcher werden sich schon was einfallen lassen, damit am Ende nur noch ein paar Pennys übrig bleiben.«

Ich bin überrumpelt. Ich habe die ganze Situation völlig falsch eingeschätzt. Und das ist ein großartiges Angebot. Ich hätte mich mit weit weniger zufriedengegeben.

»Du arbeitest mit Edith, zeigst ihr, wie der Hase läuft, lässt sie Blut lecken. Sie ist noch grün hinter den Ohren, aber sie lernt schnell. Sie braucht einen erfahrenen Partner, der ihr hilft, sich weiterzuentwickeln. Meinst du, das kriegst du hin? Sie für den Ernstfall zu trainieren?«

Ein reizvoller Gedanke. Ich habe nur eine Frage.

»Wie lautet die Regel in Bezug auf Haustiere im Büro?«

»Ganz einfach. Niemand bringt sein Tier mit.«

»Ich habe einen Hund, den ich nicht zu Hause lassen kann.«

Ralph hat die Angewohnheit, sich mit den Fingern durchs Haar zu streichen, als wollte er nachprüfen, ob noch alles da ist – was es, bemerkenswert für einen Mann seines Alters, tatsächlich ist. »Deal-Breaker?«

Ich zucke entschuldigend mit den Achseln. »Tut mir leid.«

»Was für ein Hund?«

»Schwer zu sagen.«

»Groß, klein, mittel?«

»Klein.«

»Stubenrein? Er wird nirgendwo hinmachen, oder?«

»Nein.«

Ralph steht auf und schiebt mir energisch die Hand über den Tisch entgegen. »Tristan wird mich umbringen, aber egal.«

Sechs

Es war eins der komischsten Dinge, die ich je gesehen habe, und Polly war direkt neben mir, als es passierte, Schulter an Schulter, unsere Ski im rechten Winkel zum steilen Abhang dieser teuflischen Piste.

Er heißt Tortin, der 45-Grad-Hang bei Verbier, der aussieht, als hätte jemand mit einem Löffel eine Portion Berg herausgeschält. Wir hatten nicht vorgehabt, hier runterzufahren, aber wir hatten den letzten Lift zur leichten Abfahrt nach Nendaz verpasst, wo unsere Ferienwohnung lag, und keine andere Wahl. Oben am Kamm verläuft ein langer Weg, von dem aus es beinahe senkrecht in die Tiefe geht. Man läuft oben entlang und hofft, dass es irgendwann abflacht. Tut es aber nicht. Die Buckel, die unten auf einen warten, werden nur immer größer, wie VW Käfer unter dem Schnee. Nur dass es in diesem Jahr kein Schnee ist, sondern Eis. Es hat seit Wochen nicht mehr geschneit.

Clara war mit Abstand die beste Skifahrerin der ganzen Truppe. Ich bin grottenschlecht. Bin ich immer gewesen. Polly fährt fast genauso gut wie Clara, während Pollys Freund, ein bulliger Südafrikaner namens Jannie, beinahe so schlecht ist wie ich. Das andere Pärchen – Martin und Miranda – sind verhältnismäßig sicher auf den Brettern. Aber es macht keinen Unterschied. Der Tortin macht uns alle gleich. Einer nach dem anderen gehen wir über die Kante und fallen, mit ausgestreckten Gliedern, drehen uns und rutschen über das Eis. Wir klopfen uns den Schnee von den Klamotten, sammeln unsere Skier ein und starren die Piste hinunter. War ich jemals zuvor in meinem Leben so starr vor Angst?

Clara fährt voraus, eine schlängelnde, kontrollierte Talfahrt durch die Monsterbuckel, und Martin und Miranda geben ihr Bestes, es ihr gleichzutun. Polly, zärtlich besorgt, bleibt hinten bei Jannie und mir. Jannie gehört nicht zu der Sorte Mann, die an die zärtliche Sorge einer Frau gewöhnt ist – er ist ein massiger burischer Jäger-Sammler-Typ –, und seine Laune verschlechtert sich zunehmend, besonders, als er sieht, dass ich langsam ein Gefühl für die Piste entwickle. Er schimpft irgendwas von einem Krampf, lässt sich auf den Allerwertesten fallen und erklärt uns, wir sollen schon vorfahren. Er komme gleich nach.

Ein Stück weiter unten hält Polly, die vor mir fährt, an. »Ich finde, wir sollten warten.«

Das Licht schwindet, und Jannie ist nur noch ein dunkler Fleck oben am Berghang. Polly winkt. Jannie winkt nicht zurück. Er kämpft sich auf die Füße und brüllt in seinem harten südafrikanischen Dialekt zu uns runter: »Das spielt sich alles im Kopf ab! Du musst mutig sein, sie attackieren, den Oberkörper gegen die Piste drehen! Du musst nur dran glauben!«

Als er zehn Sekunden später an uns vorbeikommt, ist er in der Luft, und zwar mit einer wahnsinnigen Geschwindigkeit. Außerdem ist er falschrum, mit den Beinen nach oben.

»Fick mich«, sagt er, kurz bevor sein Kopf die Spitze eines Buckels stutzt.

Am Ende konnte er auch selbst darüber lachen. Und Polly und ich lachen jetzt darüber, im Restaurant.

»Oh Gott«, keucht sie. »Armer Jannie. Ich bin mir nicht sicher, ob sein Ego sich jemals davon erholt hat.«

Wir sind beide gut drauf. Polly genießt die willkommene Pause in der Stadt nach einem Monat am Arsch der Welt, und wir haben in meiner Wohnung schon einige Gläser Sekt getrunken, um meinen neuen Job zu feiern. Ich gehe davon aus, dass wir die Flasche nachher noch leeren werden. Polly hat mein Angebot angenommen, über Nacht zu bleiben. Ihre Tasche steht in diesem Moment auf meinem Bett. Es gehört ihr – das Bett, meine ich. Ich schlafe auf dem Sofa. Das habe ich von Anfang an klargemacht. Doggo wird sich einen anderen Platz zum Schlafen suchen müssen, zum Beispiel das völlig überteuerte schwammige Hundebett, das Clara ihm gekauft hat und das er nicht mal eines Blickes gewürdigt hat, seit sie fort ist.

Natürlich reden wir über sie, aber wir sind schon beim Hauptgang, als das Gespräch auf sie kommt. Polly glaubt, dass sie auf Bali ist. Ich kann es mir gut vorstellen. Clara war immer schon von Bali fasziniert. Bevor sie angefangen hat, an Engel zu glauben, war sie Buddhistin. Und die Insel ist voll von buddhistischen Tempeln. Ich frage mich, was ihr Schutzengel wohl davon halten wird. Wird Kamael sofort den Kampf aufnehmen, oder wird er die beleidigte Leberwurst spielen? Gibt es im Buddhismus Platz für Engel? Ich nehme mir vor, es später im Internet nachzulesen.

Ein anderer Grund, warum Clara auf Bali sein könnte, sind die Künstlerkommunen. In einer Horde Maler, Töpfer, Steinmetze und Silberschmiede würde sie sich gleich wie zu Hause fühlen. Sie ist selbstständige Stylistin für Fernsehwerbung – so haben wir uns kennengelernt –, aber der Job wird ihrer Kreativität nicht gerecht. Sie macht ständig irgendwas mit ihren Händen, zeichnet, malt, fertigt ihren eigenen Schmuck und ihre eigenen Klamotten. Im Stillen hoffe ich, dass sie einem Ruf tief in ihrem Innern folgt, denn das würde ihr Verhalten mir gegenüber erklären. Als ich das erwähne, schnaubt Polly spöttisch.

»Sie ist einfach flatterhaft. Das war sie immer schon, auch als wir klein waren. Flatterhaft und selbstsüchtig.«

»Meinst du?«

»Es ging immer nur um sie. Ich meine, wer verschwindet schon von der Bildfläche, ohne einer Menschenseele etwas davon zu sagen? Das ist kindisch.« Sie zappelt mit den Händen in der Luft. »Seht mich an, seht mich an ... nur dass das leider nicht geht, weil ich weg bin und euch nicht sage, wo.«

Ich weiß, dass Polly und Clara ihre Probleme haben – welche Geschwister haben die nicht? –, aber ich hatte keine Ahnung, dass Polly tatsächlich so wenig von ihrer Schwester hält.

»Ehrlich, Dan, ich bin überrascht, dass du das so lange mitgemacht hast. Du bist sehr verständnisvoll.«

»Oder einfach schwach.«

»Du bist nicht schwach. Das ist das Letzte, was du bist.«

In ihrem Brief hat Clara geschrieben, dass Polly mich bewundert. Ich habe es als lächerlich abgetan, aber jetzt liegt in Pollys braunen Augen ein Glitzern, das tatsächlich etwas in dieser Richtung vermuten lässt. *Tu's nicht*, sage ich mir. *Das kannst du nicht machen.*

»Und was ist das Erste?«, frage ich.

»Witzig. Du bringst mich immer zum Lachen.«

»Und das Zweite?«

»Hey, genug von dir«, sagt sie und greift nach ihrem Weinglas. »Erzähl mir von mir.«

Es ist nicht unvermeidlich. Tatsache ist, dass ich alles getan habe, um es vermeidlich zu machen. Ich habe meinen Schlafsack auf dem Sofa ausgerollt, für Polly den Wecker im Schlafzimmer gestellt und ihr den Vortritt im Badezimmer gelassen. Sie fegt das ganze Theater beiseite, sobald sie ihre Zähne geputzt hat.

»Ich kann ins Bett gehen, und du kannst ins Bett gehen, und dann brauche ich bloß ein bisschen zu warten, bis ich ins Wohnzimmer komme und dich frage, ob du mir Gesellschaft leisten willst. Und das ist okay. Ich tu's gern, auch wenn du es nicht willst – mir Gesellschaft leisten, meine ich –, aber wenn doch, na ja, dann wäre es doch Zeitverschwendung, denn ich muss morgen früh aufstehen, und …«

Sie steht vor mir, ein wenig schüchtern und unglaublich süß in ihrem weißen T-Shirt.

»Clara hat gesagt, sie bringt mich um, wenn ich mit dir schlafe.«

»Und du glaubst ihr?«

»Ich glaube, sie hat das im übertragenen Sinne gemeint.«

»Sie wird es niemals erfahren.« Polly hebt die rechte Hand, sodass Daumen und kleiner Finger sich berühren. »Brownie-Ehrenwort.«

»Du warst nie ein Brownie.«

»Und wie ich das war. Bloß nie ein guter.«

»Nein, du warst sogar ein ziemlich schlechter – ein grottiger kleiner Brownie.«

Polly lächelt und kommt einen Schritt näher. »Sieh's mal so: Wenn es jetzt nicht passiert, dann wird es nie passieren.« Sie greift nach meiner Hand. »Kannst du damit leben? Weil ich nicht weiß, ob ich es kann.«

Wenn Clara die Möchtegernkünstlerin von den beiden ist, dann ist Polly die Sportlerin. Sie hat früher in der County-Liga für Hampshire Hockey gespielt. Ich weiß nicht, was ich erwartet habe, vielleicht irgendwas Athletisches, Dynamisches, möglicherweise ein wenig Mechanisches. Ich lag völlig daneben. Sie ist wie Sirup im Bett, ohne jede Eile. Ich muss kämpfen, um nicht in ihr zu ertrinken. Wenn das Rache ist, dann ist es die süßeste Rache, die ich jemals genommen habe, und es lässt keinen Raum für Vergleiche. Sie ist so vollständig anders als Clara, so mit sich im Reinen.

Clara bekommt anschließend noch eine Erwähnung. »Und das hat sie zurückgelassen? Sie ist verrückt.« Polly leckt über meinen feuchten Hals und flüstert mir ins Ohr: »Ich fühle mich wie die Katze, die die Sahne stibitzt hat.«

»Sprichwörtlich.«

Sie liegt auf mir, und ich bin noch in ihr. Und als sie lacht, spüre ich es auch.

Es ist die Parodie eines Hundehaufens – perfekt gedreht und mit einer kleinen Spitze, wie ein Plastikmodell, das man in einem Scherzartikelladen kaufen würde. Es wartet vor der Schlafzimmertür auf mich, als ich am nächsten Morgen rauskomme, um uns Tee zu machen.

Im dämmerigen Licht, das durch die Jalousien blutet, kann ich Doggo zusammengerollt auf dem Sofa liegen sehen. Er tut, als würde er schlafen.

»Die Botschaft ist angekommen«, murmele ich, als ich an ihm vorbei in die Küche schlurfe.

Nichts. Nicht mal ein Ohrenzucken. Verdammt, ist der gut! Und der Oscar für den besten schlafenden Hund geht an …

Sieben

Heute ist mein erster Arbeitstag, und meine Schritte haben definitiv einen gewissen Schwung, als wir uns durch die Straßen von Soho schlängeln. Doggo scheint meine gute Laune zu spüren, denn er trippelt fröhlich neben mir her.

»Stopp!«, befehle ich, als wir uns bereit machen, Broadwick Street zu überqueren. Er reagiert nicht, nicht bevor die Leine ihn dazu zwingt. »Weißt du noch, was wir gesagt haben? Rechts. Links. Und wieder rechts.« Seine Blicke folgen tatsächlich meinem Finger.

»Oh mein Gott, das ist so niedlich!«

Zwei übergewichtige Mädels in High Heels kommen über den Bürgersteig auf uns zugestakst.

»Was?«, fragt ihre Freundin. »Ein gruseliger Typ, der mit seinem gruseligen Hund spricht?«

Ihr höhnisches gackerndes Lachen verhallt Richtung Wardour Street.

»Vergiss sie einfach«, sage ich zu Doggo. »Das sind bloß …«

Ich beiße mir auf die Zunge. Vielleicht sollte ich ihm besser nicht solche Worte beibringen.

Der Morgen ist für die Vorstellungsrunde reserviert. Er beginnt mit einer Versammlung der gesamten Agentur im Sitzungssaal, mit allen etwa zwanzig Mitarbeitern. Ralph hält eine Rede, und ich lächle unbehaglich, dann gehen alle wieder an die Arbeit. Phase zwei besteht darin, dass ich mit Tristan und Edith die Runde mache (und nicht zu vergessen mit Doggo, der sich bewegt, als ginge es bei der ganzen Sache um ihn, und er wäre sich noch nicht ganz im Klaren darüber, was er von seinen neuen Kollegen halten soll).

Margaret von der Buchhaltung bietet uns einen eisigen Empfang.

»Sie hat eine Katze«, erklärt Tristan, als wir weitergehen.

»Und?«, fragt Edith.

»Nun, und jetzt will sie wissen, wieso sie ihre Katze nicht auch mit zur Arbeit bringen kann.« Sein Ton lässt wenig Zweifel an seinem Standpunkt in Bezug auf Doggo.

Indology belegt zwei Seiten des Gebäudes um den Innenhof herum. Es gibt Oberlichter im Schrägdach, nackte Dielen auf dem Boden, und die gesamte Einrichtung ist designermäßig minimalistisch. Das Ganze wirkt beruhigend und vermittelt gleichzeitig eine Atmosphäre von forscher, nüchterner Effizienz. Es gibt noch jede Menge freie Flächen. »Genug Platz, um zu wachsen«, erklärt Tristan. »Bei uns dreht sich alles ums Wachsen.« Tristan hat seine ersten Erfahrungen in der Branche damals in den 70ern gemacht und hält nicht viel vom Großraum-Ethos des modernen Bürodesigns. Alle Kundenberater und Planer haben Einzelbüros. Tristan findet das gut. »Wenn du gerade um einen Kunden herumschleimst, ist das Letzte, was du brauchst, dass andere dir dabei noch zuhören.« Ich bin mir nicht sicher, ob das ein Scherz war.

Für den Pitch für die SWOSH!-Kampagne ist Patrick Stubbs zuständig. Patrick ist in meinem Alter, vielleicht ein paar Jahre älter. Er ist ein hagerer Kerl mit einem einnehmenden jungenhaften Aussehen. Auf seinem Schreibtisch sehe ich ein Foto von einem jüngeren Mann, blond und mit eindrucksvoller Kinnpartie.

»Die Leute bei KP&G mögen uns«, sagt Patrick. »Wenn wir das jetzt gewinnen, wer weiß, was sie uns sonst noch geben? Ich denke, am Ende läuft es darauf hinaus, dass ihr beide es übernehmen werdet.« Er meint Edith und mich, und er sagt das mit einem ironischen Zwinkern, das bedeutet: Also, fühlt euch jetzt nicht unter Druck gesetzt oder so.

»Wir sind dran«, sagt Edith.

»So wie alle anderen«, schaltet Tristan sich ein. »Bei dieser Sache müsst ihr alle ran.«

Edith sieht aus, als hätten seine Worte sie getroffen. Wir wissen alle, dass die Zeit knapp ist und wie wichtig dieser Pitch ist.

»Oh, ich denke, ran kriegen wir hin, was denkst du?«, sage ich zu ihr.

»Ja, ich denke schon«, erwidert sie leise.

Die Kreativabteilung besteht aus einem Gang mit Büros und einem großen Spielzimmer in der Mitte. Es gibt einen Billardtisch (natürlich), einen Kicker, eine Dartscheibe und eine Reihe anderer Aktivitäten, von deren Unabdingbarkeit für den weiteren Ideenfluss die »Kreativen« die »Anzugträger« im Laufe der Jahre überzeugt haben. Ich liebe Billard (vor allem während der Arbeitszeit, wenn ich dafür bezahlt werde), aber wenn ich ehrlich bin, hatte ich noch keinen einzigen halb guten Einfall, während ich die Kugeln malträtiert oder einen neuen Stoß vorbereitet habe. Normalerweise prügeln sie mir auf den Hinterkopf, wenn ich gerade im Supermarkt in der Schlange stehe oder an einem Donnerstagabend nach dem Fußball mit dem Fahrrad unter dem Westway nach Hause fahre oder die Waschmaschine ausräume. Aber nie, wenn oder wo man damit rechnet, von der Muse getroffen zu werden – das scheint zumindest für mich zu gelten.

»Spielst du Billard?«, fragt Tristan.

Ich bin kein Idiot. »Ich hatte ein paar meiner besten Ideen beim Billard.«

»Edith nicht.«

»Aber klar doch«, sage ich. »Sie weiß es nur noch nicht.«

Neben uns gibt es noch zwei andere Kreativteams. Ich weiß, was sie denken, denn da, wo sie sind, war ich auch schon. Egal wie sehr sie lächeln und uns willkommen heißen, niemand mag ein neues Gesicht im Laden, ganz zu schweigen von zweien. Edith und ich sind der Feind, potenzielle Rivalen um die besten Etats.

»Mir hat dein Claim für streichzarte Butter gefallen.«

Sein Name ist Seth, und ich kann mir nicht helfen, aber ich spüre, dass es ein zweischneidiges Kompliment ist, vor allem als er den Claim zitiert: »Schnell geschmiert.«

Nicht gerade meine Sternstunde, aber immer noch besser als Fat Trevs Vorschlag damals: »Sie werden die 25 % pflanzliches Öl, die das verdammte Zeug so streichzart machen, kaum schmecken.«

Seth bildet ein Team mit der Art-Direktorin Megan, einer Australierin: groß, laut, Struwelpeterfrisur. »Schön, euch an Bord zu haben. Wie heißt die Fußhupe da unten?«

»Doggo. Ist nur vorübergehend.«

»Was ist er?« Offenbar hat sie seine Geschlechtsteile gesehen.

»Weiß ich nicht.«

»Steht das nicht in seinem Hundestammbaum?« Das kam von Connor, einem Iren mit strähnigen Haaren und Dreitagebart, der von Doggo mit einem wütenden Blick bedacht wird. »Meine Fresse, versteht der Englisch?«

»Natürlich nicht«, sagt Clive, Connors Art-Direktor-Gegenstück. »Er erkennt einfach einen irischen Windbeutel, wenn er einen sieht.«

Hier ist meine Rangliste nach dem ersten Eindruck: Clive an erster Stelle, dann Megan, Seth auf drei, Connor als Letzter. Megan fällt augenblicklich um zwei Plätze, als sie fragt: »Erklär mir, warum brauchen wir noch mal einen Hund im Büro?«

»Das war eine Voraussetzung, damit Daniel bei uns unterschreibt.« Tristan wirft mir einen Blick zu, der sagt: Du bist dran. Schon okay. Er weiß es nicht. Niemand weiß es.

»Er gehörte meiner Exfreundin.«

Der Gebrauch des Imperfekts (plus die Andeutung, dass meine Freundin nicht länger in der Lage ist, sich um besagten Hund zu kümmern) führt dazu, dass alle sich fragen, ob womöglich irgendein entsetzliches Unglück über sie gekommen ist – Krebs vielleicht oder ein Autounfall. Keiner hat den Mut nachzufragen.

Doggo scheint mit seinem neuen Büro absolut zufrieden zu sein. Irgendjemand hat es mit einem langen Ledersofa nur für ihn ausgestattet. Er testet es, anerkennend. Das Büro geht auf den Innenhof hinaus und ist groß genug für zwei Schreibtische, getrennt durch Doggos Sofa. Es ist ein schöner Raum. Ich sehe mich schon zufrieden und produktiv darin arbeiten. Edith hat sich zaghaft am hinteren Schreibtisch eingerichtet. Ich denke wieder daran, was für ein gigantischer Schritt es für sie ist – vom Tisch vorne am Empfang zu einem im hintersten Winkel des Gebäudes. Sie hat noch nicht das Gefühl, wirklich hierherzugehören. Das ist wahrscheinlich auch der Grund, warum sie die ganze Zeit so still war. Sie fragt sich, ob die anderen Kreativen jemals eine Rezeptionistin in ihren Reihen akzeptieren werden. Die Antwort ist einfach: Nicht, bevor sie sich nicht ihre Sporen mit ein paar guten Arbeiten verdient hat, wovon die anderen sich zwangsläufig bedroht fühlen werden.

»Mach dir über sie keine Gedanken«, sage ich, als wir allein sind.

Edith zuckt geringschätzig mit den Schultern. »Tu ich nicht.«

»Nun, das solltest du aber. So was wie eine glückliche Familie gibt es nicht, vor allem nicht in einer so kleinen Agentur wie dieser.«

Ediths Schultern sacken hinunter, ihre Fassade bröckelt. »Oh Gott«, stöhnt sie. »Das heute sollte der glücklichste Tag meiner bisherigen Karriere sein. Meine Mutter hat heute Morgen am Telefon geweint – vor Freude. Sie hat dich sogar gegoogelt.«

»Moi?«

»Ich meine, ich habe keine Ahnung, was man von uns erwartet. Wie arbeitest du? Was hast du mit Fat Trev gemacht?«

»Hauptsächlich haben wir uns mit Papierkügelchen beworfen, aber unsere Tische standen viel näher zusammen. Vielleicht müssen wir uns Zwillen besorgen.«

»Du bist wirklich ziemlich weit weg.«

»Das lässt sich leicht ändern.«

Eine Stunde später haben wir das gesamte Büro neu arrangiert. Unsere Tische stehen jetzt enger zusammen, direkt vor den Fenstern, und das Sofa (samt Doggo) befindet sich jetzt da, wo vorher Ediths Schreibtisch gestanden hat. Diese Veränderungen mögen trivial erscheinen, aber es sind *unsere* Veränderungen. Wir haben uns diesen Raum zu eigen gemacht, und ich halte diesen Augenblick mit einem Foto auf meinem Handy für die Nachwelt fest.

»Was jetzt?«, fragt sie.

»Mittagessen natürlich. Ich zahle.«

Wir gehen in ein Restaurant auf der Lexington, das ich kenne. Ein bisschen dunkel, wenn man nicht gerade einen der vier Blechtische im briefmarkengroßen Hinterhof ergattert, was uns glücklicherweise gelingt.

Edith sagt, ich soll sie Edie nennen. Sie will über die Arbeit reden. Ich auch, aber nicht über das, was sie meint. Ich will die wahren Fakten über Indology, will wissen, was wirklich dort abgeht, Freundschaften und Rivalitäten, Gerüchte, Wahrheiten und Halbwahrheiten. Und das ist mehr als sensationslüsterne Neugier meinerseits. Aus Erfahrung weiß ich, wie wichtig diese Informationen sind, wenn es darum geht, in einem neuen Job den Weg des geringsten Widerstands zu finden.

Nach einem knappen Jahr am Empfang ist Edie eine wahre Quelle des Kaffeeküchenklatsches. Ich erfahre so einiges (nicht zuletzt, dass sie lieber Chardonnay trinkt als Sauvignon Blanc und dass nach ein paar Gläsern der niedlichste Hauch einer Röte über ihren langen weißen Hals zieht). Die wichtigsten Enthüllungen sind wie folgt: Megan und Seth hatten schon eine Weile an der SWOSH!-Kampagne herumgebastelt, als Edie Patrick von ihrer Idee mit den Schwarz-Weiß-Küssen erzählte, der es wiederum an Tristan weitergab, der es Ralph sagte, der es für ein großartiges Konzept hielt und ihr grünes Licht gab weiterzumachen. Ralph hält Patrick für einen guten Mann, schlau und ausgesprochen sympathisch, aber ein bisschen schwach, möglicherweise nicht ganz der Richtige, um die großen Aufträge an Land zu ziehen, wie man es von einem Top-Kundenberater erwartet. Und Tristan, der ehemalige Journalist, der hat sich die Position des Managing Directors an Land gezogen, nachdem er einen bedeutenden Batzen Geld (nicht seins) ins Unternehmen gebracht hat. Er ist mit einer Anwältin verheiratet und hat einen kleinen Sohn.

Edie ist sehr darauf bedacht, nichts Schlechtes auf ihn kommen zu lassen, was nicht allzu verwunderlich ist, wenn man bedenkt, dass es Tristan war, der sich für ihre Beförderung von der Empfangsdame zur angehenden Art-Direktorin eingesetzt hat. Wie heißt es so schön? Beiße niemals die Hand, die dich füttert. Eine Weisheit, die ich mir merken sollte. Anscheinend war es nämlich Tristan, der mich als den perfekten Texter für Edie vorgeschlagen hat.

»Er hält sehr viel von dir.«

Ich bin nur ein Mensch; ich nehme das Kompliment an, auch wenn ich mir nicht vorstellen kann, dass Tristan Hague irgendein Interesse an mir oder meiner Arbeit haben sollte. Edie liest meinen Gesichtsausdruck richtig.

»Frag ihn, wenn du mir nicht glaubst. Können wir jetzt über die Kampagne reden? Wir können nicht mit leeren Händen ins Büro zurückkommen.«

Werde ich auch nicht. Ich kann jetzt mit Sicherheit davon ausgehen, dass Megan und Seth nur darauf warten, dass wir es vermasseln, dass Tristan unbedingt will, dass wir es hinkriegen, dass Patrick davon abhängig ist, dass wir es hinkriegen, und dass Ralph am Ende das Sagen hat.

Das sind die groben Pinselstriche. Mit der Zeit, da bin ich mir sicher, werden die feineren Schattierungen deutlicher hervortreten.

Acht

Da ist das Gefühl, am Ende eines Tages in eine leere Wohnung zu kommen. Aber das Schlimmste sind die Wochenenden.

Selbst wenn Clara und ich im Job Stress hatten, waren uns die Samstage und Sonntage immer heilig. Und wir hatten die Regel, dass wir einmal im Monat mit unserem klapprigen Toyota für eine Nacht irgendwohin fuhren. (Unser? Meiner. Nach wie vor.) Es war immer eine Überraschung für einen von uns, ein Ratespiel für denjenigen, der auf dem Beifahrersitz saß, bis wir schließlich vor irgendeinem abgelegenen Hotel oder Gasthaus anhielten.

Ich fuhr mit Clara nach Ely in den Cambridgeshire Fens (oder was einmal die Fens waren, bevor man das Moorland trockengelegt hat, um Weidefläche zu schaffen) und zur Studland Bay an der Küste von Dorset und zu einer Aufführung von *Was ihr wollt* in Stratford-upon-Avon. Sie zeigte mir den neolithischen Steinkreis von Avebury und nahm mich mit in die Thermalbäder von Bath und zum Paragliding (in einem flachen Kessel in den Surrey Downs). Weniger erfolgreich war meine Idee, sie zu einem Spiel von Portsmouth gegen Southampton in der fünften Runde des FA Cups mitzunehmen.

Sind diese Erinnerungen bedeutungslos? Habe ich

mich so getäuscht? J ist nicht der Einzige, der seine Meinung über Clara geäußert hat, seit sie weiß Gott wohin verschwunden ist (obwohl ich mir nicht sicher bin, ob sogar er weiß, wo sie steckt). Auch viele meiner anderen Freunde haben auf unterschiedlichste Art und Weise verlauten lassen, dass sie Clara schwierig fanden und dass wir nicht gut füreinander waren. Ich frage mich, wie lange ich mir noch einreden kann, dass sie unrecht haben, dass das Beste, was wir waren, nur uns allein bekannt war.

Polly hat mir gestern getextet, obwohl wir uns geschworen haben, für ein paar Wochen Funkstille zu halten. *Warum fühle ich mich nicht wirklich schuldig? x*

Weil du keine Moral hast, du Luder x

LOL. Gott, du fehlst mir. Sorry, sollte so was nicht sagen x

Vielleicht wär ich geschmeichelt, wenn du nicht in, äh, Wales wärst x

So schlimm ist es nicht x

Du lügst x

Ich erinnere mich an jedes köstliche Detail in dieser Nacht. Verdammt, jetzt fang ich schon wieder an. Keine Sorge, muss los. Mittelklasse-Gören schreien nach Burgern, und meine Wenigkeit hat Grilldienst xx

Als ich den Wortwechsel später noch einmal lese, wird mir klar, dass Clara und ich niemals in der Lage gewesen wären, so etwas zu schreiben, dass alles, was wir schrieben, mit massiver Ernsthaftigkeit meiner- oder ihrerseits festgezurrt worden wäre. Die Alchemie mit Polly folgt ihren eigenen Gesetzen, wie ein wildes Tier, das durchs Unterholz streift. Ich bin ernsthaft versucht, unsere Unterhaltung dort wieder aufzunehmen, wo sie abgebrochen ist. Am Ende aber nehme ich Doggo mit auf seine Abendrunde.

Ich mag die Gegend, in der ich wohne. Meine Wohnung liegt auf der Chesterton Road, einer Verlängerung der Golborne, die am oberen Ende der Portobello Road liegt. Es ist nicht wirklich Notting Hill, aber das macht es in meinen Augen nur noch liebenswerter. Die Gegend hat eine etwas raue Frontlinien-Atmosphäre, auch wenn die alteingesessenen Bewohner wahrscheinlich der Meinung sind, dass es von neu hinzugezogenen Yuppie-Werbefritzen wie mir übergentrifiziert worden ist, bis vom Original nichts mehr übrig blieb. Wie auch immer, es ist immer noch eine bunte Mischung aus Nordafrika und Portugal, Designerboutiquen und Ramschläden, Eisenwarenhandlungen und hochspezialisierten Fahrradgeschäften für Leute, die für das gleiche Geld ein Motorrad kaufen könnten. Und über dem Ganzen erhebt sich das Zeugnis der brutalistischen Architektur der 60er-Jahre, der Trellick Tower, der am nördlichen Ende der Golborne Road Wache hält.

Das ist mein Revier. Ich bin jetzt seit drei Jahren hier und kann mir nicht vorstellen, irgendwo anders zu wohnen. Je länger ich hier lebe, desto mehr liebe ich es, sogar an den Samstagen, wenn die ganze Welt auf die Straßenmärkte strömt und die Menschenmassen von den Bürgersteigen auf die Straße überquellen. Doggo, das spüre ich, verliebt sich auch allmählich in dieses Pflaster, wenn auch nur, weil die marokkanischen Köche, die hinter den Restaurants ihre Zigarettenpause machen, ihm Essensreste hinwerfen, wenn wir unsere abendliche Pilgerreise Richtung Athlone Gardens antreten. Athlone Gardens ist Doggos Klo, wo er pflichtschuldigst seinen Haufen absetzt und ich ihn pflichtschuldigst eintüte.

In amerikanischen Liebeskomödien ist ein Hund eine todsichere Methode, hübschen Mädchen in die Arme zu laufen, mit denen man anschließend im Bett landet. Man trifft sich im Central Park (vielleicht bespringt ihr Hund gerade deinen Hund – eine kleine tierische Geschlechtsumkehrung, um dieser so offensichtlichen Parallele die Schärfe zu nehmen). Man verabschiedet sich ein wenig unbehaglich, fest entschlossen, sich in Zukunft aus dem Weg zu gehen, um eine Wiederholung dieses unschönen Spektakels zu vermeiden, et cetera et cetera, bis zur letzten Szene in der Kirche, in der, gerade als du dein Ehegelöbnis abgeben willst, ihr Hund versucht, deinen wieder zu besteigen (haha).

Kensington Gardens an einem Sonntagmorgen. Im Vergleich zu den meisten Hundebesitzerinnen hier ist meine Oma ein Backfisch, und die wenigen Fitten unter ihnen sind, na ja, fit eben. Man muss schon ein gut trainierter Athlet sein, um überhaupt ein paar Worte mit ihnen wechseln zu können, so schnell rennen sie, während ihre langbeinigen Rassehunde neben ihnen herhüpfen.

Man könnte Doggo niemals als langbeinigen Rassehund bezeichnen. Er ist eine stämmige, waschechte, bodenständige, absolut hundertprozentige Promenadenmischung. Interessanterweise scheint ihm das gar nicht bewusst zu sein. Das habe ich im Laufe der letzten Tage in der Agentur festgestellt. Er bewegt sich wie ein Mitglied des Königshauses, so als wäre alle Aufmerksamkeit auf ihn gerichtet, als dürfte er sich keinen Fehltritt leisten aus Angst, die bewundernde Menge zu enttäuschen. Kensington Gardens, mit seinen Menschen und Hunden von höherem Geblüt, ist ganz offensichtlich nach seinem Geschmack. Er fühlt sich hier wie zu Hause, ist in seinem

Element, und zwar so sehr, dass ich mich frage, ob er es womöglich kennt. Aber wenn ich so darüber nachdenke, glaube ich das eher nicht. Trotz all seiner hochmütigen Selbstsicherheit, die er zur Schau trägt, wirkt er nicht so, als würde er sich dort auskennen.

Ich bin mit ihm hergekommen, damit er sich die Beine vertreten kann und um ihn zum ersten Mal, seit Clara fort ist, ohne Leine laufen zu lassen. Er hat kein Interesse. Zwar wandert er hin und wieder los, um seine Nase im Wurzelwerk eines Baums zu versenken, aber er lässt mich nicht aus den Augen. Ich bin ein wenig gerührt von diesen kurzen Blicken, die er mir zuwirft. Sie lassen ein gewisses Vertrauen erkennen, das ich bisher noch nicht zu spüren bekommen habe (gut möglich auch, dass er sich einbildet, er sei derjenige, der hier die Verantwortung trägt, und einfach sichergehen will, dass ich keine Dummheiten mache).

Es ist ein herrlicher, windzerzauster Maitag, und ich beschließe, uns eine Fahrt mit dem Ruderboot um den Serpentine zu gönnen. Doggo hüpft furchtlos an Bord, pflanzt sich auf den Bug, die Pfoten auf dem Schandeck, und blickt über das Wasser wie ein Kapitän auf der Poop. Er scheint von dem Zittern in seinen Hinterläufen und dem leisen Wimmern jedes Mal, wenn wir uns ein paar Enten nähern, genauso überrascht zu sein wie ich. Ich bin mir nicht sicher, ob ihm der Gedanke gefällt, diesen niederen Instinkten unterworfen zu sein, die andere Hunde steuern.

Gestern Abend hätte ich den Lunch am Sonntag bei meiner Schwester beinahe abgesagt. Als sie die Tür zu ihrem Architektenhaus öffnet, wünsche ich, ich hätte es tatsächlich getan.

»Oh Gott«, stöhnt sie. »Ein Hund.«

Ich liebe Emma. Selbstverständlich tue ich das. Sie war es, die alles zusammengehalten hat, als Mum und Dad sich getrennt haben, die ihre Rollen für mich übernommen hat. Es ist nur so, dass ich sie seit fünf Jahren nicht mehr gesehen habe, nicht die wahre Emma, die mich mit ihrer Umarmung fast erdrückt und einen Witz über die grottige Flasche Rotwein gemacht hätte, die ich in der Hand halte. Aus irgendeinem Grund muss jetzt alles in ihrem Leben genau so sein, wie sie es sich vorstellt. Die Tatsache, dass ihr Bruder mit einem Hund aufgeschlagen ist, ist ein unerwarteter Störfaktor, und es fällt ihr nicht leicht, dieses kleine Detail in ihrer exakt festgelegten Vorstellung vom Verlauf der nächsten Stunden einzubauen.

»Keine Sorge, er ist fast stubenrein.«

»Dan …«

»Das war ein Witz, Ems.«

Emma und Duncan haben zwei Kinder. Milo ist ein chronisch missmutiger kleiner Kerl von zwei Jahren. Er ist oben und schläft, wahrscheinlich mit einer Dosis Calpol ruhiggestellt. Alice ist sechs, unten in der offenen Küche zum Esszimmer, und spielt Klavier. Sie ist der wahre Grund, warum ich die Einladung nicht abgesagt habe.

»Wer macht denn hier diesen grässlichen Lärm? Oh, du bist das.«

»Onkel Dan!« Als sie mich die Stufen zum Wohnbereich herunterkommen sieht, hüpft sie von der Klavierbank, flitzt zu mir und schlingt ihre Arme um meine Hüfte. »Was hast du mir mitgebringt?«

»Mitgebracht«, korrigiert Emma.

»Wieso glaubst du, ich hätte dir etwas mitgebringt?«

»Weil du das immer machst. Du bist mein Patenonkel.«

Als sie Doggo oben auf dem Treppenabsatz sieht, weiten sich ihre Augen. »Du hast mir einen Hund mitgebringt!?«

»Mitgebracht«, sagt Emma. »Und es ist Onkel Dans Hund.«

»Er heißt Doggo, es sei denn, dir fällt ein besserer Name für ihn ein.«

Alice überdenkt die ganze Sache mit ernster Miene und kommt zu dem Ergebnis: »Es ist ein guter Name.«

Ich zucke plötzlich – »Uff!« –, klopfe auf meine hintere Hosentasche und ziehe mit einem überraschten Gesichtsausdruck das kleine Paket heraus. »Was macht das denn hier?«

»Das ist für mich! Das ist für mich!«

Es ist eine Silberkette.

»Das ist das Zeichen für Frieden«, erkläre ich.

»Frieden?«

»Weil es zu viel Krieg und Töten auf der Welt gibt.«

»Vielleicht kannst du ihr im Netz ein paar Fotos von Massenmorden zeigen«, ruft Emma vom Herd herüber.

»Sie ist toll!«, strahlt Alice. »Zieh sie mir an.«

Duncan ist im Garten und wedelt mit einem Stück Pappe auf den Grill ein. »Die verdammte Kohle ist feucht. Hat den ganzen Winter im Schuppen gestanden. Schön, dich zu sehen.« Er hört auf zu wedeln, um mir energisch die Hand zu schütteln.

Duncan ist ein guter Mann, der Typ, den man im Schützengraben neben sich haben will. Zu dem man sagen könnte: »Duncan, alter Freund, der Captain will, dass ich eine kleine Aufklärungsmission im Niemandsland mache, aber ich habe scheußliche Kopfschmerzen.« Duncan würde ohne zu zögern losziehen, ohne eine Schramme zurückkommen und sich dabei noch eine Medaille verdienen. Er ist so völlig anders als seine Vorgänger, Emmas Reihe von nutzlosen Freunden, die mir gezeigt haben, wie man flucht und raucht und Bob Dylan hört, als ich jünger war.

»Tut mir leid, das mit dir und Clara«, sagt er ein wenig unbehaglich. »Ich hätte fünf zu eins darauf gewettet, dass ihr es durchzieht.«

Duncan hat immer schon gern gewettet. Er betrachtet das Leben als Summe von Wahrscheinlichkeiten. Mittlerweile zockt er nicht mehr – Emma hat es ihm verboten –, nur noch im Job, wo er für ein italienisches Finanzhaus mit Anleihen handelt.

»Vielleicht tut ihr's ja noch«, fügt er hinzu.

»Unwahrscheinlich.«

Und ich meine es auch so. Ich habe ein paar Wochen damit verbracht, mir selbst leidzutun – verwirrt, verletzt, sogar rachsüchtig –, aber ich weigere mich, einer von diesen armseligen Trotteln zu werden, die jemandem nachtrauern, der ganz offensichtlich nicht mit ihnen zusammen sein will.

»Einfach abgehauen, mh?«, fragt Duncan mit einem wehmütigen Blick. »Und du hast immer noch keine Ahnung, wo sie ist?«

»Nein.«

Er fängt wieder an zu wedeln.

»Ich fand sie eigentlich ganz nett.«

»Wirklich?«

»Ja, absolut. Na ja, meistens.«

»Ich bin mir sicher, sie wird sich freuen zu hören, dass du sie meistens eigentlich ganz nett fandest.«

Seit ich Duncan kenne, lacht er wie ein schlechter Schauspieler auf Kommando. »Ha, ha, ha«, gluckert er steif. »Ich kann mir vorstellen, dass sie nicht immer einfach war.« Es ist seine höfliche Art zu sagen, dass sie ordentlich einen an der Waffel hat.

Ich bin der erste Gast, aber nicht der einzige. Außer mir ist noch ein Pärchen da, das ich schon ein paarmal gesehen habe, Hugo und Lucinda, sowie mein Date, Fran, die als Research Analyst bei Duncans Bank arbeitet. Ich gehe einfach mal davon aus, dass sie mein Date ist, denn sie ist so alt wie ich (oder nah dran) und Single. Außerdem ist sie mürrisch, reizbar und sarkastisch. Sie spricht gemein über Doggo, abschätzig über Islington (wo wir uns alle versammelt haben) und lässt eine spitze Bemerkung über Eltern fallen, die ständig nur über ihre Kinder reden. Es ist schon eine Leistung, sich alle Anwesenden innerhalb von zwanzig Minuten zum Feind zu machen.

Während Duncan sich bemüht, die Lammkeule davor zu bewahren, ein Brandopfer zu werden, finde ich mich Fran gegenüber am Teak-Gartentisch wieder, wo ich mich frage, was eine intelligente Frau wie sie dazu bringt, so völlig anders zu ticken als der Rest der Welt. Es ist, als wollte sie in vollem Bewusstsein sozialen Selbstmord begehen – was sie natürlich extrem interessant macht, aber nur, weil sie auch extrem gut aussieht. Täte sie das nicht, säße sie jetzt allein zu Hause.

Als sie anfängt, sich über die Obsession der Mittelklasse mit Biolebensmitteln auszulassen, platzt es ungebeten aus mir heraus: »Wenn du nicht so gut aussähst, würdest du jetzt allein zu Hause sitzen.«

»Dan!«, ruft Emma empört.

»Wusste ich's doch«, sagt Fran und fixiert mich mit einem amüsierten Blick. »Und danke. Das ist der erste ehrliche Satz, den ich heute Abend gehört habe.«

»Es gibt Wichtigeres im Leben als Ehrlichkeit«, poltert Hugo.

Fran ignoriert ihn, den Blick immer noch auf mich gerichtet. »Sag noch was.«

»Quid pro quo.«

Fran lässt noch eine Scheibe Salami in Doggos Schnauze fallen. »Warum ist deine Freundin weggelaufen?«

»Du schummelst.«

»Du hast nicht gesagt, dass es keine Frage sein darf.«

»Okay«, sage ich. »Weil ich nicht an Engel glaube.«

»Warum nicht?«

»Weil es keine Beweise dafür gibt, dass sie existieren.«

»Ah, ein Empirist. Vielleicht siehst du die Beweise bloß nicht. Vielleicht suchst du nach Heiligenscheinen und Flügeln, wenn du auf ganz andere Dinge achten solltest.« Sie schweigt einen Moment, bevor sie hinzufügt: »Vielleicht bin ich ja ein Engel.«

Ich kann nicht widerstehen. »Tolle Verkleidung.«

Fran lacht am lautesten von allen.

Duncan hat einen gut sortierten Weinkeller, und als der Claret fließt, fängt Emma endlich an, sich zu entspannen. Ebenso Fran. Sie hat sich in Stellung gebracht – Hi, ich bin Fran, die ansässige Misanthropin –, aber sie ist clever genug, um zu wissen, dass es unangemessen wäre, darauf herumzureiten. Sie erzählt sogar einen süßen Witz über einen Igel und einen Besen, bei dem wir alle vor Lachen fast vom Stuhl fallen.

Ich räume die Teller ab und finde mich allein mit Emma in der Küche wieder, die ihre selbst gebackene Schokoladentorte mit Puderzucker bestäubt. »Tut mir leid wegen Fran. Der Himmel weiß, was Duncan sich dabei gedacht hat.«

»Ich mag sie.«

»Dann bist du schlimmer dran, als ich dachte«, schnaubt Emma. Ich mopse eine Himbeere aus einer Schüssel. »Finger weg!«, faucht sie.

»Ems, es ist eine Himbeere.«

»Wusste ich doch, dass ich noch eine Schale auf dem Bauernmarkt hätte kaufen sollen.«

Kein Satz, von dem ich jemals erwartet hätte, ihn von meiner Schwester zu hören.

»Zwei Vaterunser und zwei Ave-Maria sollten das wieder hinbiegen«, sage ich. Wir sind nicht praktizierende Katholiken, also dürfen wir über so etwas Witze machen. Als Emma nach meinem neuen Job fragt, sage ich ihr die Wahrheit: dass es schön ist, wieder zu arbeiten, zu funktionieren, Geld zu verdienen.

»Und, wer wird in die Fußstapfen von Fat Trevs Quadratlatschen treten?«

»Sie heißt Edie, Kurzform von Edith.«

Meine Schwester sieht mich mit ihrem wissenden Blick an. »Faszinierend. Wie alt?«

»Fünfundzwanzig.«

»Hübsch?«

»Ganz okay.«

»Erzähl mir mehr.«

Ich fange an, Edie zu beschreiben, aber dann fällt mir ein, dass ich das Foto von ihr nach unserer Umräumaktion im Büro auf meinem Handy habe. Sie steht mitten im Zimmer, ein breites Grinsen im Gesicht, die Arme mit einem »Tadaa!« weit ausgebreitet.

»Ganz okay?«, sagt Emma. »Sie sieht fantastisch aus. Miststück.«

Ah, da bist du, denke ich. *Endlich.*

Ich erkläre, dass sie einen Freund hat, Douglas, und dass sie schon seit Ewigkeiten zusammen sind – na ja, seit sie sich in Cambridge kennengelernt haben.

»Cambridge? Hast du ihr erzählt, dass du versucht hast, da reinzukommen, und es vermasselt hast?«

»Ja, Ems«, antworte ich matt.

»Und hast du ihr erzählt, dass ich versucht habe, da reinzukommen, und es geschafft habe?«

»Seltsam, aber du bist in unseren Gesprächen noch gar nicht aufgetaucht.«

»Es wird nicht halten. Uni-Beziehungen halten nie lange.«

Ich erkläre ihr, dass es nie dazu kommen wird, Douglas hin oder her. Der Gedanke, mit ein und derselben Person zu leben und zu arbeiten erfüllt mich mit einer Art kalter Panik. Jeden Tag aufeinanderhocken und nachts auch? So viel zum Thema Lagerkoller.

»Ich würde innerhalb einer Woche die Wände hochgehen, um nach einem Fluchtweg zu suchen. Ich kenne mich.«

»Ich auch. Sobald du dich in sie verliebt hast, wirst du ein anderes Lied singen.«

»Das hatte ich ganz vergessen: Große Schwester weiß es am besten.« Ich greife nach einer weiteren Himbeere.

»Große Schwester sagt: Denk nicht mal dran.«

Als ich gehen will, nimmt Alice mich beiseite und erinnert mich daran, dass sie bald Geburtstag hat, damit ich es nicht vergesse. Außerdem will sie mich etwas fragen, eine Frage, die, so meint sie, nur ein Patenonkel beantworten kann. Sie will wissen, ob Kirchtürme so aussehen, wie sie aussehen, weil sie eigentlich Raketen sind, um die Toten in den Himmel zu bringen. Ich nehme sie in den Arm und sage ihr, dass sie die klügste kleine Patentochter auf der ganzen Welt ist.

Keine Chance auf eine Mitfahrgelegenheit; Hugo und Lucinda wohnen oben im Norden, hinter Stoke Newington, also läuft Fran mit Doggo und mir zur Upper Street auf der Suche nach einem Taxi. In den letzten Wochen habe ich mich gefühlt, als würde ich mein Leben durch einen Filter leben, fast so, als hätte ich meinen Körper verlassen und würde über den Dingen schweben. Frans Offenheit ist erfrischend erdend, sie lässt keinen Raum zum Schweben.

»Als Duncan mich eingeladen hat, hätte ich beinahe laut gelacht.«

»Warum?«, frage ich.

»Doggo weiß es, nicht wahr, Doggo?« Doggo schaut zu ihr hoch. »Siehst du.«

»Er hat gerade etwa ein Kilo Fleisch von dir bekommen. Natürlich guckt er zu dir hoch.«

Fran lacht anerkennend.

»Also, warum hättest du beinahe laut gelacht?«

»Oh, weil Duncan genau weiß, was für ein Albtraum ich sein kann.«

»Vielleicht hat er eine masochistische Ader«, schlage ich vor.

»Oder eine sadistische.«

»Sadistisch?«

»Komm schon, wir wissen beide, warum ich da war.«

»Tun wir das?«

»Deinetwegen«, sagt sie.

Ich antworte nicht sofort. »Das ist ganz schön anmaßend. Vielleicht war ich ja deinetwegen da.«

»Oh Gott«, stöhnt sie, »ich bin so verdammt narzisstisch, dass ich darauf überhaupt nicht gekommen bin.«

Sie wohnt in der Nähe von Earls Court, und wir teilen uns ein Taxi, zumindest für einen Teil der Strecke. Doggo und ich finden uns am Marble Arch auf dem Bürgersteig wieder, und Fran wedelt abwehrend mit der Hand, als ich mich mit einem Zehner an den Fahrtkosten beteiligen will. »Sei nicht albern. Und nur damit du es weißt: Ich würde es definitiv tun.«

»Wie bitte?«

Sie rollt mit den Augen. »Benutz deine Fantasie.«

»Oh, okay, das werde ich mir merken.«

Sie hat ein tolles Lächeln, wenn sie sich entscheidet, es zu benutzen. »Es ist besser so. Ich würde dir nur wehtun.«

»Wieso würdest du das tun wollen?«

»Keine Ahnung. Ich arbeite daran mit meiner Therapeutin.«

Es ist nicht das Letzte, was sie zu mir sagt.

»Ich habe vor Kurzem jemandem das angetan, was deine Freundin mit dir gemacht hat. Glaub nicht, dass sie die beste Zeit ihres Lebens hat, die hat sie nämlich nicht.«

Neun

Es war Megans Idee, und sie könnte zu keinem schlechteren Zeitpunkt kommen. Irgendetwas sagt mir, dass sie das weiß.

Patricks Pitch bei KP&G ist am Freitagnachmittag, was bedeutet, dass Edie und ich unseren Claim bis Mittwochabend festgezurrt haben müssen, denn Josh und Eric in der Gestaltung brauchen mindestens einen Tag, um die Präsentation vorzubereiten. Das Schwert des Damokles hängt über unseren Köpfen, und zwar an einem seidenen Faden. Das Letzte, was wir jetzt brauchen, ist ein agenturweiter Wettbewerb, um den besten Namen für Doggo zu finden.

Als Megan sich weigert, von ihrem Vorhaben abzulassen, wird mir bewusst, wie sehr ich ihr Bedürfnis, uns abstürzen und brennen zu sehen, unterschätzt habe.

»Kommt schon, Leute, das wird lustig.« Sie steht in unserem Büro und sagt es mit einer nervtötenden Aussie-Vergnügtheit, die nur darauf ausgerichtet ist, dass wir uns wie Spielverderber fühlen. Ich kann nach wie vor nicht sagen, ob Seth in der ganzen Sache mit drinsteckt. »Ja«, leiert er von der Tür her wie jemand, der weiß, dass das Ganze auf irgendetwas hinauslaufen wird, nur nicht, worauf genau.

Es kotzt mich an, dass Doggo gegen uns verwendet

wird, aber wie mal jemand geschrieben hat: Es öffnet eine Tür im Palast der Möglichkeiten.

»Okay«, sage ich plötzlich und heble mich auf die Füße. »Doggo, komm, wir suchen dir einen neuen Namen.«

Ich bin mir der Tatsache bewusst, dass Edie mich ansieht, als hätte ich einen Sprung in der Schüssel. Und Doggo? Der rührt sich nicht vom Fleck. »Gib ihm mal einen Schubs, ja?«, sage ich so nebenbei wie möglich zu Megan und klappe mit viel Getue meinen Laptop zu. Sie klatscht in die Hände. »Komm, Doggo.« Er reagiert nicht, also versucht sie, ihn vom Sofa zu heben. Da passiert es.

»Er hat mich gebissen!«, heult sie und weicht zurück.

»Doggo! Böser Hund!« Ich untersuche Megans Hand. »Er hat nur gezwickt, es blutet nicht mal.«

»Gezwickt!?« Sie starrt ihn mit einem vernichtenden Blick an. »Kleiner Scheißköter.«

»Vielleicht war es einfach nicht der passende Moment«, sage ich mit genau dem richtigen Maß an falscher Höflichkeit, um sie ahnen zu lassen, dass ich genau weiß, was sie vorhatte. Was soll sie sagen? Ich habe sie durchschaut. Sie lutscht an ihrer Hand und tritt mit Seth im Schlepptau den Rückzug an.

Ich lasse mich neben Doggo aufs Sofa plumpsen und schiebe ihm einen Choc Drop rüber.

»Das kann doch nicht wahr sein«, sagt Edie.

»Wie bitte?«

»Jetzt glaubt er, er wird dafür belohnt, dass er Megan gebissen hat.«

»Ach, denkst du?«

Als ein weiterer Choc Drop zwischen Doggos eifrigen Lefzen verschwindet, fällt endlich der Groschen. »Ich hatte keine Ahnung, dass du so teuflisch sein kannst.«

»Reine Selbstverteidigung, Euer Ehren. Sie hat angefangen.«

In diesem Spiel gibt es keine Regeln. Es ist egal, wo es herkommt, Hauptsache es kommt. Leider kommt im Moment gar nichts.

Edie und ich haben es wieder und wieder durchgekaut. Ein paar von unseren Ideen sind nicht schlecht, aber keine davon ist wirklich überzeugend. Selbst Ralph, der fest daran glaubt, dass wir es hinkriegen, hat erste Zweifel. Er beruft einen Kriegsrat in seinem Büro ein.

»Ich weiß, dass wir nichts damit gewinnen, wenn ich mit der Peitsche knalle.«

»Aber seht zu, dass ihr vorankommt«, witzelt Tristan – na ja, mehr oder weniger.

Wir sind uns alle einig, dass die Fotos brillant sind. Sie sind geheimnisvoll, untergründig erotisch, echte Eyecatcher. Das ist komplett Edies Werk. Die Fotos stammen nicht aus irgendeiner Bilddatenbank, sie hat die Aufnahmen selbst als Art-Direktorin verantwortet und begleitet. Sie hat ein Auge dafür, das alles bedeutende Auge. Ich selbst habe es nicht, aber ich habe gelernt, es zu erkennen, wenn ich es bei anderen sehe. Irgendwie hat Edie es hinbekommen, Mundwasser sexy zu machen. Und wichtiger noch: Sie hat das Produkt mit der universalsten aller Freuden assoziiert – dem menschlichen Kuss. Wer küsst nicht gerne? Okay, Nonnen überschlagen sich vielleicht nicht gerade vor Verlangen danach, aber Nonnen sind nicht unsere Zielgruppe.

Fehlt nur noch der Claim. Das Beste, was wir bisher haben, ist: »Just Say No.« Es funktioniert gut mit den sinnlichen Bildern und spielt mit der Idee, dass Mächte aktiviert werden, die wir nicht mehr kontrollieren können, wenn man sich mit dem Zeug den Mund ausspült, aber Patrick findet, dass sich das Wortspiel etwas zu offensichtlich an Nikes ikonischem »Just Do It« anlehnt. Tristan ist sogar noch kategorischer in seinen Ansichten. Er ist davon überzeugt, dass der Slogan den Namen des Produkts enthalten sollte. Und weil er der Boss ist, soll es so sein. Wir haben achtundvierzig Stunden, um uns etwas einfallen zu lassen.

In stressigen Situationen schalte ich normalerweise auf forsch-fröhlichen Optimismus, während Edie dem Stress die Stirn bietet und ihn mit einem animalischen Schrei zu Boden ringt. Ich weiß, dass das bei manchen Leuten funktioniert, so wie ich verstehe, dass meine lässige Einstellung andere, die sie nicht teilen, zur Weißglut bringen kann.

»Verdammt, Dan.«

»Was?«

»Meinst du, du könntest mal mit dem Sudokuspielen aufhören?«

»Schschsch.«

Ich spiele live auf dem Handy gegen jemanden, der sich Madame Butterfly nennt, und ich habe mir in den Kopf gesetzt, wenn ich sie schlage (auch wenn »sie« wahrscheinlich ein haariger bulgarischer Mechaniker ist, denn so ist die Welt heutzutage), dann wird es für Edie und mich gut ausgehen – und wir werden den Killer-Slogan finden und den Pitch gewinnen. Es gibt sicher bessere Wege, den Erfolg zu sichern, aber es ist eine Prüfung, die ich mir selbst auferlegt habe, und ich muss sie beenden.

Madame Butterfly schlägt mich auf den letzten Metern.

»Verdammt!«

»Was?«

»Sie hat mich geschlagen.«

»Wer?«

»Madame Butterfly.«

Edie schüttelt den Kopf. »Langsam verstehe ich, warum Fat Trev ausgetickt ist.«

Es ist noch früh, und wir müssen einander erst noch abtasten, aber ich weiß jetzt schon, dass ich Edie mag. Sie ist klug, witzig, ehrgeizig und ein echtes Arbeitstier. Aber das ist noch nicht alles. Sie verströmt etwas, das schwer zu definieren ist. Es hat mit der Art zu tun, wie sie den Raum ausfüllt, den sie einnimmt. Sie hat so eine Gelassenheit, eine lässige Anmut, eine stille Würde. Mit ihr ein Büro zu teilen ist, als würde man unter einem großen Baum sitzen (während es mit Fat Trev war, als stünde man im Moshpit auf einem Thrash-Metal-Konzert).

Jeden Morgen freue ich mich darauf, sie zu sehen, und spüre ein Gefühl der Leere, wenn wir uns am Ende des Tages am Oxford Circus trennen und sie mit der Victoria Line weiter nach Süden Richtung Pimlico fährt und Doggo und ich mit dem 23er-Bus zurück nach Ladbroke Grove.

Madame Butterfly bietet mir eine Revanche an, aber ich schalte das Handy aus und sehe zu Edie. »Lass uns hier verschwinden. Wir brauchen einen Szenenwechsel.«

Ich bin überrascht, dass noch nicht mehr Leute auf die Idee gekommen sind. Ich meine, warum stundenlang anstehen und viel Geld dafür bezahlen, um sich durch die Menschenmassen in der Royal Academy oder der Tate Modern zu kämpfen, wenn man einige der besten Kunstwerke der Welt in den großen Auktionshäusern umsonst sehen kann? Egal was man sucht, Christie's, Sotheby's und Bonhams bieten ein ständig wechselndes Angebot für jeden Geschmack. Vom alten Ägypten bis zur chinesischen Gegenwartskunst. Ich persönlich bevorzuge europäische Nachkriegskunst (obwohl die Werke der alten Meister mich ebenfalls inspirieren).

Die großen Verkäufe – die, die in den Zeitungen stehen – sind Werke aus Impressionismus und Moderne, denn dafür geben die Leute irrsinnig viel Geld aus. Letztes Jahr ist bei Sotheby's in New York eine Version von Edvard Munchs *Schrei* für atemberaubende vierundsiebzig Millionen Pfund verkauft worden. In den Tagen vor der Auktion habe ich ernsthaft mit dem Gedanken gespielt, in ein Flugzeug zu steigen. Das Werk war seit seiner Fertigstellung fast durchgängig in privatem Besitz und würde aller Wahrscheinlichkeit nach wieder in irgendeiner privaten Sammlung verschwinden (was es auch pflichtschuldigst getan hat). Aber für einen winzigen Moment konnte jeder es sich anschauen. Man musste bloß von der Straße hereingehen und sich davorstellen. Jetzt ist es weg, hoffentlich nicht für immer, aber ich wäre überrascht, wenn es zu meinen Lebzeiten noch einmal auftauchen würde. Das letzte Mal hat es über hundert Jahre gedauert.

Das Ding mit Auktionen ist: Man begegnet Schönheit in allen Formen und Farben, aber die Begegnungen sind temporär, vergänglich, einmalig – wie ein flüchtiger Blickwechsel mit einer schönen Frau auf der Straße.

Nichts davon erwähne ich gegenüber Edie, als ich sie bei Christie's auf der King's Street durch die Eingangstür führe. Ein Mann in einer schwarzen Uniform stellt sich uns in den Weg. »Tut mir leid, Sir, hier sind nur Führhunde erlaubt.«

»Er ist ein mentaler Begleithund.« Ein Satz, den ich schon ein paarmal in Bussen einsetzen musste, mit einer milden Variation meiner Schwachkopf/Computernerd-Stimme.

»Ein mentaler Begleithund?« Er sieht Edie an, die ihm ein süßes, leicht besorgtes Lächeln schenkt. »Nun, ich bin sicher, das geht in Ordnung«, sagt er. »Sie können weitergehen.«

Es ist eine großartige Auktion, vielleicht die eindrucksvollste, die ich bisher gesehen habe. Ich weiß, was uns erwartet, weil ich mir den Onlinekatalog angeschaut habe. Unter den gut vierzig Werken sind drei Renoirs, fünf Picassos, zwei Matisses, ein Van Gogh und ein Paar Bronzen von Giacometti. Ein paar der bedeutendsten Stücke sind überraschend enttäuschend (anhand der Katalogbilder kann man es nie wirklich sagen). Und umgekehrt scheint die Landschaft von Bonnard, die auf meinem Laptop flach und nichtssagend wirkte, von der Hitze eines mediterranen Nachmittags förmlich zu schimmern. Man kann beinahe die Zikaden hören.

Wenn ich vor einem Van Gogh stehe, durchströmt mich jedes Mal ein Gefühl der Traurigkeit. Es ist nicht nur die rasende Genialität dieses Mannes oder sein früher Tod durch die eigene Hand; es ist das Wissen, dass er in den Tod gegangen ist, ohne die geringste Ahnung, welchen bahnbrechenden Einfluss er auf die nachfolgende Kunstwelt haben würde. Nur eine Handvoll seiner Zeitgenossen erkannte damals, dass er ein Visionär war, ein Prophet.

Das Bild, das zum Verkauf steht, ist ein kleines Ölgemälde auf Leinwand von der französischen Klinik in der Nähe von Arles, in die er sich kurz vor seinem Tod freiwillig hatte einweisen lassen. Ein wirbelndes Fest aus Blau-, Violett- und Orangetönen, das wohl für zehn bis zwölf Millionen Pfund den Besitzer wechseln wird, eine absurde Summe, wenn man bedenkt, dass er zu Lebzeiten kaum genug verdient hat, um satt zu werden.

Edie, die, wie ich allmählich erkenne, eine konträre Ader hat, sieht das anders, auch wenn ihr Gegenargument nicht ganz ernst gemeint ist. Sie sagt, am Ende bleiben von uns ohnehin nur noch ein Haufen Knochen und eine Erinnerung. Vielleicht wusste Van Gogh das; vielleicht wusste er, dass es besser war, auf dem Höhepunkt seiner Genialität zu sterben denn als jemand, der seine Depression zwar in den Griff bekommen, in den folgenden vierzig Jahren aber nur noch mittelmäßige Arbeiten produziert hat. »Wie Steffi Graf.«

»Steffi Graf?«

»Die Tennisspielerin.«

»Ich weiß, wer Steffi Graf ist.«

»Steffi hat es verstanden. Sie ist auf dem Höhepunkt ihrer Karriere ausgestiegen. Ich bin die Beste. Danke und Tschüss.«

»Vielleicht war es ihr fundiertes Wissen über Van Goghs Schaffen, das ihre Entscheidung begründet hat.«

»Wenn das alles ist, was du dazu zu sagen hast, habe ich diese Diskussion gewonnen.«

»Welche Diskussion? Van Gogh hat sich nicht umgebracht, um seinen Ruhm für die Ewigkeit zu sichern.«

»Ah, aber das weißt du nicht. Er könnte es getan haben.«

Edie kennt sich ganz offensichtlich aus, aber sie geht nicht mit ihrem Wissen hausieren. Als ich nachbohre, erfahre ich, dass sie in einer kultivierten, belesenen Familie aufgewachsen ist, das einzige Kind eines komponierenden Musikjournalisten und einer Amateur-Archäologin. Als sie klein war, haben sie sie ständig zu Ausstellungen und Konzerten mitgeschleppt. Genau wie J: Er war von jüngster Kindheit an jeglicher Art von Kultur ausgesetzt und hat sie mittels Osmose in sich aufgenommen. Tief in mir drin bin ich neidisch auf solche Leute. Emma und ich haben von so etwas nie viel mitbekommen, als wir klein waren.

»Mein Dad ist ein linker Akademiker der alten Schule. Für ihn waren Musik und Kunst nichts als bourgeoiser Firlefanz. Heute vielleicht nicht mehr ganz so extrem.«

»Und deine Mutter?«, fragt Edie.

»Mein Vater ist kein Mann, dem man widerspricht. Nicht, wenn du weißt, was gut für dich ist.«

Das war so nicht geplant gewesen – über meine Kindheit zu jammern –, ich weiß gar nicht recht, wie das eigentlich passiert ist. Die Idee war, uns beide vor ein paar große Kunstwerke zu pflanzen, denn wirklich große Kunst rückt die eigenen armseligen kreativen Versuche wieder in die richtige Perspektive und schafft Abstand und eine gewisse Klarheit. Manchmal liefert es sogar die Lösung zu Problemen.

Nicht so heute. Nun ja, nicht direkt. Nicht, bevor wir über Picadilly wieder Richtung Agentur schlendern und ich Edie vorschlage, dass wir womöglich doch mit »Just Say No« werden leben müssen.

»Ich bin völlig davon weg«, sagt sie mit Nachdruck. »Das klingt mir zu sehr nach diesen Warnhinweisen auf den Zigarettenschachteln.«

Ich kenne das Gefühl; und da ist es wieder – ein Schauer, der mir über den Rücken läuft. »Das ist es!«

»Was?«

»Kluges Mädchen.«

»Was?«, fragt Edie. »Was habe ich gesagt?«

Es sieht toll aus. Wir wollten mehr Spannung zwischen den Bildern und dem Claim, und wir haben sie. Ein breites weißes Band wickelt sich lässig um den unteren Teil der Kuss-Aufnahme, und darauf steht in dicken schwarzen Buchstaben: »SWOSH! KANN IHR SOZIALLEBEN NACHHALTIG BEEINTRÄCHTIGEN.«

Ralph ist begeistert, und nicht nur, weil es uns gelungen ist, den Produktnamen unterzubringen. Er findet es gewagt, fesselnd und ist der Meinung, der humorvolle kleine Stupser gegen unsere gesundheits- und sicherheitsbesessene Gesellschaft hat einen besonderen Reiz. Außerdem eignet sich der Spruch für weitere Variationen. Wir schieben ihm ein paar davon unter die Nase.

Sein Favorit ist: »RAUCHEN IST TÖDLICH. SWOSH! NICHT.« Das ist nicht für den Pitch. Das ist für später, wenn die Kampagne sich weiterentwickelt. Kunden lieben Konzepte, die ausbaufähig sind. Sie haben dann das Gefühl, mehr für ihr Geld zu bekommen.

Ralph lehnt sich in seinem Stuhl zurück. »Ich finde es großartig. Ich würde es selbst pitchen, wenn ich nicht wüsste, dass Patrick es brillant rüberbringen wird.« Wenn das kein Warnschuss vor Patricks Bug war, dann weiß ich's auch nicht.

Als wir wieder in unserem Büro sitzen, wirkt Edie ein wenig erschüttert. »Tristan hat kaum etwas gesagt.«

»Was hätte er denn sagen sollen?«

»Er hat immer was zu sagen.«

»Vielleicht gefällt ihm unsere Idee nicht«, sage ich.

»Glaubst du?« Sie schaut vom Sofa zu mir herüber, wo sie neben Doggo sitzt und ihn geistesabwesend streichelt.

»Er ist ein Pragmatiker; wahrscheinlich weiß er einfach, wann er besser den Mund hält.«

»Was meinst du damit?«

Damit meine ich: Warum zur Hölle reden wir über Tristan, wenn wir gerade vom Kapitän selbst eine Bestätigung bekommen haben, von der wir nur träumen konnten?

»Mach dir keine Gedanken wegen Tristan. Mach dir Gedanken, wie Patrick das Ganze am Freitag hinbekommt. Für den zweiten Platz gibt's keine Medaille.«

Es ist ein großer Etat, und wir sind eine kleine Agentur. Die Nervosität überträgt sich. Clive und Connor sind die Ersten, die zu uns ins Büro kommen. Sie scheinen von unserer Arbeit ehrlich beeindruckt zu sein und sich für uns zu freuen. Megan und Seth sind fast ebenso überzeugend.

»Genialer Claim, du Bastard«, witzelt Megan.

»Eigentlich war es Edies Idee.«

»Nicht wirklich«, sagt Edie.

Megan bleckt ihre großen Zähne. »Ihr beide solltet euch besser absprechen.«

Meine einzige Sorge ist, dass das Konzept ein bisschen zu gewagt ist. Aber ich behalte es für mich und sage Edie, dass sie, selbst wenn wir den Pitch nicht gewinnen, Eindruck auf Ralph gemacht hat, was genauso wichtig ist. »Außerdem wäre es echt eklig, wenn du deine erste Arbeit gleich verkaufen könntest. Ich habe fünf Anläufe gebraucht, und am Schluss war's eine Zeitschriftenwerbung für Hörgeräte: ›Sie werden taub? Kaufen Sie eins von diesen hier.‹«

Sie lacht, dann sagt sie mit emotionsgeladener Stimme: »Danke wegen eben. Du weißt, dass die Idee nicht von mir kam.«

»Du warst diejenige, die es gesagt hat: Warnhinweise auf Zigarettenschachteln.«

»Ich hab's zwar gesagt, aber ich hab's nicht gesehen. Du hast es gesehen.«

»Nur weil du es ausgesprochen hast. Hör zu, was mein ist, ist auch dein ... unser. So was nennt sich Teamwork.«

Sie antwortet nicht sofort. »Weißt du, Dan, du bist einer von den Guten.«

Ich bin seltsam berührt von den Gefühlen in ihrer Stimme. »Erzähl das Clara.«

Es ist ein furchtbarer Satz, er trieft förmlich vor Selbstmitleid, und das Timing könnte nicht schlechter sein, denn als Edie fragt: »Wer ist Polly?«, denke ich dummerweise, dass die Frage irgendwie Teil derselben Unterhaltung ist.

»Claras Schwester. Wieso?«

Zu spät bemerke ich, dass ich mein Handy zum Aufladen in die Dock-in-Station auf Edies Schreibtisch gestellt habe und auf meinem Display gerade eine neue Nachricht direkt vor ihrer Nase aufgeblinkt ist.

»Weil sie dich dringend wieder in sich haben will.«

Ich erstarre, winde mich und überlege verzweifelt, was ich sagen soll. »Wie gesagt, einer von den Guten.«

Wir lachen immer noch, als Tristan plötzlich in unserem Büro steht.

»Verratet ihr mir, was so lustig ist?«

»Ganz sicher nicht«, antworte ich.

»Jetzt hast du mich neugierig gemacht.«

Ich kann sehen, wie Edie unter seinem Viperblick zu

schwanken beginnt. »Wag's bloß nicht«, warne ich, und sie zuckt entschuldigend mit den Achseln.

»Wie ihr wollt, Kinder«, sagt Tristan mit einem verkrampften Lächeln. »Ich bin bloß gekommen, um euch zu sagen, dass ihr ganze Arbeit geleistet habt. Egal wie es am Freitag ausgeht, wir sind stolz auf euch.«

Zehn

Hi, Polly. Dachte, du solltest wissen, dass meine Kollegin deine Nachricht gelesen hat x

Ups! Schon mal was von Code-Sperre gehört? x

Okay, mein Fehler, ich gebs zu x

War eh nur ein Witz. Wollte sehen, wie du reagierst x

Sehr lustig. Gib mir 5 Min, um mich davon zu erholen x

Beim letzten Mal hast du nur 2 gebraucht x

Hör auf damit!

Kein Kuss?

x

So ists besser. Was machst du am Wochenende? x

Meinen Opa in Sussex besuchen x

Sussexy! Falls du deine Pläne noch änderst, ich kenne da ein Hotel in Aberystwyth xx

Ist das wieder ein Scherz oder bist du nur höflich? xx

Weder noch. Hab gelogen. Ich will dich wirklich wieder in mir haben xx

Dazu wird es nicht kommen xx

Ich erzähls C. . . xx

Sie wird dich von ihrer Weihnachtskartenliste streichen, wenn du das tust xx

Gott, es tut gut, mal wieder zu lachen. Hier gibts nicht viel Gelegenheit dazu xx

Und so geht es weiter, was okay ist, allemal besser als neben Doggo auf dem Sofa zu hocken und irgendeine Liebeskomödie mit Jennifer Aniston zu glotzen. Irgendwann frage ich Polly, ob ich anrufen kann. Es ist schön, ihre Stimme zu hören. Ich sage ihr, dass ich überrascht bin, weil Clara noch nicht wieder aufgetaucht ist. Ich mache mir Sorgen, dass ihr irgendetwas zugestoßen sein könnte.

»Brauchst du nicht. Dir Sorgen machen, meine ich.« Clara hat angerufen und mit ihren Eltern gesprochen. Offensichtlich haben wir mit Bali danebengelegen. Sie ist in Neuseeland. »Aber das hast du nicht von mir.«

Neuseeland lässt bei mir eine Warnglocke klingeln. Im März hatte Clara einen Styling-Auftrag für ein Musikvideo, und zwar für einen heißen jungen Kiwi-Regisseur, der nur für ein paar hochkarätige Aufnahmen nach England gekommen war. Geht es am Ende darum? Sie hat gesagt, sie mochte den Typen nicht, aber wenn ich es mir recht überlege, hat sie ihn vielleicht ein bisschen zu sehr nicht gemocht.

Er hat zu allem eine Meinung ... Er ist so verdammt selbstsicher ... so detailversessen ... Kurzgefasst, alles, was ihr an einem Mann gefällt. Alles, was ihr mal an mir gefallen hat.

Ich bin ein Idiot. Ich hätte es sehen müssen. Plötzlich ist mir schlecht. Wer fliegt schon ans andere Ende der Welt in der Hoffnung, dass aus einem Kribbeln mehr wird? Clara ganz sicher nicht. Dafür ist sie viel zu pragmatisch. Nein, sie wusste ganz genau, was sie da unten erwartete, woraus ich nur schließen kann – Signal für eine weitere Welle der Übelkeit –, dass sie schon hier, direkt vor meinen Augen, eine Affäre mit dem Typen hatte. (Wie hieß er noch mal? Wayne? Ich werde es später googeln.)

Ich muss die Wahrheit wissen. Koste es, was es wolle. Ich bin so blind für die Konsequenzen wie ich es für die Warnzeichen war. Ich habe mich noch nicht ganz von Polly verabschiedet, als ich schon die Nummer von Fiona, Claras bester Freundin, wähle.

Wir sind immer gut miteinander ausgekommen, obwohl sie unter die Kategorie »Freunde« fällt, die allmählich aus meinem Leben verschwinden werden, jetzt, wo Clara nicht länger ein Teil davon ist. In den letzten Wochen haben wir ein paarmal miteinander gesprochen, immer höflich. Irgendetwas sagt mir, dass dieses Gespräch nicht ganz so höflich werden wird.

Nach einigen anfänglichen Nettigkeiten erkläre ich Fiona, dass ich mit dem Gedanken spiele, die Polizei anzurufen.

»Die Polizei?« Sie klingt ein wenig alarmiert. »Ich bin mir sicher, dass das nicht nötig sein wird.«

»Glaubst du? Alles, was ich weiß, ist, dass sie nach Neuseeland geflogen ist, um irgendeinen Filmtypen zu vögeln. Wer sagt denn, dass er sie nicht totgeprügelt und ihre Leiche irgendwo in den Bergen vergraben hat?«

Das Schweigen hängt zwischen uns wie eine nasse Decke. »Vielen Dank dafür, Dan.«

»Leck mich, Fiona, ich bin hier fast wahnsinnig geworden.«

»Ich musste ihr versprechen, dass ich dir nichts davon sage.«

»Dann kann sie mich auch mal.«

Ich lege auf, bevor sie Gelegenheit hat zu antworten. Ihre Nachricht kommt ein paar Minuten später. *Sie hat getan, was sie tun musste. Vielleicht solltest du dich mal fragen, warum.*

Jennifer Aniston vergießt ein paar Tränen im Fernsehen, während ich auf meinem Telefon rumtippe. *Vorschlag: Ich schlucke deinen selbstgerechten Scheiß, wenn du mir sagst, dass Will von Otto weiß.* Will ist ihr Freund, Otto ein Architekt in ihrer Firma. Sie soll wissen, dass ich über ihren kleinen Seitensprung Bescheid weiß. Sie soll wissen, dass Clara nicht annähernd die diskrete und loyale Freundin ist, für die Fiona sie hält. Das wird ohne Zweifel Konsequenzen für ihre Freundschaft haben. Gehörnt und abgeschoben, wie ich bin, ist es mir egal. Sollen sie es unter sich ausmachen. Bitte sehr, ihr beiden, da habt ihr eine kleine Kostprobe des Verrats, des Schmerzes, damit ihr mal seht, wie es sich anfühlt. Denn, ganz ehrlich, meine Lieben, es ist mir scheißegal.

Ich werde mich später noch dafür hassen, aber im Moment sorgt es dafür, dass ich mich wegen meines Betthupferls mit Polly nicht mehr so schlecht fühle. So sehr, ehrlich gesagt, dass ich ernsthaft mit dem Gedanken spiele, sie zurückzurufen und nach der Adresse von dem Hotel in Aberystwyth zu fragen.

»Hey, Doggo, Lust auf ein Wochenende in Wales?«

Er sieht mich nicht mal an; er ist zu sehr auf Jennifer fokussiert, die einfach hinreißend aussieht, als sie sich jetzt niedergeschlagen mit dem Handrücken über die Augen reibt, um die Tränen wegzuwischen.

Ich rufe Polly nicht an. Ich kann Grandpa nicht versetzen, auch wenn er gar nicht weiß, dass ich ihn besuchen komme, auch wenn er, wie beim letzten Mal, Probleme hat, mich in seinem verschwommenen Pantheon von Familienangehörigen und Freunden einzuordnen, die von Zeit zu Zeit im Pflegeheim vorbeikommen. Aber ich liebe meinen Grandpa, ich habe ihn immer geliebt, und sein

Hirn schwindet rasant. Ich würde es mir niemals vergeben, wenn ich bei der nächsten Gelegenheit, ihn zu besuchen, feststellte, dass es komplett verschwunden ist.

Der Film ist vorbei, der Abspann läuft, und Doggo tut etwas, das er noch nie getan hat: Er bellt. Einmal hat er ein etwas gequetschtes Jaulen von sich gegeben, als ich ihm aus Versehen in der Küche auf die Pfote getreten bin, aber das hier ist ein richtiges Bellen, überraschend tief und klangvoll, wenn man bedenkt, wie klein er ist – wie ein apfelbäckiger Chorjunge, der den Mund aufmacht und »Ol' Man River« in einem Basso Profondo zum Besten gibt.

»Doggo, schsch.« Aber er hört nicht auf, nicht mal, als ich einen anderen Film einlege, um ihn abzulenken. Er kann Jennifer Aniston nicht ernsthaft dermaßen verfallen sein, oder? Es ist eine Schnapsidee, aber als das Gebelle nicht aufhört, denke ich mir, dass es einen Versuch wert ist. Ich suche Film4+1, die um eine Stunde versetzt noch mal genau dasselbe Programm zeigen. Sobald der Film wieder läuft, lässt Doggo sich schweigend auf dem Sofa nieder, und seine großen dunklen Augen kleben am Fernseher, an Jennifer, die gerade über den Bürgersteig rennt und in ihr Handy quasselt.

Ich lache und lege vorsichtig meine Hand auf Doggos Rücken. Er ist zu abgelenkt, um zu protestieren.

»Gute Wahl, du lüsterner kleiner Teufel.«

Elf

Ralph ist hin und weg, als das Team am späten Freitagnachmittag in die Agentur zurückkommt. Offensichtlich hat Patrick sich selbst übertroffen, um den Anzugträgern bei KP&G unser Konzept zu verkaufen. Tristan war ebenfalls beim Pitch dabei und findet, dass es gut gelaufen ist.

»Im Vergleich zu was?«, fragt Ralph, was nach einem Seitenhieb auf Tristans mangelnde Erfahrung klingt.

Wir werden erst nächste Woche eine Antwort bekommen, aber Ralph besteht darauf, dass wir fünf – sechs, Doggo eingerechnet – in die Terrace Bar des Sanderson Hotels umziehen. Nicht um unseren Erfolg zu feiern, wie er betont, sondern einfach die gute Arbeit. »Niemand kann behaupten, dass wir nicht unser Bestes gegeben hätten. Man muss auch die kleinen Siege feiern.«

Ich kann das nachvollziehen, denn ich bin genauso gestrickt. Edie und Tristan scheinen nicht ganz so überzeugt. Sie würden es vorziehen, den Auftrag in der Tasche zu haben, bevor wir die Gläser erheben. Patrick genießt es einfach, in den Komplimenten zu schwelgen (und, wie ich vermute, zu wissen, dass sein Job für absehbare Zukunft sicher ist).

Wir leeren zwei Flaschen Champagner, während Doggo Wasser aus einer Schüssel schlabbert, die unsere aufmerksame Kellnerin ihm gebracht hat. Ich fühle mich besser, als ich mich seit Langem gefühlt habe, umgeben von meinen neuen Kollegen, meinem neuen Leben, dem lockeren Geplänkel. Ich schnorre sogar eine Zigarette von Edie. »Rauchen ist tödlich. SWOSH! nicht«, schilt Ralph. Und wie immer lachen alle pflichtschuldigst mit. Edie verabschiedet sich als Erste, rasch gefolgt von Tristan. Als Patrick uns ein schönes Wochenende wünscht und sich ebenfalls auf den Weg macht, verlangt Ralph die Rechnung.

»Fühlst du dich gut bei Indology?«, fragt er mich.

»Sehr.«

»Ich habe so das Gefühl, das ist der Anfang von etwas Besonderem – du und Edie, meine ich.«

»Ich auch.«

»Du musst mir nicht zustimmen, bloß weil ich der Boss bin.«

»Doch, muss ich.«

Er lacht. »Sag mir, was du wirklich denkst.«

»Wenn ich das täte, müsstest du mich feuern.«

Es passiert schon wieder. Ich klaue Fat Trevs Sprüche. Aber das ist egal. Fat Trev ist nicht hier, um »Dieb« und »Lügner« zu rufen, und Ralph gefällt diese Art der Unterhaltung. Ich fange an, den Kerl wirklich zu mögen, nicht wegen seiner dominanten Überschwänglichkeit, sondern wegen der kleinen Dinge. Weil er vorschlägt, in die Terrace Bar im Sanderson zu gehen, damit Doggo mitkommen kann und nicht allein im Büro zurückbleiben muss; weil er darauf besteht, uns anschließend mit seinem Bentley nach Hause zu fahren, auch wenn das ein ziemlicher Umweg für ihn ist.

Ich versuche Doggo davon zu überzeugen, sich vor mir in den Fußraum zu setzen, aber er weigert sich. Er klettert über mich drüber nach hinten auf die Rückbank – in seinen Augen bloß ein weiteres Ledersofa, auf dem er sich langmachen kann.

»Er ist ein lustiger kleiner Kerl«, bemerkt Ralph. »Erzähl mir seine Geschichte.«

Ich berichte ihm, was ich weiß, was nicht viel ist. Ich erzähle ihm auch von Clara und ihrer Entscheidung, einfach zu verschwinden, aber nicht von Neuseeland und Wayne Kelsey. (Ich habe ihn gegoogelt, und den kinnlastigen Fotos nach zu urteilen, die durchs Internet geistern, könnte Wayne Kelsey sich locker selbst als männliche Hauptrolle in seinem Debütfilm casten, an dem er gerade arbeitet, einem »Psychothriller in der Tradition von Alfred Hitchcocks *Rebecca*«. Tatsächlich – nicht, dass du jemals das Buch gelesen hast, du Kiwi-Mogelpackung – war es Daphne du Mauriers *Rebecca*.)

Ralph reduziert meine Lebensumstände auf ein Wort – »Horror« – und schiebt noch eine kleine Lebensweisheit hinterher, einen Trick, den er gelernt hat, als seine erste Frau ihn für einen jungen Holländer verlassen hat. »Es ist ganz einfach. Du musst dir drei Dinge sagen, immer wieder, wie ein Mantra: Sie hatte ihre Chance, und sie hat's versaut … Ich bin keine Wohlfahrtsorganisation … Sie muss es auf die harte Tour lernen.« Er schlägt immer wieder mit der Hand auf das Lenkrad und schmeißt sich weg über seinen eigenen Humor.

Wir sind fast bei meiner Wohnung angekommen, als Ralph plötzlich erklärt: »Lass dir von Tristan bloß nichts gefallen. Wenn er anfängt, den Boss zu spielen, kommst du einfach zu mir.«

»Danke, werd ich tun.«

»Er ist ein cleverer Bursche, nur nicht so clever, wie er

denkt. Weiß nicht immer, wann er besser den Mund hält. Wie heute Nachmittag. Er hat sich ständig eingemischt. Patrick hat es großartig gemacht, hat sich nicht aus dem Konzept bringen lassen.«

Ah, das erklärt die bissige Bemerkung eben in Tristans Richtung.

Als ich später in der Badewanne liege, wird mir klar, dass das eben eine Rekrutierungskampagne war. Ein bisschen Spannung an der Spitze kann für eine Firma ganz gesund sein, aber ich beschließe, mich bedeckt zu halten und in das, was auch immer da zwischen den beiden Alphamännchen brodelt, nicht einzumischen. Das ist eine der zahlreichen wertvollen Erkenntnisse, die man aus der Geschichte ziehen kann: In der Regel sind es die Fußsoldaten, die in den Kriegen fallen, nicht die Generäle.

Es rechtfertigt wohl kaum einen kleinen Tipp an die Schreibtischtäter bei Trade Descriptions, aber man muss schon ganz oben auf einem der scheußlichen Schornsteine hocken, damit das Seaview Rest Home auch nur die geringste Chance hat, seinem Namen gerecht zu werden.

Mag sein, dass es mal freie Sicht auf das Meer gegeben hat, als irgendein Kaufmann diesen sperrigen edwardianischen Steinhaufen auf dem Hang im Norden von Seaford errichten ließ. Doch das ist vorbei. Die Stadt ist gewachsen und verteilt sich über die Hänge wie ein hässlicher Fleck, und das Haus ist zu allen Seiten von anderen Gebäuden eingezwängt, die den Blick auf einen winzigen Himmelsausschnitt reduzieren.

Besucher müssen sich ein- und wieder austragen, und neben dem Gästebuch in der Eingangshalle steht ein Flipchart mit dem Spruch des Tages. Heute lautet er: GELD IST

NICHT ALLES, ABER ES SORGT DAFÜR, DASS DIE KINDER ÖFTER MAL VORBEIKOMMEN. Ein älterer Herr, vom Alter gebeugt, drückt sich in der Nähe herum.

»Die lügen, wissen Sie? Die lügen alle.«

»Entschuldigung?«

»Wann sie hier ankommen, wann sie wieder fahren.« Er lässt einen Satz perfekter Zähne aufblitzen. »Sie sind nie so lange hier, wie sie behaupten.«

Ich sehe auf meine Uhr und schreibe die Zeit ins Buch: 11.32. Er sieht ebenfalls auf die Uhr, vergleicht die Zeit mit der im Buch und scheint zufriedengestellt, zumindest fürs Erste. »Wir werden ja sehen«, krächzt er misstrauisch.

Das ganze Haus ist voller Teppiche mit Wirbelmuster, Handläufe, Rollstuhlrampen und osteuropäischem Pflegepersonal auf Niedriglohnbasis. Man hat das leise Gefühl, dass irgendwer irgendwo eine Menge Asche machen muss. Es ist nicht leicht, einen Kaktus durch Vernachlässigung zu töten – sie sind zähe Geschöpfe –, aber der auf der Fensterbank im Erdgeschosskorridor, der zum Zimmer meines Grandpas führt, liegt eindeutig in den letzten Zügen.

Das Zimmer selbst stinkt nach abgestandener Pisse, was erschütternd ist und absolut inakzeptabel. Selbst wenn ihm ein Missgeschick passiert ist, kann man für vierzigtausend Pfund im Jahr (oder sind es fünfzig?) zumindest einen gewissen Hygienestandard erwarten. Seien wir mal ehrlich, alles, was sie für ihr Geld tun müssen, ist, ihn dreimal am Tag mit schlechtem Essen zu füttern, ihm bei Bedarf den Hintern abzuwischen und zweimal in der Woche zu baden. Den Rest der Zeit sitzt er in seinem Sessel, döst oder starrt mit leerem Blick auf die blau-weiß gestreifte Tapete (Chapeau an die Inneneinrichter für das Käfigstangen-Motiv).

Es gibt eine Menge grausamer Krankheiten, aber Alzheimer steht ganz oben auf der Liste. Man nennt sie den »langen Abschied«, und ich verstehe, wieso. Im Laufe der letzten Jahre habe ich beobachtet, wie Grandpas Hirn immer weiter verkümmert ist. Der stetige Strom an Geschichten, für den er bekannt war, ist versiegt, und man muss großes Glück haben, um noch mal ein kurzes Aufblitzen seines beißenden Humors mitzuerleben. Bei meinem letzten Besuch hatte ich Glück. Ich war dabei, als eine süße junge Pflegerin den Kopf ins Zimmer gesteckt hat, um zu sehen, ob alles in Ordnung sei.

»Ah, Magda. Sie kann es einfach nicht lassen. Findet immer eine Entschuldigung, um vorbeizuschauen. Sie sagt, sie steht auf meinen Körper, aber ich weiß, dass sie eigentlich hinter meinem Geld her ist.«

»Sehr witzig, Mr. Larssen.«

»Ich habe ihr gesagt, ich bin verheiratet, aber hört sie mir zu?«

Diese kurzen Momente, in denen sein altes Selbst sich zeigt, werden immer seltener. Bald wird es sie gar nicht mehr geben. Er wird nur noch eine Hülle sein, kaum mehr als ein paar Körperfunktionen.

Er sieht so friedlich aus, wie er da in seinem Sessel sitzt, den Kopf zurückgelehnt, die Augen geschlossen, dass ich beschließe, ihn nicht zu wecken. Ich setze mich auf sein Bett und betrachte ihn. Selbst mit zweiundachtzig wirkt er kein bisschen zerbrechlich oder eingefallen. Er ist ein massiver Block von einem Mann, groß, breit, eindrucksvoll. Die gezackte Narbe an seiner linken Hand wirkt heute seltsam lebendig. Ich kenne die Geschichte dazu, auch wenn er selbst sich nicht mehr daran erinnert. Es ist ein Andenken an die Bombardierung von Coventry durch die Deutschen in der Nacht vom 14. November 1940. Er war damals sieben Jahre alt, das älteste Kind dänischer Einwanderer in der ersten Generation. Sein bester Freund ist bei der Explosion gestorben, bei der das Nachbarhaus in Schutt und Asche gelegt wurde und ihnen große Teile ihres eigenen Hauses auf den Kopf (und seine Hand) gefallen sind.

Als kleiner Junge habe ich seinen Schilderungen von dieser Nacht, den schrecklichen Dingen, die er gesehen hat, gespannt und voller Schrecken gelauscht. Jetzt sind es meine Geschichten; er kann sie nicht mehr erzählen. Vielleicht werde ich sie an meine Kinder weitergeben, aber wie lange sie überdauern werden, bis sie für immer in die Bedeutungslosigkeit verfallen, ist schwer zu sagen.

Er öffnet die Augen, lächelt schwach. »Oh, du bist es.«

»Hi, Grandpa. Wie geht es dir?«

Er streckt seine langen Beine. »Neulich ist etwas Seltsames passiert.«

»Oh?«

»Plötzlich war da ein kleiner Vulkan, genau hier ...« Er legt behutsam die Hand auf sein linkes Knie. »Er hat zweimal Rauch gepufft – pff, pff –, und dann ist er wieder verschwunden.«

Ich muss mich zusammenreißen, um nicht zu lachen. »Wow!«

Er sieht mich stirnrunzelnd an. »Es ist unglaublich, Annie, du siehst heute genau aus wie Daniel.«

Annie ist meine Mutter, seine Tochter. »Ich bin es, Grandpa – Daniel.«

»Wie geht es ihm?«

»Grandpa, ich bin's, Daniel. Es geht mir gut.«

»Hast du was von ihm gehört?«

Ich gebe es auf und spiele mit. »Ja, er hat einen neuen Job.«

»Einen neuen Job. Das ist gut. Guter Junge. Hat er das Mädchen schon geheiratet?«

»Clara?«

»Die mit den langen Haaren. Die du nicht leiden kannst.« Nun, das ist neu.

»Nein, noch nicht«, antworte ich.

»Und sein Buch? Ist es fertig?«

Fertig? Ich habe nicht mal angefangen. »Es wächst«, lüge ich.

»Ich kann kaum erwarten, es zu lesen. Ich mag gute Bücher, und ich weiß, dass es ein gutes Buch sein wird.«

Es ist ein herrlicher Tag, und so schlage ich vor, dass wir einen Ausflug machen – nach Alfriston vielleicht oder Birling Gap, Orte, an die er mich immer mitgenommen hat, als ich noch klein war. Die Namen scheinen für ihn keine Bedeutung mehr zu haben. »Birling Gap? Nein, Annie. Heute nicht. Ich bin sehr müde.«

Er schließt die Augen und döst wieder ein. Ich frage mich, was für Medikamente sie ihm geben. Der Gedanke lässt mich aufspringen und den Korridor hinunterstürmen, wo die Oberschwester (der mein Ton eindeutig nicht gefällt) mir versichert, dass er nicht mit Medikamenten vollgepumpt ist; er schläft nachts einfach nicht besonders gut und döst deshalb häufiger tagsüber, um den Schlaf nachzuholen.

In der Erwartung, Grandpa einzusammeln und von hier zu verschwinden, habe ich Doggo im Auto gelassen. Jetzt gehe ich ihn holen. Er sitzt auf dem Beifahrersitz und schmollt, weil ich ihn zurückgelassen habe. Ich kenne diesen Blick – ein schwerlidriges langes Starren aus den Augenwinkeln –, und ich habe mittlerweile gelernt, dass es das Beste ist, es ihm gleichzutun, um seine schlechte Laune zu vertreiben. Trotzdem dauert es gut eine Minute, bis er schließlich klein beigibt und mir hineinfolgt.

Doggo scheint von Grandpas Anblick, wie er da dösend in seinem Sessel sitzt, ganz angetan zu sein. Er spitzt die Ohren, dreht sich zu mir um und tut dann etwas Unerwartetes: Er springt auf Grandpas Schoß.

Der öffnet die Augen. »Hallo. Wie heißt denn du?«

»Doggo«, sage ich.

»Doggo, eh? Gott, bist du ein hässlicher kleiner Kerl. Ja, das bist du … ja, das bist du …« Doggo scheint kein Problem damit zu haben, an den Ohren geknetet und an der Schnauze gekratzt zu werden.

Großvater sieht mich plötzlich an. »Du hast es ihm nie erzählt, oder?«

»Wem? Doggo?«

»Sei nicht albern. Daniel natürlich.«

»Ihm was erzählt?«

Er kneift misstrauisch die Augen zusammen. »Das hast du nicht, oder?«

Er wirkt so bekümmert, dass ich sage: »Nein, nein, natürlich nicht.«

»Gott sei Dank«, sagt er und entspannt sich deutlich. »Ein Vater ist genug für einen Mann.«

Ich erwarte nicht, sie ans Telefon zu bekommen, und weil ich vom Handy aus in Spanien anrufe, bin ich nicht allzu traurig, als sofort der Anrufbeantworter anspringt.

»Mum, ich bin's, Daniel. Ruf mich zurück.«

Ich habe Doggo von der Leine gelassen, und er läuft fröhlich im Zickzack neben mir her und erschnüffelt weiß Gott was in dem langen Gras rechts und links des Trampelpfads am Fluss.

Das hier mag gut und gerne mein absoluter Lieblingsort auf der Erde sein: Cuckmere Haven, wo der Cuckmere River in den Ärmelkanal fließt. Es ist eine Liebe, die mit allen möglichen Kindheitserinnerungen verbunden ist. Damals sind wir hier rausgekommen, haben uns in den Fluss geworfen und ins Meer treiben lassen, wo tief gefurchte Sandbänke wie durch Zauberhand unter unseren suchenden Füßen auftauchten, sodass wir uns hinstellen und auf die kiesbedeckte Küstenlinie und die weißen Kalkfelsen zurückblicken konnten, die das untere Flusstal säumen.

Die Landschaft ist noch immer dieselbe, aber die Wege bestehen heute aus gepressten Steinchen, damit man mit einem Rollstuhl darüberfahren kann (woran nichts falsch ist); alle knapp hundert Meter steht ein Abfalleimer (während man früher ganz selbstverständlich seinen Müll wieder mit zurück zum Auto geschleppt hat), und das ganze Gelände ist mit Schildern übersät. Schilder, die auf die Flussbiegung hinweisen, wo der mäandernde Flusslauf am Ende seiner Reise eine scharfe Kurve macht, andere, die einem sagen, wie weit es genau von hier zu Fuß über den Küstenweg nach Seaford oder Eastbourne ist, und weitere mit Informationen zur örtlichen Flora und Fauna. Aber am schlimmsten sind die roten Schilder neben dem Fluss, auf denen steht: GEFAHR! SCHWIMMEN VERBOTEN. Und das Kleingeschriebene erklärt, welche örtliche Verordnung man verletzt, wenn man es wagt, diese Warnung zu ignorieren.

Damals wurde jeder, der es nicht wagte, sich in den

Cuckmere zu stürzen und dem Zusammentreffen von Süß- und Salzwasser zu trotzen, zum rückgratlosen kleinen Feigling degradiert. Heute ist es gesetzlich verboten. Hat die Welt sich während meines kurzen Lebens wirklich so verändert? Ganz offensichtlich. Diese Erkenntnis macht mich traurig.

Östlich des Strandes liegen die Sieben Schwestern, die schimmernden Kreidefelsen, die den Filmemachern von jeher als Ersatz für die berühmten Klippen von Dover gedient haben, weil sie viel fotogener sind als die echten. Doggo und ich stehen jetzt an genau der Stelle, an der Kevin Costner als Robin Hood (mitsamt Cape, fragwürdigem Vokuhila und amerikanischem Akzent) einst bei seiner Rückkehr von den Kreuzzügen aus einem Ruderboot stieg und auf die Knie fiel.

Ich spiele die Szene für Doggo nach und rolle mich lachend und laut »Ich bin zu Hause! Ich bin zu Hause!« rufend im Sand. Doggo betrachtet mich mit derselben Mischung aus Verachtung und Fassungslosigkeit, die Morgan Freeman als Robins sarazenischer Begleiter in derselben Szene zeigt.

Wir sind schon wieder auf dem Rückweg zum Auto, als es mich überkommt, entfacht von den Worten in roten Großbuchstaben: GEFAHR! SCHWIMMEN VERBOTEN. Ich ziehe mich bis auf die Boxershorts aus und stürze mich in die Fluten, bevor die Vernunft mich überkommt. Himmel, ist das kalt! Außerdem führt der Fluss nach den letzten Regenfällen ziemlich viel Wasser und ist entsprechend schnell.

Doggo springt neben mir am Ufer entlang, während der reißende Strom mich davonträgt. Plötzlich bleibt er stehen. Sein ganzer Körper zittert vor Aufregung. Dann stürzt er sich von der hohen Uferböschung und landet klatschend mit dem Bauch im Wasser. Man könnte fast meinen, er lächelt, als er wild paddelnd zu mir schwimmt.

»Bist du öfter hier?«, frage ich.

Er bellt zweimal, was bemerkenswert nach »Halt die Klappe!« klingt. Der beste Teil kommt, wenn der Fluss ins Meer mündet und sich plötzlich aufschaukelt. Man fühlt sich wie in einer Achterbahn mit Gipfeln und Tälern, steigt und fällt, während die Kraft des Stroms im Rücken allmählich abflaut, bis man irgendwann die Richtung seiner Bewegungsbahn wieder kontrollieren kann. Die Sandbänke sind noch da, und das Gefühl dieser Mischung aus matschigem Sand und Flussschlamm zwischen den Zehen trägt mich zwanzig Jahre zurück. Ich strecke den Arm aus und ziehe Doggo zu mir heran. Es ist das erste Mal, dass ich ihn in meinen Armen halte, und ich bin überrascht, dass er nicht knurrt.

Als wir über den Uferweg zurück zu meinen Sachen laufen, sehe ich einen Mann, der eilig auf uns zukommt. Seine grüne Uniform lässt irgendwas Offizielles vermuten.

»Können Sie nicht lesen? Hier ist Schwimmen verboten.« Rot vor Entrüstung stochert er mit seinem Finger in Richtung eines der Schilder.

»Ich war nicht schwimmen, ich habe meinen Hund gerettet.«

Damit hat er nicht gerechnet. Er verstummt, aber nicht für lange. »Das glaube ich Ihnen nicht«, poltert er.

»Es ist wahr, er ist einfach ins Wasser gesprungen.« Ich sehe Doggo an. »Doggo! Böser Hund!«

Das war eine schlechte Wahl, denn das waren exakt die Worte, die ich gesagt habe, als er Megan gebissen hat und von mir mit einem Choc Drop belohnt wurde. Vielleicht in der Erwartung, dass es wieder passiert, springt er prompt zurück in den Fluss.

Ich zucke mit den Schultern und springe hinterher.

Beim zweiten Mal macht es sogar noch mehr Spaß.

»Em, ich bin's.«

»Hey, Dan.«

»Schlechter Moment?«

»Nur, wenn du gerade Auto fährst.«

»Keine Angst, du bist auf Lautsprecher.«

»Leg auf. Ich werde mich nicht an einer kriminellen Handlung beteiligen.«

»Verdammt, Ems?«

»Fahr einfach links ran und ruf mich zurück.«

Meine Mutter ist seit fünfzehn Jahren mit Nigel zusammen, von denen die beiden die meiste Zeit über ein luxuriöses Leben in einer alten Finca in den Hügeln oberhalb von Málaga geführt haben. Nigel ist sehr wohlhabend, wohlhabend genug, um, ohne mit der Wimper zu zucken, die Rechnung für Grandpas Pflegeheim zu bezahlen. Es heißt, irgendein alleinstehender Onkel habe ihm sein Vermögen vererbt, aber das hat in keinster Weise meinen Verdacht ausgeräumt, dass Nigels damaliger Antiquitätenladen in Arundel bloß eine Fassade für weit weniger legale Geschäfte gewesen ist. Es würde mich nicht überraschen. So charmant er auch sein mag, er hat etwas grundlegend Durchtriebenes.

Die beiden kommen nur noch selten nach England, und wenn, dann sind sie ziemlich unerträglich, paradieren ihre ledrige dauergebräunte Haut und verteilen flaschenweise ihr kalt gepresstes Olivenöl von den Früchten ihrer eigenen Bäume. Emma war immer schon viel besser darin, mit ihnen in Kontakt zu bleiben, als ich.

»Ich glaube, sie sind in Marokko.«

Ich stehe mittlerweile in einer Haltebucht bei Lewes. »Marokko?«

»Sie spielen wohl mit dem Gedanken, sich bei Essaouira ein Haus zu bauen.«

»Warum sollten sie das tun?«

»Ähm, weil sie es wollen, weil sie es können.«

»Die Glücklichen.«

»Wir Glücklichen, wenn sie es tatsächlich durchziehen. Wenn du mit Mum sprichst, sei enthusiastisch. Wobei, wenn ich darüber nachdenke, lass es. Sie würde sofort merken, dass es nur gespielt ist. Wieso willst du sie überhaupt plötzlich so dringend sprechen?«

»Wegen etwas, das Grandpa gesagt hat.«

»Was?«

Ich möchte es ihr erzählen, und beinahe tue ich das auch, aber die Konsequenzen wären für uns beide eine ganze Nummer zu groß. »Wahrscheinlich ist es gar nichts.«

»Wenn es dringend ist, schreib ihr auf Facebook.«

»Facebook? Mum?«

»Erst seit drei Jahren. Und es wird Zeit, dass du dich anmeldest, du Technikverweigerer. Wie geht es ihm?«

»Grandpa? Ach, du weißt schon. Es wird nicht besser. Du solltest hinfahren und ihn noch mal besuchen, bevor es zu spät ist.«

Ein Sattelschlepper donnert vorbei und übertönt Emmas Antwort. »Entschuldige, was hast du gesagt?«

»Ich sagte, für dich ist es einfacher, du hast keine Familie … keine Kinder.«

Ich kenne meine Schwester. Ihr zu sagen, dass das eine

schlechte Entschuldigung ist, wäre der falsche Weg, um etwas zu erreichen. »Du hast recht. Mach dir keinen Kopf. Es ist nicht wichtig.«

»Nein, nein, ich muss. Ich werde. Ich will es ja.«

»Warte nicht zu lange. Wenn der Vulkan, der letztens auf seinem Knie erschienen ist, wirklich ausbricht, wirst du vielleicht keine Gelegenheit mehr dazu haben.«

»Ein Vulkan? Soll das ein Witz sein?«

»Ich wünschte, es wäre so.«

Zwölf

Wir haben den SWOSH!-Pitch gewonnen!

Doggo schaut gerade Episode drei der ersten Staffel von *Friends*, und Edie und ich spielen Pool gegen Clive und Connor, als Ralph mit Tristan im Schlepptau auftaucht, um uns die frohe Botschaft zu überbringen. Sie sind euphorisch. Wir sind euphorisch. Alle sind euphorisch. Schnell ist die Kreativabteilung voller Leute, die gekommen sind, um uns zu beglückwünschen. Irgendwer bringt Sekt. Doggo streicht durch den Wald aus Beinen und wundert sich, was er wohl getan hat, um so eine fröhliche Versammlung zu seinen Ehren bewirkt zu haben. Seine Selbsttäuschung ist nachvollziehbarer geworden, seit in der Agentur alle über seine skurrile Besessenheit von Jennifer Aniston Bescheid wissen. Seit ein paar Tagen schauen immer wieder Leute bei uns im Büro vorbei, um es mit eigenen Augen zu sehen. Er ist mit Aufmerksamkeit überhäuft worden, und jetzt bekommt er noch mehr davon. Margaret aus der Buchhaltung ist immer noch sauer, weil sie ihre Katze nicht mitbringen darf, aber sie ist es, die zu Doggo sagt: »Ja, ja, du entpuppst dich allmählich als ein richtiges kleines Maskottchen, was?«

Es ist sogar noch besser, als wir erwartet hatten. Ralph hatte recht: Die Leute bei KP&G hatten sich bereits am

Freitag beim Pitch in das Konzept verliebt. Sie brauchten bloß etwas Zeit, um das Ganze von der Marketingberatung prüfen zu lassen, mit der sie zusammenarbeiten. »Dieser Typ, Ben Wood, ist ein wahres Genie. Er ist davon überzeugt, dass man die ganze Kampagne sogar international aufziehen könnte.« Das sind aufregende Neuigkeiten. Es würde Indology ein internationales Profil geben und neue lukrative Märkte für die Zukunft eröffnen.

Edies und meine Blicke treffen sich quer durch den überfüllten Raum, und ich frage mich, ob sie dasselbe denkt wie ich: dass wir jetzt wirklich ein Team sind, eine echte Partnerschaft, nicht mehr nur zwei Individuen, die in einem Hinterzimmer vor sich hin schuften und das Beste hoffen. Ich muss an Fat Trev denken. Ich bin ein Feigling. Jetzt wird es wirklich Zeit. Falls er noch nichts von meinem neuen Job bei Indology weiß, dann wird er es sehr bald hören. Tristan wird ohne Zweifel all seinen Einfluss bei *Campaign* geltend machen, um sicherzustellen, dass die Neuigkeiten über die SWOSH!-Kampagne im Magazin einen Paradeplatz bekommen.

Ralph bittet um Ruhe und hält dann eine rührende Lobrede auf Tristan und seinen Instinkt, Edie und mich als Team zusammenzubringen. Woraufhin Tristan alles versaut, das Wort ergreift und sich darüber auslässt, wie sehr SWOSH! mit seiner Vision von Indologys Zukunft »synchronized«. Was eine Motivationsrede sein sollte, kommt rüber wie eine langweilige Predigt. Ich kann förmlich spüren, wie die Energie aus dem Zimmer gesogen wird. Sie kehrt erst zurück, als Ralph spontan verkündet, dass wir uns alle den Rest des Tages freinehmen können. »Was soll's«, gluckst er. »Seht nur zu, dass ihr nichts Sinnvolles tut.«

Tristan ist nicht gerade der Boss, der seine Mitarbeiter verhätschelt, und ich erwarte so etwas wie Missfallen in seinem Gesicht zu sehen. Was ich sehe, ist ein flüchtiger Blick, den er mit Edie wechselt, bevor diese schnell wegsieht. Vielleicht irre ich mich, aber ich könnte schwören, dass in diesem kurzen Blickwechsel etwas Verschwörerisches, wenn nicht gar Verbotenes lag.

Das herauszufinden ist nicht schwierig. Edie hat nicht vor, den Nachmittag mit mir abzuhängen und unseren Triumph zu feiern. »Liebend gern, aber ich habe noch tausend Dinge zu erledigen«, lautet ihre schwache Entschuldigung. Dann, als alle sich auf den Weg machen, schnappe ich mir Tristan und schlage vor, zusammen mittagessen zu gehen – nur wir beide, ich lade ihn ein, sozusagen als Dankeschön. »Du musst mir nicht dafür danken, dass ihr mich so gut habt aussehen lassen«, lacht er. Er behauptet, dringend ein paar Dinge besorgen zu müssen, und der freie Nachmittag sei eine seltene Gelegenheit, seinen Sohn von der Schule abzuholen. Ich habe die starke Vermutung, dass er gleich nicht am Schultor stehen wird.

Habe ich den Blickwechsel zwischen den beiden falsch interpretiert? Gut möglich. Ich habe die letzten Tage in einer ziemlich misstrauischen Grundstimmung verbracht, seit Grandpa im Pflegeheim die Bombe hat platzen lassen: *Ein Vater ist genug für einen Mann.*

Seine Worte haben mich dazu veranlasst, an der Vergangenheit herumzuknibbeln wie an einem schorfigen Knie und mich zu fragen, welche Lügen man mir im Laufe der Jahre aufgetischt hat. Zugegeben, Grandpa dachte, er spräche mit meiner Mutter, also kann man wohl kaum behaupten, dass er bei klarem Verstand war. Aber mein Gefühl sagt mir, dass dieser Satz aus einem klaren, unberührten Winkel seines kranken Hirns kam (das dann komplett dichtgemacht hat, sobald ich mich bemühte, mehr aus ihm herauszubekommen).

Ich habe versucht, seine Worte auf die verschiedensten Arten zu deuten, aber am Ende ist nur eine einzige Interpretation wirklich wasserdicht: dass der Mann, den ich immer für meinen Vater gehalten habe, möglicherweise nicht mein wirklicher Vater ist. Es klingt lächerlich, aber es ist nicht undenkbar. Man hat mir immer gesagt, dass ich meiner Mutter ähnlich sehe. Auf ihrer Seite der Familie sind die Münder kräftig und die Nasen lang. Außerdem sind die Larssens ziemlich groß, was ich auch bin, mein Vater aber definitiv nicht. Ich hatte ihn schon mit vierzehn überholt, ein Jahr bevor er und Mum sich scheiden ließen. Könnte es da einen Zusammenhang geben? Hat er zu mir hochgeschaut und gedacht: »Dieses lange Monster kann unmöglich von mir sein«? Hat er Mum zur Rede gestellt? Hat sie es am Ende zugegeben? Möglich ist es. Aber in der paranoiden Welt, in der ich seit Samstag gefangen bin, wäre wiederum alles möglich.

Sie haben Emma und mich immer glauben lassen, unser Vater habe sich in eine Kollegin verliebt, eine Dozentin für neuere Geschichte an der Universität von East Anglia. Ich erinnere mich noch, wie Mum zu uns gesagt hat: »Dein Vater hat mich für eine Lesbe verlassen. Aber ich glaube, ich werde es verkraften«, was einen kleinen Eindruck vom Wesen meiner Mutter gibt: nicht besonders sensibel in Situationen, die einer gewissen Feinfühligkeit bedürfen.

Ich bin nicht davon überzeugt, dass Carol lesbisch ist, auch wenn sie es vielleicht mal gewesen sein könnte. Sie ist etwas jünger als Dad, was bedeutet, dass sie Mitte der

1970er zur Uni gegangen ist, also in einer Zeit, als hetero zu sein ungefähr gleichbedeutend damit war, ein Massaker an unschuldigen vietnamesischen Friedenskämpfern zu billigen. Das ist natürlich alles nicht ernst gemeint. Ich blödele bloß rum, aber nur, weil es so einfach ist, wenn es um Carol geht beziehungsweise um meinen Vater und Carol. Der Fall der Berliner Mauer 1989 hat einen Großteil ihrer linksgeneigten Ansichten mit zum Einsturz gebracht. Damals war ich erst sieben, aber ich erinnere mich noch an Dads leeren Blick, als wir vor dem Fernseher saßen und zusahen, wie die Ostberliner mit ihren Vorschlaghämmern auf diese symbolische Mauer losgingen und sie zu Schutt zerlegten.

Dad erwies sich als zäher. Er bog und drehte seine Argumente, bis sie ins neue postkommunistische Zeitalter passten. Zuzugeben, dass er sich geirrt hatte, wäre einem beruflichen Selbstmord gleichgekommen. In akademischen Kreisen sieht man es nicht gern, wenn jemand auf halber Strecke die Pferde wechselt. Es ist wie mit den Kunsthistorikern, die ihren Ruf auf der Theorie begründeten, die gedämpften Farben der Deckenfresken in der Sixtinischen Kapelle bewiesen, dass Michelangelo depressiv gewesen sei, als er sie malte – bis eine gründliche Entfernung der jahrhundertealten Schmutzablagerungen die wahre, beinahe schon grelle Lebendigkeit seiner Farbpalette zum Vorschein brachte. Haben die Professoren die Hände gehoben und zugegeben, dass sie sich geirrt hatten? Nein, sie schalteten auf Angriff und versuchten, sich gegenseitig noch darin zu übertreffen, die Restauration zu diskreditieren, die mit dem Dreck auch ihren akademischen Ruf weggekratzt hatte.

Dad hat immer schon in seiner eigenen Welt gelebt,

für seine Forschung und sein Schreiben; er ist mit den Gedanken immer bei höheren Dingen gewesen, aber im Rückblick glaube ich, wenn überhaupt möglich, dann ist er nach der Scheidung noch distanzierter geworden, während andere Männer ihren Kindern gerade dann besondere Aufmerksamkeit geschenkt hätten, um ihnen die Trennung ihrer Eltern zu erleichtern. Meine Schwester ist fast nie dabei, wenn ich ihn sehe, ich kann also nicht sagen, ob er ihr gegenüber anders ist, liebevoller, »väterlicher«.

Ich bin Emmas Rat gefolgt und habe etwas getan, von dem ich geschworen hätte, dass ich es niemals tun würde: Ich habe mich bei Facebook angemeldet. Mum hat meine »Freundschaftsanfrage« bestätigt und mich prompt dazu veranlasst, noch etwas zu tun, von dem ich geschworen habe, es niemals zu tun: mich bei Skype anzumelden.

Wir haben uns für eine bestimmte Zeit verabredet. Ich kann mir nicht vorstellen, dass es funktionieren wird, aber das tut es. Um exakt 20 Uhr erscheint sie wie von Zauberhand auf dem Bildschirm meines Laptops in einem weißen schulterfreien Oberteil oder vielleicht auch Kleid (ich kann es nicht genau sagen, weil sie an einem Tisch sitzt). Hinter ihr sehe ich einen von Palmen gesäumten Swimmingpool, der im Laternenlicht schimmert, und sie hält ein Glas Weißwein in der Hand.

»Danny«, strahlt sie.

Sie ist der einzige Mensch, von dem ich mich so nennen lasse. »Hi, Mum. Wie läuft's denn so?«

»Oh, du weißt ja, wir kommen zurecht«, scherzt sie mit einem Nicken über die Schulter.

Wir haben seit Monaten nicht mehr miteinander kommuniziert, also erzähle ich ihr von dem neuen Job und dem Etat, den Edie und ich gerade für die Agentur gewonnen haben.

»Mundwasser? Das hört sich großartig an!«

Ich weiß, dass sie sich für mich freut. Es sollte nicht beleidigend klingen. Und ich mache es ihr auch nicht gerade leicht. Meine größten Erfolge bisher waren Ofen-Pommes-frites (»Wundervoll, mein Schatz! Was sind Ofen-Pommes-frites?«) und Weichspüler (»Ich werde sofort die Marke wechseln!«).

»Mum, es gibt etwas, worüber ich mit dir reden muss. Bist du allein?«

»Allein? Ja.«

Nicht überzeugend.

»Gut«, sage ich. »Es geht nämlich um Nigel. Maria hat mich angerufen. Sie ist völlig fertig. Sie ist von ihm schwanger und weiß einfach nicht, was sie tun soll.« Maria ist die dunkelhaarige Schönheit, die für sie kocht, putzt, einkauft und ganz allgemein ihr Leben organisiert.

Nigels Gesicht erscheint am Rand des Bildschirms. »Lügen, nichts als Lügen. Der Vaterschaftstest wird es beweisen.« Das muss man ihm lassen, er hat Humor und ist schlagfertig. »Siehst gut aus, Daniel.«

»Du auch, Nigel«, antworte ich, obwohl die Kombination aus Hemd ohne Kragen, dafür mit Paisley-Krawatte, mich nicht überzeugt.

»Wenn du mit der alten Schachtel allein reden willst, kein Problem. Ich bin schon weg.« Er zappelt mit den Fingern und verschwindet dann vom Bildschirm.

»Alte Schachtel?«, ruft Mum ihm nach.

»Vintage«, höre ich Nigel aus dem Off rufen.

Als ihr Sohn bin ich von der Liebe in ihren Augen natürlich ein wenig angeekelt, aber auch gerührt. Die Wahrheit ist, sie hat in ihrer ersten Ehe einen schrecklichen Miesepeter geheiratet und nun eine zweite Chance bekommen, glücklich zu sein. Ich laufe Gefahr, ihr Leben auf eine Art und Weise aus den Fugen zu bringen, die sie weder wünscht noch braucht oder verdient hat, aber ich muss es einfach wissen.

Sie lauscht schweigend der Schilderung von meinem Besuch im Seaview Pflegeheim, aber als ich ihr erzähle, was Grandpa zu mir gesagt hat, schnaubt sie amüsiert. »Das hat er gesagt?«

»Hat er. Im vollen Ernst.«

Sie starrt mich an und sagt in einem Ton, als spräche sie mit dem Dorftrottel: »Danny, Grandpa schwebt in anderen Gefilden.«

Ich will sie fragen, woher sie das weiß, da sie ihn seit Weihnachten nicht mehr gesehen hat. »Nicht ganz. Noch nicht.«

»Nun komm. Das ist Quatsch. Völliger Unsinn.«

»Ist es das, Mum? Wirklich? Ich muss das fragen. Das musst du verstehen.«

»Tu ich. Ich verstehe das. Aber du kannst im Moment nicht klar denken, und wir wissen beide, warum.«

»Was meinst du damit?«

»Ich habe von der Sache mit Clara gehört.«

»Oh?«

»Emma hat es mir erzählt.«

»Und dir ist nicht in den Sinn gekommen, mich anzurufen?«

»Und *dir* ist nicht in den Sinn gekommen, *mich* anzurufen?«, schießt sie zurück. »Nein, ist es nicht, weil wir nicht mehr diese Art von Verhältnis zueinander haben. Gott sei

Dank. Du bist jetzt ein Mann. Du bist dreißig Jahre alt, um Himmels willen. Willst du wirklich, dass deine Mutter ihre Nase in deine Angelegenheiten steckt? Ich glaube an dich, Danny. Du wirst die Dinge schon regeln, die geregelt werden müssen. So warst du immer – stark, unabhängig, willensstark. Oh ja, definitiv willensstark.«

Ich habe diese Unterhaltung vorher in Gedanken wieder und wieder durchgespielt. Ich habe mir vorgestellt, was sie sagen würde und was ich darauf antworten würde. Jetzt greife ich auf einen dieser geprobten Sätze zurück.

»Mum, hör zu, niemand sonst braucht es zu wissen. Emma nicht, Nigel nicht, nicht mal Dad, wenn er es nicht ohnehin schon weiß. Aber ich muss es wissen. Ich habe ein Recht darauf, und das weißt du.«

»Was ich *weiß*«, korrigiert sie mich, und ihr Ton wird schärfer, »ist, dass du dich gerade grundlos in etwas hineinsteigerst. Im besten, im schlimmsten Fall ist es ein frommer Wunsch vonseiten deines Grandpas. Er hat deinen Vater nie gemocht. Tut mir leid, wenn ich das so sage, aber es ist wahr.«

Ich weiß, dass es wahr ist, weil sie es uns im Laufe der Jahre förmlich eingehämmert hat, wie sie sehr wohl weiß.

»Schwöre es bei Grandpas Leben.«

»Was?«

»Du hast mich verstanden. Schwöre beim Leben deines eigenen Vaters, dass Dad mein biologischer Vater ist.«

Ich beobachte sie, wie sie einen Schluck Wein trinkt. »Was für eine entsetzliche Forderung. Aber wenn du dich dann besser fühlst: Ich tu's – ich schwöre. Da, bist du jetzt zufrieden?«

Ja. Und von mir selbst angewidert. »Tut mir leid, Mum.«

»Mir auch. Aber es ist nicht deine Schuld oder Grandpas. Es ist die Krankheit. Versuch einfach, in Bezug auf seine Äußerungen ein bisschen ... umsichtiger zu sein.«

»Werde ich.«

»Und jetzt zeig mir deinen neuen Hund, von dem Emma mir erzählt hat.«

Doggo und ich haben im Cuckmere River definitiv unsere Bindung gestärkt – seitdem habe ich das Recht auf Streicheln und Ohrenkraulen –, aber ich weiß, dass er nicht kommen wird, wenn ich ihn rufe, also stöpsele ich meinen Laptop aus und trage ihn zum Sofa.

»Du meine Güte«, sagt meine Mutter. »Na, als Favoriten für eine Hundeshow kann man ihn wohl kaum bezeichnen, was?«

Dreizehn

Erst als ich aufwache, merke ich, wie sehr diese Geschichte mit Grandpa mich runtergezogen hat. Ich fühle mich erleichtert, befreit, im Einklang mit der Welt.

Clara hat den Tag immer mit ein paar Minuten stiller Kontemplation begonnen, einer Art persönlichem Gebet, in dem sie sich für das wertvolle Geschenk des Lebens bedankt und gelobt hat, dieses Geschenk durch ihre Taten zu ehren. Eine Weile habe ich es ebenfalls versucht, und wir beide haben uns im Wohnzimmer im Lotussitz gegenübergesessen. Dann hat sie mich eines Morgens aufgefordert, durch meinen Anus zu atmen. Ich war nie wieder in der Lage, bei dem Ritual ein ernstes Gesicht zu wahren, und fand mich bald davon ausgeschlossen.

Alleine funktioniert es deutlich besser, selbst wenn Doggo dabei neugierig, aber distanziert um mich herumtrippelt. Ich lasse die wichtigen Realitäten meiner Situation in mich hineinsickern: Ich bin gesund, (noch relativ) jung, erwerbstätig und lebe in einem Land, in dem die Freiheit des Einzelnen ein bedeutendes Gut ist. Dementsprechend geht es mir besser als Milliarden anderer Menschen auf diesem Planeten. Jegliche Unannehmlichkeiten in meinem Leben sind entweder unvermeidlich oder von mir selbst herbeigeführt.

Kein Fremder ist aus den Schatten getreten und hat in einem willkürlichen Akt der Gewalt einen meiner Lieben getötet. Ja, vor einem Monat ist meine Freundin mit einem anderen Mann durchgebrannt, aber die Wahrheit ist: Ich bin faul geworden, nicht nur in Bezug auf Clara, sondern auch auf mich selbst. Nach Fat Trevs Zusammenbruch habe ich mich sechs Monate lang hemmungslos selbst bemitleidet und in meinem Unglück gesuhlt. Dabei war die Gelegenheit, mich in etwas Neues zu stürzen, genau das, worauf ich so lange gewartet hatte. Zeitmangel war keine Entschuldigung mehr, also habe ich mir andere gesucht. Clara hätte sie mir ohne Probleme um die Ohren hauen können, aber sie hat geduldig darauf gewartet, dass die Inspiration mich ereilte und meine Finger über die Tastatur zu tanzen begannen.

Ich hätte wissen müssen, dass sie früher oder später den Glauben an mich verlieren würde. Sie ist immer auf der Suche nach etwas Neuem oder jemand Neuem, an den sie glauben kann. Nun, sie hat Kamael gefunden, ihren Schutzengel, und dann hat sie sich an Wayne Kelsey gehängt. Ich wünsche ihnen Glück, allen dreien. Tu ich wirklich. Allmählich, spüre ich, gewöhne ich mich an den Gedanken, dass unsere Beziehung endgültig vorbei ist.

Es ist okay. Niemand ist gestorben. Alle sind gesund und lebendig. Na ja, bis auf Grandpa – er ist lebendig und ziemlich krank –, aber selbst sein allmählicher Verfall muss als eines der unvermeidlichen Dinge akzeptiert werden, die das Leben uns bringt. Mum irrt sich, Alzheimer ist nicht schuld. Wie kann etwas schuldig sein, das ohne Bosheit handelt, sondern einfach nur im genetischen Code eines Menschen vergraben liegt wie eine tickende Bombe?

Und ist es wirklich so wichtig, ob Grandpa die Wahrheit gesagt hat oder nicht, ob Mum mich von ihrer Terrasse am Pool in Marokko aus angelogen hat oder nicht? Ich lebe. Das ist genug. Es ist mehr als genug. Es ist ein Wunder. Nicht im religiösen Sinne. Ich habe meinen Glauben schon vor einer ganzen Weile verloren. Ich bin der Meinung, die großen Religionen können nicht alle recht haben, und wenn sie allesamt so offenkundig danebenliegen, wenn es um die Frage geht, woher wir kommen, dann denke ich, sollten wir sie nicht allzu ernst nehmen, wenn sie uns sagen wollen, wohin wir gehen. Allerdings bin ich mir ziemlich sicher, dass ich nicht die Ewigkeit an einem Ort verbringen möchte, der von den Sanftmütigen ererbt wird.

Ich spüre, wie ich von der wahren Botschaft abschweife, und atme ein paarmal tief ein und langsam durch geschürzte Lippen wieder aus.

Edie, denke ich. Ah, Edie – kluge, witzige, wunderschöne Edie. Was ist so schlimm daran, wenn sie eine Affäre mit Tristan hat? Wer bin ich, sie dafür zu verurteilen? Vielleicht ist er mit einer furchtbaren Frau verheiratet, die ihn erniedrigt, sobald er abends den Fuß in die Tür setzt, die ihm vorwirft, ein schlechter Vater zu sein, und voller Bosheit Stück für Stück von seiner Selbstachtung abbricht. Und Edies Freund, Douglas? Ich weiß, dass er ein Sportfreak ist, der den ganzen Winter Rugby spielt und dann im Sommer nahtlos zu Cricket übergeht. Er trainiert an zwei Abenden in der Woche und ist an den Wochenenden häufig unterwegs. Wer würde sich da nicht vernachlässigt fühlen, ungewürdigt, ignoriert?

Vielleicht ist es Tristans Schicksal, mit Edie beim zweiten Versuch das wahre Glück zu finden, wie meine Mutter mit Nigel. Ich habe ganz sicher nicht das Recht, die moralische Instanz zu spielen, nicht, nachdem ich mit der Schwester meiner gerade erst frischen Ex ins Bett gehüpft bin.

Zufrieden mit dem Ort, an den meine Mini-Meditation mich befördert hat, öffne ich die Augen und stelle fest, dass Doggo jetzt direkt vor mir sitzt. Ich strecke die Hand aus und streichle ihn. Er legt den Kopf schief, sodass seine Ohren ebenfalls ordentlich was abkriegen.

»Tut mir leid, Doggo. Ich war nicht ich selbst.« Irgendetwas in seinen großen, feuchten Augen sagt mir, dass ich ihm da nichts Neues erzähle. »Ich werde es wiedergutmachen. Versprochen.«

Unsere morgendliche Routine beinhaltet, dass ich mir in dem portugiesischen Café ein Stück die Straße rauf einen doppelten Macchiato hole, den ich dann auf dem Weg zu Athlone Gardens schlürfe, wo Doggo ein bisschen herumschnüffelt, bevor er sein morgendliches Geschäft verrichtet. Dann machen wir uns auf den Weg zurück zur Ladbroke Grove, wo ich meinen Kaffeebecher und seinen eingetüteten Hundehaufen in den Abfalleimer neben der Bushaltestelle werfe. Unser Timing ist mittlerweile so weit perfektioniert, dass wir selten länger als zwei Minuten auf den Bus warten müssen.

Die Stimme, die ich zuerst ignoriere, kommt aus dem sozialen Wohnungsblock, der einen Teil von Athlone Gardens einzunehmen scheint.

»Oi, du da, mit dem Hund. Ja, du. Geht's noch?«

Ein großer Mann mit rasiertem Kopf schielt vom Balkon im zweiten Stock auf mich herunter. Er ist noch im Schlafanzug und raucht eine Zigarette.

»Entschuldigung?«

»Wohnst du hier?«

»Nein.«

»Quasimodo?«

»Wie bitte?«

»Der Hund, du Doughnut.«

»Äh, nein, tut er nicht.«

»Und wieso glaubst du, du könntest ihn zum Scheißen hierher bringen?«

Ich will gerade ganz vernünftig antworten, dass es sich hier um einen öffentlichen Park handelt, aber dazu bekomme ich keine Gelegenheit.

»Soll ich mal bei dir vorbeikommen und meine Hundescheiße vor deine Haustür legen?«

»Ich tüte sie immer ein.«

»Ja? Werd ich dann auch tun. Zweimal am Tag. So wie du.«

»Tut mir leid.«

»Was?«

»Tut mir leid. Wenn es Sie stört, werde ich es nicht mehr machen.«

»Was?«

Er will sich ganz offensichtlich mit mir streiten, aber ich will verdammt sein, wenn ich zulasse, dass er mich von meiner karmischen Wolke herunterzerrt. Clara kommt mir zu Hilfe, und zwar in Form einer ihrer Lieblingssprüche. Ich strecke die Hand hoch in die Luft und rufe: »Liebe und Licht!«

Der Mann wird seltsam still, dann hebt sich seine Hand langsam, um den Gruß zu erwidern. Es ist ein wunderbarer Moment ... bis die Hand sich dreht, die Finger einklappen und nur noch der Mittelfinger übrig bleibt, gerade und aufrecht.

»Ich behalt dich im Auge, du Irrer.«

Die Geschichte entlockt Edie ein Lächeln, aber nicht mehr.

Sie war die ganze Woche über ziemlich still, und ich denke, ich weiß auch, warum. Die Zeit nach einem erfolgreichen Pitch ist für uns Kreative immer hart. Sobald wir den Etat gewonnen haben, ist die Arbeit für uns getan. Wir haben zwar den Fisch an Land gezogen, aber jetzt ist es an den anderen, ihn auszunehmen, zu filetieren und zu kochen. Wenn wir Glück haben, wird man uns hin und wieder um unsere Meinung bitten, wenn es um Planung, Gestaltung und Produktion geht, aber das ist ein schwacher Trost nach der Aufregung des Sieges, die allzu schnell verfliegt.

Mir selbst ging es in den letzten Tagen nicht viel anders, und wir haben sehr viel Billard gespielt. Das ist der Kleber, der die Kreativabteilung zusammenhält. Rivalisierende Kollegen, die wir sind, spielen wir, wie wir arbeiten, mit einem gewissen kumpelhaften Konkurrenzdenken. Megan und Seth sind aktuell in der obersten Liga, gefolgt von den beiden Gestaltern Eric und Josh (ihre grafischen Fähigkeiten haben ihnen eine Ehrenmitgliedschaft im Kreativclub eingebracht), dann Clive und Connor, mit Edie und mir auf dem letzten Platz. Edie, die noch nicht lange spielt, ärgert sich, weil wir wegen ihr so schlecht sind. Was wir nicht mehr lange sein werden, wenn sie in der Mittagspause weiter so trainiert. Vor ein paar Tagen hat sie mir gestanden, dass sie einen Pub mit einem Billardtisch in der Nähe ihrer Wohnung gefunden hat, sodass sie außerhalb der Agentur mit Douglas üben kann.

Ihre Entschlossenheit grenzt schon an Besessenheit, und das macht sie für Megan angreifbar. Megan ist die Meisterin des Spotts. Sie verpackt es als Scherz, aber man spürt genau, dass irgendwo da drin ein Splitter echter Feindseligkeit verborgen liegt. Genau wie in ihrem Lächeln, das breit ist und freigiebig verteilt wird, aber ihre Augen scheinen nie wirklich mitzulächeln. Ich bin mir ziemlich sicher, dass sie uns nicht hier haben will und ihre Meinung auch so schnell nicht ändern wird. Wir haben überhaupt nicht versucht, ihren Führungsanspruch über ihre bunte Truppe leicht hoffnungsloser junger Männer anzuzweifeln, aber unsere Weigerung, ihre Glucken-Posse mitzuspielen, stellt unweigerlich ihre Autorität infrage. Ich könnte mir zumindest gut vorstellen, dass sie das so sieht.

Wenn mir auffällt, dass Seth in Edies Anwesenheit förmlich auflebt, dann wird es auch Megan nicht entgangen sein. Ihr entgeht nichts. Ich beginne allmählich, meine anfängliche Meinung über Seth zu ändern, zum Teil aus Mitleid, weil er den ganzen Tag mit Megan in einem Büro sitzen muss, aber hauptsächlich, weil er so lieb zu Doggo ist und mit ihm redet wie mit einem Menschen: »Doggo, stell dir vor, was mir am Wochenende passiert ist. Das errätst du nie …« Ich habe die heimliche Vermutung, dass das seine Art ist, Edie ein bisschen was über sich zu erzählen. »Hey, Doggo, ich war gestern Abend auf dem Gaga-Konzert im O2, mit ein paar Freunden …«

Clive und Connor, habe ich beschlossen, sind gutgläubige Spinner, denen man am besten aus dem Weg geht – was nicht allzu schwer ist. Sie bevorzugen es, unter sich zu bleiben, die Tür geschlossen, die Musik laut aufgedreht (um den Lärm ihrer ständigen Zankereien zu übertönen). Sie sind wie ein paar vulgäre alte Fischweiber, sogar beim Billardspielen.

»Nicht das Loch. Leg sie da rüber, um das Loch da zu blockieren.«

»Du hast versucht, sie einzulochen, und hast es vermasselt, du englischer Dödel!«

»Selbst wenn du recht hättest – was du nicht hast, weil du ein dämlicher irischer Torfstecher bist –, ist und bleibt es der falsche Stoß.«

Et cetera. Ad nauseam. Patricks Theorie ist, dass sie ineinander verliebt sind, aber nicht zugeben können, dass sie schwul sind. Aber dann wiederum hat es dreißig Jahre gedauert, bis Patrick es sich selbst eingestehen konnte. Der Aspekt unterdrückter Homosexualität bestimmt sein Denken also möglicherweise stärker, als er sollte.

Seit er den SWOSH!-Etat an Land gezogen hat, ist Patrick förmlich zu neuem Leben erwacht und überhäuft uns mit Geschenken und Dankbarkeit. Vor ein paar Tagen sind Edie und ich jeweils mit einer Flasche Vintage Dom Pérignon und Doggo mit einer silbernen Marke (graviert mit seinem Namen und meiner Handynummer) an einem brandneuen Lederhalsband nach Hause gegangen. Der Namensanhänger hat die Diskussion beendet – Doggo ist Doggo –, auch wenn ich nicht glaube, dass er jemals anders geheißen hätte.

Ich drehe mich zu ihm um, aber er liegt nicht auf dem Sofa. Die Chancen stehen gut, dass er bei Anna ist, dem süßen jungen Ding, das Edie an der Rezeption ersetzt hat. Sie verhätschelt ihn bis zum Umfallen.

Ein E-Mail-Pop-up erscheint auf meinem Bildschirm. Ich blicke auf meinen Laptop und erstarre. Die Mail ist von Clara. Mein Hirn rechnet schnell nach (wie schon so viele Male zuvor): kurz nach neun Uhr abends in Neuseeland. Ich sehe auf die Uhr: noch zwanzig Minuten bis zu unserem Meeting mit Tristan. Vielleicht sollte ich bis nachher warten. Aber was, wenn Clara dann nicht mehr da ist? Ich öffne die Mail.

Ich bin jetzt bereit, mit dir zu reden x

Ich starre auf die Worte. Ist das wirklich alles, was sie mir anzubieten hat? Nach allem, was ich ihretwegen durchgemacht habe? Ist das ein Witz? Acht Wörter und ein Kuss? Ich weiß, ich sollte es eine Minute aussitzen, mir die Möglichkeit geben, mich zu beruhigen, aber meine Finger führen plötzlich ein Eigenleben.

Wunderbar! Ich bin auch fast so weit. Gib mir nur noch 10 Jahre.

Während ich auf die Antwort warte, schiele ich rüber zu Edie. Sie fängt meinen Blick auf. »Was?«

»Nichts«, antworte ich.

PING.

Du bist verletzt, und das verstehe ich.

Bisher war ich es nicht, aber jetzt bin ich es. Ein Bild erscheint ungefragt vor meinem inneren Auge: Clara im Wohnzimmer von Wayne Kelseys zweifellos lächerlich hipper Absteige, wie sie, frisch geliebt, neben sich ein Glas Sauvignon Blanc, entspannt vor sich hin tippt und mit ein paar lockeren Worten ein Kapitel in ihrem Leben abschließt. Nicht mal der Hauch einer Entschuldigung.

Wenn dazu ein übermächtiges Gefühl der Erleichterung, dass ich mich nicht länger mit deinem schwachsinnigen New-Age-Scheiß rumschlagen muss, zählt, dann ja: Ich leide alle Qualen der Hölle.

Wohl kaum im Einklang mit dem Gedanken des Leben-und-leben-Lassens von heute Morgen, denke ich.

Was nur bestätigt, dass ich das Richtige getan habe.

Witzig. Wann hast du jemals etwas Falsches getan?

Ich warte auf ihre Antwort. Als sie nicht kommt, fange ich an, eine neue Mail zu schreiben.

»Komm schon, was ist los?«

Ich schaue rüber zu Edie. »Nichts.«

»Du grunzt.«

»Ich grunze nicht. Ich grunze nie.«

»Und wenn du so weitermachst, ist gleich deine Tastatur kaputt.«

Ich zeige ihr die Mails. Sie steht hinter mir, die Hand auf meiner Stuhllehne, und liest. »Autsch«, sagt sie an einer Stelle, und als sie fertig ist: »Nun, das klingt nicht nach Hochzeitsglocken.«

»Meine Schuld? Ihre Schuld?«

»Spielt das eine Rolle?« Als ich nicht antworte, sagt sie: »Du warst hart, aber sie war kalt wie Lehm.«

»Hier spricht die Tochter einer Töpferin.«

Edie lächelt und kehrt an ihren Schreibtisch zurück. »Sie will dich kennenlernen.«

»Wer?«

»Die Töpferin.«

»Echt?«

»Ja, keine Ahnung, wieso.«

In diesem Moment kommt Doggo mit einem Brief im Maul ins Büro getrabt. Er ist in letzter Zeit deutlich mutiger geworden und streift mittlerweile durch die ganze Agentur, und im ersten Moment glaube ich, er hat den Brief von irgendeinem Schreibtisch gemopst. Aber Anna kommt gleich hinter ihm hereingerannt.

»Er hat's getan! Ich habe nur gesagt: ›Bring das zu Dan.‹«

Ich bin überrascht und ein wenig gerührt. »Er kennt meinen Namen.«

»Er weiß, wo die Choc Drops sind«, murmelt Edie.

»Nein, meinen Namen kennt er auch. Probier's aus.« Anna geht zum Sofa, und als ich frage: »Wo ist Anna?«, dreht Doggo den Kopf und schaut zu ihr rüber.

»Seht ihr! Er ist richtig clever.«

»Er hat sein Licht unter den Scheffel gestellt.« Doggo hat noch immer den Brief im Maul. Ich tausche ihn gegen einen Choc Drop und ringe Doggo zu Boden. »Wer ist der schlauste Hund? Das bist du, mein kleiner Einstein.«

Wir rollen uns auf dem Boden, und er knurrt sein »Das nehme ich gerade noch hin«-Knurren.

Ralphs Kinder haben diese Woche Ferien, er ist mit ihnen nach Mallorca geflogen und hat Tristan das Kommando übergeben. Für einen intelligenten Burschen scheint Tristan auffallend wenig Gespür dafür zu haben, wie er auf andere wirkt. Hört er das Murren in der Mannschaft wirklich nicht? Nach Meinung einiger Leute hat er sich ein wenig zu eifrig aufgeplustert, um die Leerstelle zu füllen, die Ralph hinterlassen hat. Sein stolzierender Gang, kombiniert mit einer Dosis schmeichlerischem Anbiedern, ist offensichtlich nicht jedermanns Sache.

In einer Parodie von Selbstgefälligkeit hat er sogar die Füße auf den Schreibtisch gelegt, als Edie und ich zu ihm ins Büro kommen, und liest in einer Mappe.

»Der Teufel schläft nicht. Das hier ist gerade reingekommen.«

Er schiebt die Mappe über den Tisch zu uns rüber. Es ist ein Briefing für eine länger haltbare Haartönung.

»›Färb an einem anderen Tag‹«, witzle ich spontan.

»Das ist gut«, sagt Tristan. »Verdammt, das ist gut!«

Was nur beweist, wie wenig er wirklich vom Geschäft versteht. Erst einmal ist der Begriff »Haare färben« schon lange nicht mehr in Gebrauch. Es klingt zu scharf, zu chemisch. Man färbt Klamotten, aber man »koloriert« Haare. Und zweitens: Welcher Kunde möchte sein Produkt schon mit einem der schlechtesten Bond-Filme aller Zeiten assoziiert wissen?

Tristan fühlt sich ganz offensichtlich vor den Kopf gestoßen, als ich ihm das sage. »Das ist mein Lieblings-Bond-Film.«

»Echt jetzt?«

Das kann er unmöglich ernst gemeint haben. In dem Film spielt Madonna mit, ganz zu schweigen von der seltsamsten Wendung aller Zeiten, als die wunderschöne zierliche Toby Stephens sich als nordkoreanische Nemesis aus der Anfangssequenz entpuppt.

»Nein«, sagt Tristan. »*Lizenz zum Töten.*«

Der rangiert sogar noch tiefer auf meiner Liste als *Stirb an einem anderen Tag*, in dem Bond wenigstens tut, was er am besten kann – die Welt mal wieder vor einem hoch funktionellen Psychopathen retten. In *Lizenz zum Töten* jagt Timothy Dalton im Alleingang durch Florida, um an einem südamerikanischen Drogenboss Rache zu nehmen.

»Der ist wie ein schlechter Stallone mit größerem Budget.«

»Er hat eine geniale Eröffnungssequenz«, kommt Edie Tristan zu Hilfe.

Da hat sie recht. Sie kennt sich ganz offensichtlich aus.

»Welcher ist dein Lieblings-Bond?«, frage ich sie.

Ich rechne mit irgendeinem Connery – *Goldfinger* vielleicht oder *Liebesgrüße aus Moskau.*

»*Casino Royale.*«

Gute Wahl. Daniel Craigs Debüt als 007 und nach wie vor sein bester Bond. Edie und ich geben abwechselnd Zitate aus der Zugszene zum Besten, in der er zum ersten Mal auf Vesper Lind trifft, als Tristan die Diskussion für beendet erklärt und uns gereizt entlässt. »Oh, Dan, Augenblick noch.«

Er will über den Lunch sprechen, den ich letzte Woche vorgeschlagen habe. Den er ablehnen musste, weil er wahrscheinlich Edie gevögelt hat, in irgendeinem schmuddeligen kleinen Hotel in Victoria (nachdem ich die beiden gerade zusammen erlebt habe, bin ich erst recht davon überzeugt). Wir verabreden uns für nächsten Dienstag, aber er ist noch nicht fertig mit mir. Er möchte einen Rat. Von Edie habe ich schon gehört, dass er nebenbei an einem Wirtschaftsbuch schreibt. Was sie mir nicht erzählt hat, ist, dass es »anerkannte Managementpraktiken auf den Kopf stellen« wird. Und als Tristan mir erklärt, dass es von den Lehren Montaignes inspiriert ist, bin ich wirklich neugierig.

»Montaigne?«

»Der französische Philosoph.«

Ich weiß, wer Montaigne ist. An der Uni musste ich seine *Essais* lesen, und die waren wirklich gut. Allerdings bin ich mir ziemlich sicher, dass er nicht allzu viel über kapitalistische Kommandostrukturen zu sagen hatte, und wenn auch nur, weil er im präkapitalistischen sechzehnten Jahrhundert gelebt hat. Aber ganz offensichtlich spielt das keine Rolle.

»Bei einem Buch wie diesem braucht man einen Aufhänger, einen Unique Selling Point, und ich habe mich für Montaigne entschieden.«

»Wieso?«

»Weil er ein Skeptiker war, und viele meiner Theorien sind sehr …« Er sucht nach dem richtigen Wort.

»Skeptisch?«, schlage ich vor.

»Na«, sagt er, »kein Grund, sich darüber lustig zu machen.«

»Theorien« ist etwas übertrieben. Soweit ich das erkennen kann, hat er genau eine: Ein Übermaß an Managern führt zu einer Trägheit des gesamten Systems, denn den anderen zu hinterfragen und in seiner Tätigkeit zu behindern ist der ganz natürliche Trieb eines jeden, der seinen Platz im Unternehmen behalten will. »Ich meine, wenn du zu allem Ja und Amen sagst, was über deinen Schreibtisch wandert, wie willst du dann deine Anwesenheit im Unternehmen rechtfertigen? Dann könnten sie dich ebenso gut rausschmeißen und dein Gehalt einsparen.«

Das ist ein interessanter Gedanke, auch wenn er ein bisschen nach Parkinsons Gesetz klingt. Außerdem folgt es der grundlegenden Annahme, dass alle Ideen gut sind und ungehindert bis an die Spitze wandern sollten. Ich könnte mir vorstellen, dass unterschiedliche Managementebenen ziemlich effektiv sind, wenn es darum geht, all die schlechten Ideen auszusortieren, die ein Unternehmen in die Knie zwingen würden. Ich sage nichts davon zu Tristan, der seine Argumente zweifellos genau auf Linie gebracht und eine ganze Reihe von Fallstudien herausgepickt hat, die seine Hypothese bestätigen.

»Entmanagementalisierung oder Anti-Managementalisierung?« fragt er.

»Wie bitte?«

»Als Titel.«

Ich überlege einen Moment. »›Anti‹ ist zu stark. Entmanagementalisierung deutet auf einen positiven Prozess hin … das tote Holz rausschneiden.«

Sein Lächeln zeigt mir, dass ich gerade bestätigt habe, was er selbst auch schon gedacht hat. »Ich brauche noch eine Tagline für das Cover. Bei Büchern wie diesem ist das

Pflicht: *Entmanagementalisierung: Wie Sie bla bla bla …* Du weißt schon, irgendwas in dieser Richtung.«

Klar weiß ich, was er meint: *Wie Sie ein Vermögen damit machen, gutgläubigen Geschäftsleuten eine fadenscheinige Managementtheorie zu verhökern.* Ich freue mich, wenn ich ihm helfen kann. Na ja, nicht wirklich, aber ich kann wohl schlecht Nein sagen.

»Vielleicht sollte ich ein paar Seiten davon lesen, damit ich ein Gefühl dafür bekomme, was genau du mit deinem Buch aussagen willst.«

Er drückt mir das Kapitel, das er gerade fertiggestellt hat, in die Hand. Überschrift: »Wenn Sie nicht mit am Tisch sitzen, stehen Sie auf der Speisekarte«. Das muss man ihm lassen, es klingt wirklich wie etwas, das Montaigne gesagt haben könnte.

Vierzehn

Edies Einladung kommt spät am Donnerstagnachmittag, als ich gerade aus dem Büro gehen will, um mich mit Fat Trev zu treffen. (Ich habe ihr nicht erzählt, dass ich mit ihm verabredet bin, weil ich das Gefühl habe, dass sie sich von ihm ein wenig bedroht fühlt und vielleicht sogar Angst hat, ich könnte mich wieder mit ihm zusammentun, sobald er sich gefangen hat.)

Sie ist am Wochenende zu einer Hochzeit eingeladen, in der Nähe von Henley – irgendeine Jugendbekanntschaft –, und Douglas ist in Shropshire Cricket spielen. »Ich weiß, es ist ziemlich kurzfristig, und du hast wahrscheinlich schon was vor.«

»Du willst, dass ich als dein Anhang mitkomme?«

»Ihr beide. Doggo und du. Allerdings wird Doggo nicht mit zur Hochzeit kommen können.« Ihre Eltern können auf ihn aufpassen, denn der Plan ist, dass wir Samstag dort übernachten. »Sie wollen euch beide unbedingt kennenlernen.«

»Du hast ihnen von Doggo erzählt?«

»Selbstverständlich«, antwortet sie. »Du bist schließlich nicht der Einzige, mit dem ich mir ein Büro teile.«

Ich lüge und sage ihr, dass ich am Wochenende noch nichts vorhätte.

J wird ziemlich angepisst sein, aber ich werde die Gelegenheit, mit Edie ein Wochenende auf dem Land zu verbringen, nicht sausen lassen. Außerdem ist J sowieso schon angepisst. Er gibt mir die Schuld dafür, dass Lily ihn vor ein paar Tagen verlassen hat – ein übler Streit über irgendeine Kleinigkeit, was bei den beiden häufiger vorkommt. Nichts Besonderes also. Aber diesmal gab es keine tränenreiche Versöhnung. Lily hat ihr Weinglas gegen den Flatscreen-Fernseher geschmissen, ihre Sachen gepackt, ein Taxi genommen und ist zu ihrer Schwester gezogen. Sie sagt, es sei vorbei – was es natürlich nicht ist –, und J ist davon überzeugt, dass Clara und ich schuld daran sind und unsere Trennung sozusagen der Katalysator war. Kann schon sein. Ich habe ihn mal gesehen, diesen Dominoeffekt: Eine Beziehung bricht auseinander, und andere folgen, als wäre ein Tabu gebrochen und alles wieder möglich. Ich fühle mich nicht schuldig, und ich glaube auch nicht, dass J das wirklich von mir erwartet. Was er von mir erwartet, ist meine Gesellschaft an einem Samstagabend.

Auf seine eigene raffiniert-kranke Art ist es eine interessante Idee. Ich meine: Welcher normale Mensch würde sich am Flughafen Heathrow zum Feiern verabreden? Antwort: ein Mann, der jobbedingt sehr viel unterwegs ist und weiß, dass es in den Hotels der großen Flughäfen vor langbeinigen Stewardessen nur so wimmelt. »Nenn sie niemals Stewardessen, das mögen sie nicht. Sie sind Flugbegleiterinnen.« Sie mögen zu müde sein, um nach London reinzufahren, aber das heißt nicht, dass sie nicht ein wenig Spaß haben wollen. »Denk doch mal nach – freies Parken, und das Zimmer ist auch schon bezahlt.«

Ich habe gelacht und mich dabei ertappt, wie ich zugesagt habe – und seitdem suche ich nach einer Ausrede, um aus dieser Geschichte wieder rauszukommen. Jetzt habe ich eine.

Fat Trev, oder was noch von ihm übrig ist, öffnet mir die Tür zu seiner Wohnung in einem engen schwarzen T-Shirt und mit einem Maximuscle-Proteinshake in der Hand. Er ist kaum wiederzuerkennen. Eine eindeutige Identifizierung wird zusätzlich dadurch erschwert, dass er sich seinen buschigen Bart abrasiert hat (wahrscheinlich weil er jetzt ein Kinn hat, das er der Welt präsentieren kann).

»Meine Güte, Trev, was ist mit deiner anderen Hälfte passiert?«

Ich rechne mit einem Lachen oder zumindest mit einem Lächeln. Ich bekomme einen lächerlich festen Handschlag und ein: »Das ist mein neues HIIT-Programm.«

»HIIT?«

»Hochintensives Intervalltraining.«

»Oh, okay.«

»Komm rein.«

Während ich an ihm vorbeigehe, streiche ich balletttanzende Nilpferde von meiner Liste amüsanter Gesprächsthemen.

Seine Wohnung ist auf das Nötigste reduziert worden. Mitten im Wohnzimmer steht ein Rudergerät. Anfangs ist er noch ganz umgänglich, sagt, dass ihm die Sache mit Clara leidtue, und dankt mir, dass ich mir die Mühe gemacht habe, ihm persönlich von meinem neuen Job bei Indology zu erzählen, obwohl sich bald herausstellt, dass er bereits Wind von der Sache bekommen hatte.

»Ich hab kein Problem damit«, sagt er und drückt mir

einen Becher mit grünem Tee in die Hand. »Überhaupt nicht.«

Es ist kein tolles Restaurant, aber es ist der einzige Laden in der Nähe, in den man einen Hund mitnehmen kann, und es erspart uns, in dem veganen Café essen zu müssen, in das Trev ursprünglich wollte. Den Verzehr von Weizen und Milchprodukten mag er aufgegeben haben, aber Alkohol steht immer noch auf dem Speiseplan. Nicht sofort, nicht bevor ich den Fehler mache, mir einen zweiten Gin Tonic zu bestellen, und er beschließt, von seinem San Pellegrino zu wechseln und mir Gesellschaft zu leisten.

Wir reden viel über ihn, wie sehr er sich verändert hat, wie viel er über sich selbst gelernt hat, wie sehr er als Persönlichkeit gewachsen ist, auch wenn sein Körper geschrumpft ist. Das ist die Art von Gesprächen, bei denen in meinem Kopf alle Alarmglocken läuten – jetzt, wo Clara weg ist und ich mir nicht ständig irgendwelche Geschichten über Selbstvervollkommnung anhören muss, vielleicht sogar noch mehr als früher –, aber es gelingt mir, die richtigen Geräusche zu machen (oder zumindest glaube ich das): »Das ist wirklich interessant, Trev ... So habe ich das noch nie betrachtet ... Du hast recht, wie kannst du jemals eine andere Person lieben, wenn du dich nicht selbst liebst?«

Aber wenn ich ehrlich bin, habe ich diesen ganzen Selbstliebe-Quatsch nie wirklich verstanden. Die Leute, denen ich den höchsten Respekt entgegenbringe, haben eine bemerkenswert geringe Meinung von sich selbst, einen scharfen Sinn für ihre eigene Dummheit und Fehlbarkeit. Natürlich erwähne ich das Trev gegenüber nicht, aber offenbar erkennt er es an meinem Ton oder an meinem Gesichtsausdruck.

»Du bist so ein verdammter Zyniker, Dan.«

»Nein, das bin ich nicht.«

»Das warst du schon immer.«

»Du hast dich an dieser Front auch nicht so schlecht geschlagen.«

»Ja, und sieh dir an, wohin es mich gebracht hat. Pass lieber auf.«

»Danke, dass du dir Sorgen um mich machst, Trev. Aber ich komme schon zurecht.«

»Schon möglich. Ich hoffe nur, du hast die Eier, ein paar Dinge zu ändern.«

»So wie du, meinst du?«

Trev füllt sein Weinglas und lehnt sich vor, ein irres Leuchten in den Augen. »Es geht um Mundwasser, Dan – Mundwasser, verdammt.«

»Da irrst du dich. Es geht auch um Haarkoloration, und es geht das Gerücht über eine Fernsehwerbung für einen hässlichen französischen Kleinwagen.«

»Mach nur so weiter. Tu's ruhig mit einem Lachen ab, aber willst du wirklich den Rest deines Lebens damit verbringen, den Menschen irgendeinen Scheiß anzudrehen?«

Und jetzt legt er richtig los, lässt sich über die Branche aus, und über mich rückgratlosen Speichellecker, der sich selbst mit seinem Traum von einem Roman, den er niemals schreiben wird, ruhigstellt.

Ich betrachte ihn und denke mir, dass ich diesen neuen männerbusenbefreiten, Quinoa mampfenden, sportbesessenen Trev nicht wirklich leiden kann, und ich weiß, dass ich jeden Moment anfangen werde zurückzuschießen. Aber ich tu's nicht, denn als ich gerade loslegen will, bewegt sich Doggo, der an meinen Füßen sitzt, und ich spüre den warmen Druck seines Körpers an meinem Bein. Das ist ganz untypisch für ihn – er ist nicht besonders gut in Sachen Körperkontakt –, und während ich noch darüber nachdenke, ist der Moment vorüber und mein Zorn auf mysteriöse Weise verschwunden.

Also sitze ich da und nehme es hin – keine einfache Sache, wenn jemand absoluten Stuss redet, aber noch sehr viel schwieriger, wenn ein paar schmerzhafte, bittere Wahrheiten darunter sind.

Fünfzehn

»Ich komm sofort runter«, tönt Edies Stimme über die Sprechanlage. Schade. Ich hätte gern ihre Wohnung gesehen und gewusst, wie Douglas und sie leben. Wenn ihr Schreibtisch irgendeinen Hinweis liefert, ist ihre Wohnung sauber und ordentlich. Ich sehe weiße Wände, Holzfußböden und einen Stapel Zeitschriften auf einem gläsernen Couchtisch. Douglas ist Banker, und meiner Erfahrung nach stehen Banker bei ihrer Wohnung auf einen Hauch geschrubbter Sterilität. Sie mögen keine braunen Möbel und zerschlissenen türkischen Teppiche und Tapeten und obskure Objekte, die auf dem marmornen Kaminsims Staub ansetzen; sie stehen auf klare, harte Linien und große Fernseher und riesige fast leere Kühlschränke.

Ich habe angeboten zu fahren, was bedeutete, den Wagen zum ersten Mal seit einem Jahr mal wieder gründlich sauber zu machen, innen wie außen. Ich habe sogar eine Decke für Doggo auf den Rücksitz gelegt. Er kennt Edie nur aus der Agentur, und ich sehe die Verwirrung in seinem Blick, als wir ihre Tasche in den Kofferraum packen. Er spürt, dass heute etwas Besonderes geschieht.

Jeder hält sich selbst für einen guten Autofahrer. So

heißt es zumindest. Ich nicht. Ich weiß, dass ich für den Geschmack vieler Leute zu langsam fahre, und ich halte es auch nicht für eine besondere Leistung, sich möglichst schnell durch den Stadtverkehr zu schlängeln. Von einer Spur zur nächsten zu hüpfen, nur um an der nächsten Ampel ein oder zwei Autos weiter vorne zu stehen, habe ich schon immer für ein sinnloses Unterfangen gehalten. Ich pröttele zufrieden vor mich hin und mache gerne Platz für alle, die es offensichtlich eiliger haben als ich.

»Keine Ursache!«, faucht Edie, als ich einen BMW aus einer Seitenstraße reinlasse und der Fahrer sich nicht für meine Nettigkeit bedankt. »Er hätte sich ruhig bedanken können.«

»Edie, es ist Wochenende, die Sonne scheint, und Adele singt für uns.«

»Es geht ums Prinzip. Allgemeine Regeln der Höflichkeit.«

»Wir haben sie, er nicht. Wen interessiert's? Entspann dich.«

»Du hast recht«, sagt sie. »Hier! Fahr links, ich kenne eine Abkürzung durch Barons Court.«

Wir verbringen die nächsten zwanzig Minuten zwischen Baustellen, gemeinsam mit einer Menge Leute, die ebenfalls Edies Abkürzung kennen.

Ich war schon einmal in Henley, weil ein Mädchen, das ich in der Uni süß fand, dort bei einer Regatta gerudert ist. Ich erinnere mich daran, dass es ein hübsches Städtchen war, an einer Biegung der Themse gelegen und mit der leicht selbstgefälligen Atmosphäre von Wohlstand. In den letzten zehn Jahren hat sich nicht viel verändert. Wir schlängeln uns gerade durch das System aus Einbahnstraßen, als Edie die Bombe platzen lässt.

»Es gibt da etwas, das du wissen solltest. Douglas existiert nicht.«

Ich brauche einen Augenblick, um die richtigen Worte zu finden. »Das klingt überraschend ungruselig.«

»Ich meine, er existiert, es ist nur so, dass wir schon eine Weile nicht mehr zusammen sind.«

»Wie lang ist eine Weile?«

»Acht Monate.«

Sie erklärt, sie hätte es in der Agentur nicht gesagt, weil es einfacher sei, wenn die Leute denken, dass man einen Freund hat, wenn man gerade keinen neuen sucht. Währenddessen denke ich: *Ich wette, Tristan weiß es. Es würde mich sogar wundern, wenn er nicht derjenige war, der darauf bestanden hat, dass Edie mit Douglas Schluss macht.* Ich muss auch an die vielen Lügen denken, die sie mir in den letzten Wochen aufgetischt hat: die Sache mit dem Billardtraining mit Douglas im Pub in der Nähe ihrer Wohnung und die rührenden kleinen Details ihrer Beziehung: wie er sie getröstet hat, als sie letzte Woche im Kino geweint hat, das Überraschungsdinner in dem Sternerestaurant, nachdem wir den SWOSH!-Etat gewonnen haben. Alles Quatsch. Und ganz offensichtlich steht mir das ins Gesicht geschrieben.

»Sei nicht sauer. Versuch du mal, Frau zu sein und Single. Das kann ganz schön anstrengend sein.«

»Ich bin nicht sauer.«

»Dan, sieh mich an.«

»Kann ich nicht, sonst fahre ich dem Range Rover da vorne noch in den Kofferraum. Verdammt, fährt hier denn niemand mehr ein normales Auto?«

»Meine Eltern. Und ihres ist sogar noch schrottiger als deins.« Wir tauschen einen versöhnlichen Blick. »Ich hätte es dir nicht erzählen müssen«, sagt sie.

»Doch, hättest du. Das war das Briefing für später.«

»Stimmt, aber ich hätte dich gar nicht erst dazu einladen brauchen.«

»Warum hast du es dann getan?«

»Weil ich dich nicht länger anlügen wollte.«

Einen Augenblick lang denke ich, sie will sich noch mehr von der Seele reden, möglicherweise sogar Tristan zur Sprache bringen, aber sie lenkt das Gespräch wieder auf ihre Eltern und warnt mich, dass die ein wenig »anders« seien. »Und das Haus ist ein Saustall. Rechne nicht mit frischer Bettwäsche und Blumen in deinem Zimmer. Das ist einfach nicht ihr Stil. Wahrscheinlich haben sie ganz vergessen, dass wir kommen.«

Sie wohnen hinter Henley, oben in den Chiltern Hills, die ich nicht kenne und die dafür, dass sie so nah an London liegen, unglaublich wild und unterbevölkert scheinen. Hier also ist Edie aufgewachsen, in einem alten Steinhaus am Rande eines kleinen Örtchens, das am oberen Ende eines breiten Tals mit hohen Bäumen und grasenden Kühen liegt – das bukolische Idyll, die rustikale Utopie (bevor Thomas Hardy sein Skalpell angesetzt hat).

Sie haben nicht vergessen, dass wir kommen. Edies Vater Elliot begrüßt uns in der kiesbedeckten Einfahrt, ein großer Mann mit einem Büschel dicker Haare, die in alle Richtungen abstehen, wie es sich für einen Komponisten gehört. Er trägt uralte Rugbyshorts mit Bändeln und – was ein wenig bizarr wirkt – ein ausgewaschenes Blue-Öyster-Cult-T-Shirt.

»Dad, du blutest.«

Stimmt, er blutet. Seine Arme sind mit Kratzern übersät, einige davon ziemlich tief.

»Deine Mutter hat mich den ganzen Morgen die Brombeeren schneiden lassen.«

»Wo ist sie?«

»Weiß der Himmel. Töpfern wahrscheinlich.« Er nimmt meine Hand.

»Entschuldigen Sie die schlechten Umgangsformen meiner Tochter. Du musst David sein.«

»Daniel.«

»Entschuldige. Ich kann mir Namen nur schlecht merken. Gesichter auch nicht, wenn ich ehrlich bin.« Als er Edie in den Arm nehmen will, schiebt sie ihn weg, aus Angst um ihr weißes T-Shirt.

»Papa, das Blut ...«

Sie improvisieren mit langen Hälsen und einem Kuss auf jede Wange. »Hübscher denn je, mein Schatz.« Er geht in die Hocke, um Doggo zu begrüßen. »Und du, mein kleiner Freund, bist noch viel hässlicher, als man dich mir beschrieben hat.«

Edies Mutter schwingt tatsächlich die Töpferscheibe, in einem umgebauten Schweinestall, der ihr als Studio dient. Ihr Name ist Sibella, und ich sehe sofort, woher Edie ihre großen und etwas katzenartigen Augen hat. Sibellas rabenschwarzes Haar ist mit silbernen Strähnen durchzogen und mithilfe von zwei Stäben, die aussehen wie Essstäbchen, auf ihrem Kopf aufgetürmt.

»Schätzchen«, sagt sie mit einem kurzen Seitenblick, während ihr Fuß kräftig in die Pedale tritt, um die Scheibe zu drehen. »Daniel, Doggo, schön, dass ihr da seid. Und jetzt verzieht euch, ihr drei, ich bin an einem kritischen Punkt.«

Das Haus ist nicht unbedingt ein Saustall, aber die Zimmer im Erdgeschoss erinnern tatsächlich ein wenig an einen Trödelladen. Überall sind Bücher. Sie biegen die Böden der eingebauten Regale durch, die mit Glasvitrinen voller Kuriositäten um den begrenzten Platz an den Wänden kämpfen. Die meisten dieser Gegenstände sind archäologischer Natur: Tonscherben, Bronzefigürchen, Fossilien und Ähnliches. Die geflieste Küche ist kalt wie eine Kathedrale, sogar an einem Tag wie heute. Die Auswahl hochwertiger Töpfe und Pfannen an den Haken weist sie als das Hauptquartier eines Feinschmecker-Haushalts aus, ebenso wie das Arsenal an Messern, die an dem langen Magnetstreifen an der Wand neben dem Aga-Herd hängen. Das Musikzimmer, das nach hinten zum Garten rausgeht, beinhaltet die größte Vinylsammlung, die ich jemals außerhalb eines Secondhandladens gesehen habe. Ein Konzertflügel mit zugeklapptem Deckel, auf dem Stapel von Notenblättern liegen, dominiert den Raum, aber im Zimmer verteilt befinden sich noch andere Instrumente, als hätten die Musiker spontan alles stehen und liegen lassen und wären zum Klo gerannt.

»Spielst du Klavier?«, frage ich.

»Ja.«

»Cello?« Es lehnt an einem verblichenen pfirsichfarbenen Samtdivan.

»Mhm.«

Ich zeige weiter. »Harfe?«

»Ein bisschen.«

»Das glaube ich nicht.«

»Ist aber wahr.«

»Beweise es.«

Edie setzt sich und lehnt das Instrument gegen ihre

Schulter. Ich schaue fasziniert zu, während ihre langen Finger über die Seiten zu gleiten scheinen, ohne sie zu berühren. Was sie als »ein bisschen« bezeichnet, ist ganz offensichtlich ein »ziemlich gut« für alle anderen, das erkennt sogar ein Musikbanause wie ich. Das Stück, das sie spielt, kenne ich, aber ich kann es nicht einordnen.

»Debussys erste Arabesque«, erklärt Edie, als sie fertig ist. »Sie ist leichter zu spielen, als sie klingt, aber verrate es keinem.«

Mein Zimmer mit tief hängenden Deckenbalken liegt direkt neben ihrem. Wir begegnen uns flüchtig im Badezimmer, sie in ihrem marineblauen Leinenkleid, ich im Anzug; sie, um sich die Haare zu machen und ein wenig Make-up aufzulegen, ich, um den Knoten meiner Krawatte zu richten und mit einem feuchten Handtuch an einem alten Fleck an meinem Kragen herumzutupfen.

Wir haben gerade noch Zeit für einen kurzen Plausch und ein Glas Prosecco mit Elliot und Sibella auf der hinteren Terrasse, um auf unseren jüngsten Erfolg anzustoßen. »Hat sie wirklich das Zeug dazu?«, fragt Sibella auf eine Art, wie nur Mütter es können.

»Absolut«, antworte ich.

»Du versprichst mir, ein Auge auf sie zu haben, ja?«

»Wenn sie mich braucht, ja. Aber ich glaube kaum, dass sie das wirklich tut.«

»Die Welt da draußen ist groß.«

»Mum ...«, stöhnt Edie.

»Es ist wahr«, erwidert Sibella störrisch. »Und Erfolg hat immer seinen Preis.«

»Sie hat recht, sieh uns doch an«, bemerkt Elliot mit einem trockenen Lachen. Ich entscheide mich für ein höfliches Lächeln, fasziniert von seiner Selbsterniedrigung (wäre mein eigener Vater jemals in der Lage, so etwas über sich selbst zu sagen?), während mir gleichzeitig ein wenig unbehaglich zumute ist bei dem Gedanken, über die unerfüllten Hoffnungen meiner Gastgeber zu lachen.

Elliot fährt uns zum Pub, in einem uralten Golf, der tatsächlich noch schrottiger ist als mein Peugeot und einige beeindruckende Dellen aufweist – und ein Radio, das noch aus einer Zeit stammt, in der Kassetten die Krönung der Fahrzeug-Unterhaltungselektronik darstellten. Das Dorf, in dem die Hochzeit stattfindet, liegt zehn Fahrtminuten über sonnengesprenkelte, von frischem Grün gesäumte Landsträßchen entfernt. Man kann sich keinen perfekteren Tag vorstellen, um zu heiraten – nicht so heiß, dass man ins Schwitzen geraten könnte, und mit großen Wattewolken, die weit oben am Himmel entlangziehen wie Galeonen unter vollen Segeln.

Der Bräutigam, Jeremy/Jez/Jezza (Igelfrisur und Diamantohrstecker) hat ein ganzes Bündel Bargeld hinter die Bar im Royal Oak geschafft, damit die Gäste nicht auf dem Trockenen sitzen. Er ist der älteste Bruder von Edies bester Kindheitsfreundin, einem lauten Mädchen mit platinblondem Bob namens Trisha/Trish, deren Freund Richard/Rick/Dickster ein Cousin von Edies erstem Freund Alex/Al ist, einem kleinen, gut aussehenden, nervösen Kerl, der mir einen schlappen Handschlag und einen feindseligen Blick schenkt, als wir einander im Biergarten hinter dem Pub vorgestellt werden. Er entspannt sich erst, als er herausfindet, dass Edie und ich nicht zusammen sind, sondern bloß Kollegen.

Vom Pub sind es nur ein paar Meter bis zur Kirche, und wir suchen uns einen Platz in einem Meer von Hüten und gedämpften Unterhaltungen. Die Braut erscheint, wie es sich gehört, ein wenig verspätet und in einem triumphalen Exzess aus Tournüre und Perlen, in dem keine Fee mit einem Fünkchen Stolz sich jemals freiwillig zeigen würde. Edie bekommt beim Einzugslied feuchte Augen. »Sie hatte es damals wirklich nicht leicht«, flüstert sie mir zu.

Die Menge jubelt, als Jez endlich das Baiser küssen darf, das er geheiratet hat, und fünf Minuten später bewerfen wir die beiden draußen im Kirchhof mit Reis. Das hier ist erst meine dritte Hochzeit, aber ich weiß jetzt schon, dass ich so niemals heiraten werde. Zwangsläufig wandern meine Gedanken zu Clara. Wir hatten hin und wieder darüber gesprochen, wie wir es machen würden. Clara hat sich einen exotischen Ort vorgestellt, eine humanistische Zeremonie am Strand oder auf einer Klippe mit ein paar Freunden als Trauzeugen, was okay für mich gewesen wäre, obwohl ich auch nichts dagegen gehabt hätte, mit mehr Gästen im Standesamt von Chelsea zu heiraten und anschließend in einem nahe gelegenen Restaurant feuchtfröhlich zu feiern. Nicht, dass es jetzt noch eine Rolle spielt.

Das ist die Sache mit den Hochzeiten: Sie rufen Erinnerungen wach, und nicht alle davon sind gut. Sie beschwören auch Ärger herauf. Wenn ich mich umschaue, sehe ich eine ganze Reihe junger Männer Mitte zwanzig, die unbehaglich neben ihren Freundinnen stehen und deren Blicken ausweichen, die fragen: »Und was ist mit uns?« Außerdem sehe ich Alex vorne am Eingang zum Kirchhof stehen und eine Zigarette rauchen. Er starrt auf Edie, die sich gerade mit einer runzeligen alten Dame unterhält, die auf zwei Krücken balanciert, und ich habe das unbehagliche Gefühl, dass ich ihn werde im Auge behalten müssen.

Edie organisiert uns eine Mitfahrgelegenheit zu dem Landgasthof, in dem die Hochzeitsfeier stattfindet. Es ist ein ehemaliges Herrenhaus, ein weitläufiger georgianischer Steinhaufen auf einem wunderschönen Anwesen. Ich erwarte nicht von ihr, dass sie an meiner Seite klebt, und sie hat ganz offensichtlich auch nicht die Absicht und verliert sich in der Menge auf der hinteren Terrasse auf der Suche nach bekannten Gesichtern. Solche Veranstaltungen, bei denen man keine Menschenseele kennt, haben auch ihr Gutes: Man muss niemandem aus dem Weg gehen und kann sich einfach von einer langweiligen Unterhaltung entfernen, ohne allzu sehr anzuecken. Ich streife herum, folge meiner Nase, die mich ans hintere Ende der ausgedehnten Rasenfläche zu einem großen Mädchen mit breitkrempigem Strohhut führt. Sie steht hinter einer Statue von einem Löwen, der ein Pferd angreift, und raucht eine Tüte.

»Polizei«, sage ich.

»Wo ist deine Marke?«

»Ich bin in Zivil. Und ich brauche das als Beweismittel.«

Sie gibt mir den Joint, und ich nehme einen Zug. »Jepp, du bist erledigt.«

»Genau wie du, wenn du noch zwei Züge nimmst.« Das ist kein Witz. Das Zeug ist stark. Zwanzig Minuten später, als ein kleiner Mann, der aussieht wie ein Stadtschreier, alle Gäste ins große Zelt zum Dinner ruft, kenne ich immer noch nicht ihren Namen, und ich frage auch nicht. Es würde den Moment zerstören.

Ich hatte mein Handy in der Kirche ausgeschaltet und mache es jetzt wieder an, während ich den Sitzplan studiere. Meine Mutter hat auf die Mailbox gesprochen, und ich höre sofort, dass sie geweint hat. Für das leichte Leiern in ihrer Stimme ist wahrscheinlich der Alkohol verantwortlich.

»Danny, Liebling, ich bin's. Ruf mich zurück, wenn du kannst. Es ist wichtig.«

Ich versuche mich daran zu erinnern, wann sie mich das letzte Mal »Liebling« genannt hat, und sehe einen kleinen Jungen mit Seitenscheitel und grauer Cordhose vor mir. Eine eisige Hand greift an mein Herz. Ich weiß, was diese Nachricht bedeutet. Wenn Nigel etwas zugestoßen wäre – und seien wir mal ehrlich, bei seinem Lebensstil ist ein Herzinfarkt oder ein Schlaganfall nicht so weit hergeholt –, hätte sie es gesagt. Nein, hier geht es um etwas, was uns beide betrifft, etwas, was sie mir persönlich sagen will.

»Scheiße«, murmele ich.

»Sie sollten mal sehen, neben wem *ich* sitzen muss«, scherzt der ältere Herr neben mir.

Das Essen und der Wein sind exzellent, im Gegensatz zu den Reden. Der Stiefvater der Braut trampelt immer wieder darauf herum, wie viel die ganze Chose ihn kostet, Jez legt seine Notizen beiseite und prahlt eindeutig zu explizit von den Talenten seiner jungen Frau im Bett, und die beiden Trauzeugen versuchen sich an einer abgelesenen Doppelconférence mit massenweise peinlichen Gags, von denen die meisten total in die Hose gehen.

Edie wirft mir einen entschuldigenden Blick rüber, und ich frage mich, wozu sie mich eigentlich eingeladen hat. Sie muss gewusst haben, dass ich nicht hierher passe, zu Leuten wie ihrer Busenfreundin Trisha, die mich angesehen und sich wohl dasselbe gedacht hat wie ich mir: nicht mein Typ.

Clara hat immer getanzt, als wäre sie in Trance, als würden die Kräfte von Mutter Erde durch ihre Fußsohlen emporsteigen und ihre Glieder bewegen. Leider habe ich ein bisschen davon übernommen: Kopf nach hinten, Augen geschlossen, Arme erhoben, schwanke ich wie Seetang in der Strömung. Ich weiß, dass das bescheuert aussieht, aber während ich mich in einem Club-Remix von David Bowies »Heroes« verliere, ergibt das für mich absolut Sinn. Ich bin da. Alle anderen sind bloß nah dran. Versucht mitzuhalten, wenn ihr könnt.

»Alles okay?«, ruft Edie in mein Ohr.

Ich öffne die Augen und sehe ihren leicht besorgten Blick. »Ich habe noch ein paar andere Moves in petto, aber die hebe ich mir für später auf.«

»Kluge Entscheidung«, spöttelt sie.

»Irgendwer hat mal gesagt: ›Tanze, als würde niemand zuschauen‹.«

»Tun sie aber.«

Sie hat recht, das tun sie. Ein paar Kinder äffen mich sogar nach.

»Nachahmung ist das größte Kompliment«, rufe ich zurück, um die Musik zu übertönen.

»Wer hat das gesagt?«

»Keine Ahnung. Wen interessiert's?«

Jetzt merke ich, dass ich betrunken bin und noch was zu trinken brauche. Mit einem Wodka Tonic von der Bar gehe ich nach draußen. In Spanien ist es fast Mitternacht, aber das macht nichts. Mum ist eine Nachteule. Sie wird noch wach sein und auf meinen Rückruf warten. Ich wähle und lege sofort wieder auf. Ich bin (gerade) noch nüchtern genug, um dieses Gespräch zu führen, aber ich will nicht. Nicht jetzt. Nein, ich will noch eine Nacht als ich selbst verbringen, Daniel Wynne, der Sohn von Michael Wynne und Ann Wynne (geborene Larssen), Bruder von Emma, nicht Halbbruder. Am Himmel leuchten die Sterne, aber ich spüre, wie meine Stimmung kippt, also mache ich mich wieder auf den Weg zurück ins Zelt auf der Suche nach Ablenkung. Diese erscheint in Form einer großen und eloquenten Dame in einem Taftkleid, die sich neben mir an den leeren Tisch plumpsen lässt. Sie ist schweißgebadet von ihrer letzten Betätigung auf der Tanzfläche.

»Sie sollten da draußen sein«, erklärt sie, während sie sich ein Glas Wein einschenkt.

»Entschuldigung?«

»Ihr Revier abstecken.« Sie weist Richtung Tanzfläche, wo Edie mit drei Kerlen die Hüften kreisen lässt, einer von ihnen ist Alex.

»Wir sind nicht zusammen. Nur Kollegen.«

»Wie langweilig!«

Ich kann nicht von mir behaupten, dass ich das Landleben gut kenne, aber ich bin in Norwich aufgewachsen, umgeben von Koffern, also wage ich zu behaupten, dass Menschen vom Land vollkommen anders ticken als Stadtmenschen. Es ist nicht so offensichtlich wie eine Flinte oder auch zwei unter der Matratze zu haben, es ist eher, wie sie ihre Zeit verbringen, was sie tun, um etwas zu essen auf den Tisch stellen zu können. Man trifft Leute, die ihren Lebensunterhalt damit verdienen, Gräben zu buddeln oder Reetdächer zu decken oder Trockenmauern auszubessern oder Vieh zu kastrieren oder Trecker zu reparieren oder Dünger zu verkaufen. Barbara im Taftkleid vermietet ihre Pferdeställe an andere Leute und züchtet nebenbei Ponys. So verbringt sie ihre Wachstunden, so füllt sie den Tank ihres »mit Scheiße verkrusteten Landrovers«. Sie ist eine enge Freundin der Brautmutter. Und sie hat Edie das Reiten beigebracht, »vor vielen, vielen Monden«.

»Erzählen Sie mir nicht, dass sie ein Naturtalent war.«

»Natürlich war sie das. Edie hat sich nie mit etwas schwergetan, außer ...« Sie lässt den Satz unbeendet.

»Was?«

»Es ist nicht an mir, das zu sagen.«

Ich schiebe die Hand in die Innentasche meines Jacketts. »Ich werde Sie bezahlen.«

Barbara lächelt. »Behalten Sie Ihr Geld, ich gebe einen aus.« Dann, nach einem Schluck Wein: »Ein Wort: Liebe.«

»Liebe?«

»Sie hat immer an den falschen Orten danach gesucht.«

»Und wo ist der richtige Ort?«

»Überall, wo man nicht danach sucht.« Ich sinniere über diese weisen Worte. »Jetzt gucken Sie nicht so beeindruckt«, sagt sie. »Das ist aus der *Cosmopolitan*. Kompletter Quatsch, diese Zeitschrift. Sie wissen schon – ›Sind Sie eher der Rot-, Grün- oder Blau-Typ?‹«

»Welcher Typ sind Sie?«

»Ich? Ich bin eine glücklich verheiratete Frau, die ebenso glücklich zweimal geschieden wurde, also was weiß ich schon?«

»Sehr viel mehr, als Sie zugeben möchten, vermute ich.«

Sie zuckt die Schmeichelei beiseite. »Sind Sie schwul?«

»Versprechen Sie mir, mich nicht zu lynchen, wenn ich Ja sage?«

Sie schnappt entrüstet nach Luft. »Entschuldigen Sie mal, wir sind nicht solche Hinterwäldler, wie Ihr Stadtpflanzen vielleicht denkt. Eigentlich sind wir sogar sehr liberal. Müssen wir sein. In einem kleinen Ort wie diesem lassen sich keine Geheimnisse voreinander bewahren.«

»Nein, ich bin nicht schwul.«

»Und wieso sind Sie dann nicht da draußen und kämpfen um sie?« Erneutes Nicken Richtung Tanzfläche. »Ich meine, schauen Sie sie sich doch an. Und erzählen Sie mir nicht, dass Sie es nicht sehen. Sie ist umwerfend, und das sage ich nicht über viele Menschen.«

»Ich sitze den ganzen Tag mit ihr in einem Büro. Könnten Sie mit ein und derselben Person leben und arbeiten?«

»Oh, Sie alter Romantiker.«

»Könnten Sie?«

»Wenn das Ihre Einstellung ist, haben Sie sie nicht verdient.«

»Also, könnten Sie?«

Wieder ignoriert sie meine Frage. »Finden Sie einfach einen Weg, damit es funktioniert, oder lernen Sie, mit Ihrem Bedauern zu leben.« Sie legt eine Hand auf meinen Unterarm. »Kein Job ist fürs Leben. Aber die Liebe kann es sein.«

»*Cosmopolitan*?«

»Nein, ich glaube, der stammt aus der *Grazia*.«

Die Dinge beginnen aus dem Ruder zu laufen, als Barbaras Mann sie entführt, um sie jemandem vorzustellen. Ich muss dringend aufs Klo und bin gerade auf dem Weg zum Ausgang, als ich sehe, wie Edie mich zu sich auf die Tanzfläche winkt, was Alex, seinem Gesichtsausdruck nach zu urteilen, nicht besonders gefällt. Ich gebe ihr ein Zeichen, dass ich sofort zurückkomme, aber ich habe nicht mit der Schlange vor der Herrentoilette gerechnet, und es dauert mindestens zehn Minuten, bis ich wieder auf der Tanzfläche bin. Das Erste, was ich bei meiner Rückkehr sehe, ist Edie, die sich von Alex abwendet, und ihn, wie er ihren Arm packt und sie zurückzieht. Bevor ich weiß, was ich da tue, bin ich schon bei ihnen.

»Alles in Ordnung?«

Edie wirkt erschüttert und aufgebracht. »Ja.«

Alex betrunken und trotzig. »Alles okay.«

»Nein, nicht okay«, sage ich, »Hand an eine Frau zu legen.«

»Sie hat noch nie ein Problem damit gehabt, wenn ich Hand an sie gelegt habe.«

Es ist ein furchtbarer Spruch, arrogant, anzüglich, besitzergreifend, und ich spüre, wie ich mich vor ihm aufbaue. »Dan, vergiss es einfach«, sagt Edie.

»Ja, Dan, vergiss es«, bemerkt Alex höhnisch. »Warum verpisst du dich nicht einfach?«

»Du überreizt dein Blatt, du kleiner Wichser.«

Er macht einen Schritt zurück. »Ich habe den schwarzen Gurt in Karate.«

»Ich seh' schon die Schlagzeile: Kleiner Mann mit Vorliebe für Kampfsport entdeckt.«

Einen kurzen, besorgniserregenden Augenblick lang habe ich Angst, ihn falsch eingeschätzt zu haben, aber er ist klug genug, Jez und Amy nicht den schönsten Tag ihres Lebens mit einer Schlägerei auf der Tanzfläche zu ruinieren. Er dreht sich auf dem Absatz um und stapft davon.

Edie ist entgeistert. »Ich kann einfach nicht glauben, dass du das gerade gemacht hast.«

»Was, hätte ich warten sollen, bis er zuschlägt?«

Sie läuft Alex hinterher. Auf meinem Weg zur Bar quetsche ich mich an Barbara vorbei, die die ganze Sache offensichtlich mitbekommen hat, denn sie zwinkert mir zu und sagt: »So ist's besser.«

Die fünfzehn Minuten im Taxi zurück zu ihren Eltern verbringen wir in eisigem Schweigen. Edie spricht erst, als ich dem Fahrer das Geld gegeben habe und wir durch die Hintertür in die Küche getreten sind.

»Absacker?«, fragt sie.

»Warum nicht.«

Ich bin in Ungnade gefallen, und wir können es auch genauso gut jetzt klären und ihren Eltern die miese Stimmung morgen früh ersparen. Sie zaubert von irgendwo eine Flasche Armagnac hervor, und wir pflanzen uns an den Küchentisch.

»Edie, es tut mir leid.«

»Für eine Entschuldigung ist es ein bisschen spät.«

»Entschuldigungen kommen gewöhnlich nach dem Ereignis«, erkläre ich.

»Es war nichts, das ich nicht hätte selbst regeln können. Und ganz sicher musstest du dich nicht in Rambo verwandeln.«

»Es hat mir nicht gefallen, wie er mit dir umgegangen ist. Ich musste einfach einschreiten.«

Sie schüttelt den Kopf. »Ich hätte dich gar nicht erst fragen sollen, ob du mitkommst.«

Das hat wehgetan, und ich spüre, wie sich meine Nackenhaare aufstellen. »Tja, wir wissen ja beide, warum du es getan hast.«

»Tun wir das?«

Es ist mir erst gerade im Taxi klar geworden: Ich bin der Köder, der die Aufmerksamkeit von ihr und Tristan ablenken soll. Die Leute in der Agentur haben gestern darüber getratscht, dass sie und ich das Wochenende zusammen verbringen.

»War es deine Idee oder Tristans?«, frage ich zurück.

»Tristan? Was hat Tristan mit der ganzen Sache zu tun?«

Sie liefert eine ziemlich überzeugende Vorstellung, und ich nehme einen langsamen Schluck von meinem Armagnac, um das Schweigen ein wenig auszudehnen. »Vergiss es.«

»Nein, ich will wissen, was du damit sagen willst. Erklär mir, was du meinst.«

»Ich meine damit, dass ich mir vorher nicht ganz sicher war, ob da was zwischen euch läuft, aber jetzt bin ich es.«

Ich habe mit einem Kampf auf Leben und Tod gerechnet, aber sie wirft sofort das Handtuch, nicht mit Worten, sondern mit einem tiefen Seufzen und einem Blick, der meinem nicht standhalten kann.

»Ich verurteile dich nicht, Edie.«

»Na, das wäre auch ein bisschen viel von einem Typen, der die Schwester seiner Ex gevögelt hat.«

Bevor ich etwas sage, das sie mir niemals vergessen noch verzeihen wird, warte ich einen Augenblick, ehe ich antworte: »Reib's mir ruhig unter die Nase, wenn du dich dann besser fühlst.«

Sie lässt den Kopf hängen. »Nein. Verdammt, ich dämliche Kuh.«

Ich greife über den Tisch und nehme ihre Hand. »Wir müssen jetzt nicht darüber reden. Ehrlich gesagt, glaube ich, dass jetzt kein guter Zeitpunkt ist.«

»Was, wenn ich aber darüber reden will?«

»Schlaf eine Nacht darüber. Mir schwirrt sowieso der Kopf – wegen einer familiären Sache, nicht deswegen.«

»Nichts Ernstes, hoffe ich.«

»Nein«, lüge ich.

Wir verabschieden uns im Dämmerlicht am Fuß der

Treppe, weil ich noch kurz nach Doggo sehen will, der im Wohnzimmer schläft.

»Kleiner Mann mit Vorliebe für Kampfsport entdeckt«, sagt sie. Ich kann gerade so ihr Lächeln erkennen.

»Das hat dir gefallen, nicht wahr?«

»Nicht in dem Moment.« Sie gibt mir einen überraschenden Kuss auf die Wange. »Danke, dass du zu meiner Rettung geeilt bist.«

»Eines Tages werde ich verstehen, was in dir vorgeht«, sage ich zu ihrem Rücken, als sie die Treppe hinaufsteigt.

»Sei dir da mal nicht so sicher«, erwidert sie aus der Dunkelheit.

Doggo schlummert im Wohnzimmer auf dem Sofa. Er bewegt sich, als ich näher komme.

»Hey, Doggo, wie läuft's?« Ich hocke mich neben ihn. Er hat ein paar Kletten in den langen Haaren an seinen Ohren, was darauf hindeutet, dass Elliot und Sibella ihr Versprechen gehalten und einen Spaziergang mit ihm unternommen haben. »Die beiden haben dich fertiggemacht, was?«

Ich stehe auf und will aus dem Zimmer gehen. Doggo folgt mir dicht auf den Fersen, und als ich ihm die Tür vor der Nase zumachen will, bellt er – und noch mal – und noch mal. »Schsch.« Ich öffne vorsichtig die Tür. Er zwängt sich durch den schmalen Spalt in den Flur, wedelt mit seinem Klobürsten-Schwanz und schaut mit traurigem Blick zu mir hoch.

»Du willst wohl Gesellschaft, was? Okay, aber nur dieses eine Mal.«

Doggo schläft. Ich nicht. Ich liege auf dem Rücken und spüre sein Gewicht auf meinem Bein durch die dünne Bettdecke.

Er muss es als genauso beruhigend empfinden wie ich, denn wenn ich mein Bein bewege, rutscht er mit, bis er es wieder spürt. Vielleicht war er daran gewöhnt – hat bei seinem Vorbesitzer mit im Bett geschlafen –, und er hat bis heute gebraucht, um sich bei mir so sicher zu fühlen, dass er dasselbe auch von mir verlangt. Er zittert und wimmert leise im Traum. Wovon er wohl träumt? Von seinem früheren Leben?

Merkwürdig, dass ich nicht schon längst darüber nachgedacht habe. Was weiß ich wirklich über seine Vergangenheit? Nur was Clara mir erzählt hat – dass er kein Streuner war, sondern ein gutes, ein glückliches Zuhause hatte. Das ergibt Sinn. Er hat nichts Duckmäuserisches, Ängstliches oder Verletztes an sich. Er ist keines dieser nervösen Geschöpfe, die zitternd vor Vorfreude auf das kleinste Anzeichen von Zuwendung warten. Ja, er lässt sich gern streicheln, aber genauso gern bedenkt er einen mit einem scharfen Blick, wenn er genug hat. Dafür respektiere ich ihn. Er hat seinen eigenen Kopf, ist von sich selbst überzeugt, aber niemals arrogant, sich seiner Intelligenz bewusst, ohne das Bedürfnis, sie ständig unter Beweis stellen zu müssen. Und er ist so niedlich in seiner Illusion von seiner Wirkung auf sein Umfeld. Wenn ich ihn mit einer Figur aus der Literatur vergleichen müsste, dann wäre das Hercule Poirot.

Hercule. Endlich! Ein passender Name für den kleinen Kerl. Die französische Variante, wohlgemerkt. Herkules erinnert eher an den griechischen Helden und seine zwölf Arbeiten, die seinen Mut und seine Stärke unter Beweis stellen sollten – zwei Eigenheiten, die ich nicht unbedingt mit Doggo assoziieren würde. *Hercule.* Ja. Aber immer noch nicht ganz so gut wie Doggo.

Ich lege ganz sanft die Hand auf ihn, um ihn nicht zu wecken. Seine Wärme und das langsame, hypnotische Heben und Senken seines Brustkorbs tragen mich rasch in dieselben Gefilde, in denen er sich bereits befindet.

Sechzehn

Wir frühstücken bei strahlendem Sonnenschein auf der hinteren Terrasse. Es ist erschöpfend, nicht nur die Auswahl, sondern auch das Gespräch am Tisch, das sich lebhaft, ja sogar streitlustig um diverse Themen dreht. Elliot wirft immer wieder Ereignisse aus der Sonntagszeitung in die Runde, und von jedem am Tisch wird erwartet, dass er seinen Senf dazugibt. Ein erneuter Drohnenangriff im Norden Pakistans hat eine Gruppe Unschuldiger ausgelöscht. Wie stehst du zu den Drohnen? Ist der Krieg gegen die Taliban wirklich ein Krieg? Was definiert einen gerechten Krieg? Gibt es so was überhaupt? Was tut man im Angesicht der Inhumanität eines Menschen gegenüber anderen Menschen?

»Und Tieren«, bemerkt Sibella, die Vegetarierin ist, aber kein Problem damit zu haben scheint, wenn wir anderen uns an Bacon, Würstchen und Blutwurst gütlich tun.

Eine neue Kanne Kaffee wird aufgebrüht, und die Unterhaltung wendet sich mir zu. Nicht unbedingt ein Verhör, aber nah dran. Ich weiß nicht, wieso ich es tue – ich meine, ich kenne diese Leute kaum –, aber es platzt aus mir heraus: Grandpas Bemerkung, die steife Zurückweisung meiner Mutter, dann ihre seltsame Nachricht auf meiner Mailbox gestern Abend.

»Wahrscheinlich ist es gar nichts«, lautet Edies Urteil.

Sibella runzelt die Stirn. »Du armer Kerl.«

Ich zucke mit den Schultern und versuche es mit einer lockeren Bemerkung abzutun. »Es ist nicht so schlimm. Ihr kennt meinen Vater nicht.«

»Ebenso wenig wie du, wie es scheint«, erwidert Elliot.

»Papa!«

»Ich wollte bloß die Stimmung ein wenig heben.«

Am unteren Ende des Gartens steht eine klapprige Bank an einer Ziegelmauer, an der eine alte Rose lehnt, die kurz vor der Blüte steht und sich unter dem Gewicht ihrer prallen Knospen beugt. Meine Augen nehmen jedes kleinste Detail wahr, forensisch, wie ein Kriminalkommissar, der zum ersten Mal einen Tatort betritt. Dies hier ist der Ort, an dem die Welt, wie ich sie kenne, sich für immer ändern wird, und es ist ein gutes Gefühl, Doggo neben mir auf der Bank sitzen zu haben.

Nach längerem Klingeln antwortet Nigel. »Warte eine Sekunde, alter Junge, hier ist sie«, sagt er in einem nachgeahmten gedehnt-patrizischen Akzent. Sie sind draußen, wahrscheinlich liegen sie am Pool und braten in der spanischen Sonne.

»Danny. Endlich. Hast du meine Nachricht bekommen?«

»Tut mir leid, mein Telefon war aus. Ich war auf einer Hochzeit.« Sie will wissen, wer geheiratet hat und wo genau in den Chilterns ich sei und ob das bedeute, dass zwischen mir und Edie etwas läuft. Ihre Fragen klingen nicht nach einem unbeholfenen Einstieg, nach jemandem, der sich darauf vorbereitet, zum eigentlichen und etwas heiklen Thema überzuleiten. Sie klingt wirklich interessiert, plaudert, und am Ende bin ich derjenige, der sie daran erinnert: »Mum, du hast gesagt, es wäre wichtig.«

»Oh. Ja. Das ist es. Ich kann meinen Kalender nicht finden, und ich weiß, dass Alice bald Geburtstag hat, und Emma bringt mich um, wenn ich ihn schon wieder vergesse.«

Ich sage nichts.

»Danny, bist du noch da?«

»Du klangst ziemlich aufgebracht.«

»Aufgebracht?«

»Auf meiner Mailbox. Als hättest du geweint.«

Wie sich herausstellt, hat sie tatsächlich geweint, weil sie kurz zuvor erfahren hatte, dass eine alte Freundin den Kampf gegen den Brustkrebs verloren hat. »Du erinnerst dich doch noch an Pat Conelly.« Vage. Ich sehe ein breites Gesicht und einen Wasserfall aus dunklen Locken aus meiner Kindheit vor mir. »Ich warte noch auf den Termin für die Beerdigung. Vielleicht können wir uns zum Lunch treffen, wenn ich komme.«

»Klar. Sicher.«

»Dein Enthusiasmus rührt mich«, bemerkt sie scherzhaft.

Ich bringe es nicht über mich, den anderen die Wahrheit zu erzählen. Sie würden denken, ich sei paranoid (bin ich das?) oder, schlimmer noch – ein Fantast. Ich beschließe, ein wenig zu schummeln. Es ist nicht wirklich eine Lüge. »Sie kommt demnächst nach England. Sie will sich mit mir zum Lunch treffen.«

»Das ist alles, was sie gesagt hat?«, fragt Sibella, und ihr Blick bohrt sich in meinen.

»Ja.«

»Nicht der kleinste Hinweis, ob du mit deiner Vermutung richtigliegst oder nicht?«

»Sib, lass den armen Jungen in Ruhe«, sagt Elliot. »Siehst du nicht, dass er nicht darüber reden will?«

»Eben noch wollte er sehr wohl darüber reden.«

Edie bringt ihre Mutter mit einem bösen Blick zum Schweigen, aber ich kann sehen, dass Sibella Lunte gerochen hat.

Ich habe Edie gesagt, sie soll eine Nacht darüber schlafen, und das hat sie getan. Das Thema Tristan ist jetzt tabu. Wir sind schon eine Weile auf dem Weg zurück nach London, als ich es endlich anspreche.

»Was soll ich dazu sagen? Es ist, wie es ist.«

»Edie, er ist verheiratet.«

»Unglücklich verheiratet. Und du hast gesagt, du würdest mich nicht verurteilen.«

»Ich verurteile dich auch nicht, ich bin nur ...« Ich finde das richtige Wort nicht.

»Was?«

»Keine Ahnung. Besorgt wahrscheinlich.«

»Das musst du nicht.«

Ende der Diskussion.

Siebzehn

Es ist gut, Ralph wieder am Ruder zu wissen. Ja, er hat etwas vage Lächerliches an sich, einen Hauch von Captain Jack Sparrow, aber zumindest besitzt er eine gewisse Autorität, im Gegensatz zu Tristan, der sie erzwingen will. Ich habe Tristan jetzt genau im Blick. Zwar war es auch vorher nicht wirklich möglich, ihn zu ignorieren, aber ich konnte ihn an die Seitenlinie versetzen. Das geht jetzt nicht mehr, nicht, seit ich das von ihm und Edie weiß. Er ist ganz offensichtlich nicht glücklich darüber, nicht länger die erste Geige zu spielen, das sehe ich an seinem Blick, als Ralph uns über den Vargo-Etat brieft.

Der Vargo ist der neue Kleinwagen von … Nun, das wird nicht verraten. Wir sind nicht befugt zu erfahren, welcher der drei großen französischen Autohersteller dafür verantwortlich ist. Die Einladung, für den TV-Werbespot zu pitchen, kam über eine Marketingberatung, deren Klient wünscht, dass die teilnehmenden Agenturen das Thema gänzlich unvoreingenommen angehen, mit nichts als den Vorzügen des Fahrzeugs selbst an der Hand. Es gibt nur ein Problem: Besagte Vorzüge sind gut versteckt in dem Kleinwagen, der sich am besten als bewusst hässlich beschreiben lässt – ein stumpfnasiges, kastenförmiges Gefährt, das sich allen aktuellen Trends im Bereich Fahrzeugdesign widersetzt. Ja, der Vargo hat einen minimalen Benzinverbrauch und eine gigantische Serienausstattung, aber er ist eine Anomalie, ein plumper Metallklotz, um Passagiere von A nach B zu befördern.

»Wer würde den Vargo kaufen wollen?«, fragt Ralph.

»Ja, wer?«, bemerkt Tristan.

»Irgendein Dummbeutel mit mehr Geld als Verstand«, lautet Megans Vorschlag.

Wir sitzen zu elft um den Konferenztisch herum: die drei Kreativteams, Patrick, ein paar andere Kundenberater (Damien und Lotty) plus Ralph und Tristan. Ein TV-Werbespot für die Einführung eines neuen Kleinwagens wäre eine große Feder am Hut einer kleinen Agentur wie unserer, aber Tristan ist der Ansicht, wir sollten es lassen. Er ist davon überzeugt, dass der Vargo nicht nur zum Untergang verdammt ist, sondern auch zur Lächerlichkeit. Wollen wir wirklich damit in Verbindung gebracht werden?

»Defätistischer Schwachsinn«, höhnt Ralph. »Jeder kann den neuen 5er-BMW verkaufen – da braucht man bloß den ausgetretenen Pfaden zu folgen. Aber derjenige, der für dieses kleine Stück Scheiße hier einen Markt findet – nun, das ist der Stoff, auf dem man langfristig seinen Ruf aufbaut. Verdammt, wenn wir das hinbekommen, leben wir noch davon, wenn wir alt und klapprig sind.«

Das Lachen der Anwesenden, die um den Tisch herumsitzen, hat einen nervösen Beiklang, denn Tristan sieht aus, als würde er gleich explodieren. »›Wenn‹ ist hier das Stichwort. Ich glaube nach wie vor, dass es ein vergifteter Kelch ist.«

»Einwände notiert«, erklärt Ralph. »Ich will, dass ihr euch alle dransetzt. Kurze Darstellung eurer Ergebnisse nächste Woche Mittwoch.«

Tristans öffentliche Abkanzelung liefert den Stoff für eine amüsierte Diskussion am Billardtisch, um den wir uns nach dem Meeting alle versammeln. Ich ertappe mich dabei, wie ich mich auf seine Seite schlage, hauptsächlich wegen Edie, denn es muss schwer sein zuzusehen, wie der Mann, mit dem man schläft, mit solch lässigem Genuss von den eigenen Kollegen niedergemacht wird. Später, als wir allein im Büro sind, erklärt Edie, dass ich Tristan nicht zu verteidigen bräuchte, auch wenn sie selbst es nicht könne.

Ich mag es nicht, wenn meine guten Absichten niedergemacht werden. »Wie wäre es, wenn du mir demnächst vorgibst, was ich sagen soll, und ich sage es?«

»Oder du könntest einfach sagen, was du wirklich denkst.«

»Du willst gar nicht hören, was ich wirklich denke.«

Die Wahrheit ist: Ganz egal, was ich vorher gesagt habe, ich verurteile sie. Nicht moralisch, sondern eher in Fragen des Geschmacks.

»Du siehst nur das eine Gesicht von ihm.«

»Wie viele hat er denn?«

»Verdammt, Dan.«

Doggo bellt plötzlich auf seinem Sofa, als spürte er die Anspannung in der Luft und wollte uns beide zur Räson bringen. Wir schauen zu ihm rüber, sehen uns an und lächeln. Es ist gut, einen Grund zu haben, diesen unangenehmen Wortwechsel hinter uns zu lassen.

»Vielleicht wirst du deine Meinung über ihn ja nach eurem Lunch morgen ändern.«

Ich hatte es völlig vergessen, bis Tristan es eben erwähnte. Er hat einen Tisch in einer piekfeinen neuen Brasserie in Covent Garden reserviert, eine kleine Spitze in meine Richtung, ich habe nämlich nicht vergessen, dass ich versprochen habe zu zahlen, und ich bin mir sicher, er hat es auch nicht vergessen.

Es ist ein erstklassiger Tisch im Herzen des Restaurants, eine gepolsterte Sitznische für zwei. Ich habe das Kapitel, das Tristan mir gegeben hat, noch einmal gelesen, und es lässt sich nicht leugnen: Der Mann kann schreiben. Er trifft den richtigen Ton und schreibt mit einer gewissen Leichtigkeit, aber nicht so sehr, dass sie die Autorität seiner Aussage unterminieren würde.

Tristan scheint sich ehrlich über mein Lob zu freuen, und er ist begeistert von meiner Tagline: *Weniger ist mehr im Big Business.*

Vor allem gefällt ihm der Begriff Big Business, denn das ist seine Zielgruppe.

Unser Essen kommt fast schon lächerlich spät, aber er ist ausgesprochen nett zu unserer vollkommen eingeschüchterten Kellnerin. Er weiß, dass es nicht ihre Schuld ist, sondern die der Küche. Wie sich herausstellt, hat er sich sein Studium mit Kellnern finanziert, und ich fange gerade an, meine Meinung über ihn zu ändern und zu verstehen, was Edie in ihm sieht, als er damit herausrückt. Wenn man eins über ihn sagen kann, dann, dass er sehr direkt ist, aber sogar für seine Verhältnisse ist es bemerkenswert.

»Wenn du sie vögelst, werde ich dich feuern.«

»Wie bitte?«

»Du hast mich verstanden. Edie.«

»Ich muss gestehen, dass ich das Kleingedruckte nicht gelesen habe. Steht das in meinem Arbeitsvertrag?«

»Den Mist kannst du dir sparen«, sagt er mit einem verkrampften Lächeln. »Ich weiß, dass du von der Sache zwischen uns weißt.«

Und ich weiß, dass er blufft, denn Edie hat mir versichert, dass sie kein Wort zu ihm gesagt hat.

»Nun, jetzt weiß ich es.«

»Du wusstest es auch vorher schon. Es ist Edie am Wochenende rausgerutscht, oder du hast es aus ihr herausgequetscht. Ganz egal, wie es passiert ist. Was nicht egal ist: Ich meine es ernst.«

»Tristan, ich will nicht mit ihr schlafen.«

»Natürlich willst du das. Alle wollen es.«

»Ich bezweifle, dass Patrick dir da zustimmen würde.«

Er ignoriert meinen dürftigen Versuch, einen Scherz zu machen. »Ich meine es ernst. Was die Rechte gibt, kann die Linke wieder nehmen.«

»Nicht ohne Ralph seine Zustimmung«, antworte ich schwach.

»Ralph ist nicht in der Position, ein Veto einzulegen.«

»Oh?«

Tristan trinkt genüsslich einen Schluck von seinem Kaffee. »Sagen wir mal so: Indology wird es weit bringen, aber nicht unbedingt mit Ralph.«

»Soll heißen?«

»Soll heißen: Das hier ist vertraulich und nur für deine Ohren bestimmt.«

Ich habe ihn unterschätzt, seine Hybris, seine Gier nach Macht. Er will nicht nur mit am Tisch sitzen, er will den Platz am Kopfende des Tisches. Und er zerstreut auch die letzten Zweifel, als er anfängt, über die veraltete Struktur der Firma zu reden und von seiner Vision eines schlankeren, durchlässigeren Aufbaus, eher einer Art Kooperative, in der die Hauptakteure die Firmenanteile halten. Und während er redet und redet, frage ich mich, ob er Edie dasselbe Angebot gemacht hat: Komm und flieg mit mir zu den Sternen, oh, und werde noch reich dabei.

Er hat nicht vergessen, dass ich zahle. Sobald ich um die Rechnung gebeten habe, gehe ich zur Toilette. Ich muss nicht wirklich aufs Klo, sondern nutze die Gelegenheit, um Edie eine Nachricht zu schicken: *Pass auf! Er weiß, dass ich es weiß.*

Tristan ist unten und wartet auf meine Antwort. Er hat mir nicht explizit einen Deal angeboten, aber er versüßt seine Drohungen ganz unmissverständlich mit Versprechungen, um mein Schweigen über die Geschichte mit Edie und meine Unterstützung gegen Ralph zu kaufen. Ich bin von seinem Verhalten irritiert. Ist es ihm völlig egal, dass ich weiß, dass er seiner Frau untreu ist? Solange es ihm dabei hilft, mich an sich zu binden. Ist es ihm egal, was die Leute in der Branche sagen würden, wenn er Ralph aus der Agentur drängt? Falls es ihm gelingt, seinen großen Coup durchzuziehen. Es ist beeindruckend, diesen blinden Ehrgeiz in Aktion zu sehen, aber es ist und bleibt blinder Ehrgeiz.

Ich bin beinahe ein wenig beleidigt, dass er mich so schlecht eingeschätzt hat. Er kann nicht wissen, dass ich von der Branche enttäuscht bin und nach einem Weg suche auszusteigen, aber hat er wirklich nicht eine Sekunde daran gedacht, dass ich mich rein aus Prinzip gegen ihn stellen könnte? Was mich allerdings wirklich aufregt, ist die Tatsache, dass er, wenn er bereit ist, mich zu opfern, auch bereit ist, Edie zu opfern. Und das werde ich niemals zulassen.

Ich kehre an den Tisch zurück und werfe einen Blick

auf die Rechnung, die da auf mich wartet. »Kannst auf mich zählen«, sage ich.

»Guter Junge.«

Er grinst, und ich will ihm die perfekten Zähne einschlagen.

Edie ist nicht da, als Tristan und ich in die Agentur zurückkommen. Sie und Anna haben Doggo mitgenommen. Offenbar hat der Bürobriefträger ein paar weitere Namen gelernt und sich eine Belohnung verdient. Das erfahre ich von Josh, der mich abfängt, als ich durch die Gestaltung laufe.

»Das Seltsame daran ist, er kennt Megans Namen, aber er weigert sich, etwas zu ihr zu bringen.«

»Na, welche Überraschung«, gluckst Eric an seinem Schreibtisch.

Josh hat einen ersten Sketch von dem Comic gezeichnet, von dem ich ihm letzte Woche erzählt habe. Das hat nichts mit der Arbeit zu tun, es ist bloß eine alte Idee von mir, mit der ich seit einer Weile herumspiele.

»Josh, das ist genial.«

»Nah, irgendwas fehlt.«

Josh ist nicht gerade ein gescheiterter Künstler; er ist ein sehr guter Künstler, der sich (ganz richtig) gedacht hat, die einzige Chance, eine Hypothek zu bekommen, ist ein Job mit einem regelmäßigen Einkommen. Abstrakte Ölmalerei ist sein Ding, aber er ist auch ein großartiger Karikaturist, was ich erst bemerkt habe, als ich sah, wie er bei einem Meeting auf einem Block rumgekritzelt hat.

Er hat meine Idee in drei geschickt gezeichneten Frames festgehalten. Der erste zeigt ein Baby im Hochstuhl, flankiert von seinen Eltern, die es füttern. Das Baby versucht zu sprechen: »M-m-m-m...«

»Sein erstes Wort wird Mama sein!«, erklärt die verzückte Mutter. Im zweiten Frame stottert das Baby »D-d-d-d...«, und jetzt freut sich der Vater: »Nein, Daddy!« Im dritten und letzten Frame platzt es aus dem Kleinen heraus: »McDonald's!«

»Da fehlt nichts«, sage ich zu Josh. »Es ist genau auf den Punkt.«

Alles ist perfekt: der Brei, der dem Baby im letzten Frame aus dem Mund spritzt, der Blick wilder Verzückung in seinem Gesicht, die abgrundtiefe Niedergeschlagenheit im Blick der Eltern, und all das mit ein paar minimalen Strichen. Eric meint, wir sollten es an eine Zeitung oder eine Zeitschrift schicken, vielleicht an die *Private Eye*. Josh legt sein Veto ein, aber nicht prinzipiell. Der Strip kann rausgehen, wenn er damit zufrieden ist.

Doggos Belohnung entpuppt sich als einmal Waschen, Schneiden, Föhnen in einem Hundesalon in der Nähe der Charlotte Street. Er hat noch nie so gut ausgesehen, und das weiß er genau und stolziert hoch erhobenen Hauptes durch die Büros, um Komplimente einzuheimsen. Ich spüre einen Stich der Eifersucht. Es freut mich, dass es ihm in den letzten Wochen gelungen ist, sich die Zuneigung anderer Menschen zu erschleichen, aber ich kann mich des Gefühls nicht erwehren, dass meine eigene Beziehung zu ihm allmählich darunter leidet. Er hat nicht einmal mehr Lust auf eine unserer üblichen Balgereien auf dem Sofa, wahrscheinlich, weil er nicht will, dass ich seine neue Frisur zerstöre. Doch seine Ablehnung mir gegenüber ist nichts gegen Edies, wie sich herausstellt, sobald wir wieder alleine sind.

»Ich kann einfach nicht glauben, dass du ihm erzählt hast, dass du über uns Bescheid weißt!« Sie meint Tristan und die Nachricht, die ich ihr aus dem Restaurant geschrieben habe.

»Ich habe es ihm nicht erzählt.«

»Nun, von mir hat er es jedenfalls nicht.«

»Edie, beruhige dich. Er hat es erraten. Ich weiß nicht, wie. Und es schien ihm nicht besonders viel auszumachen.«

»Schwachsinn. Er hat panische Angst, dass irgendwer es herausfinden könnte.«

»Na ja, er braucht keine Angst zu haben. Und du auch nicht. Ich werde keiner Menschenseele ein Wort sagen.«

Mit einem lauten Stöhnen lässt sie sich auf ihren Stuhl fallen. »Ich hasse es, dass du es weißt. Von jetzt an wirst du jede meiner Bewegungen mit Adleraugen verfolgen.«

»Dann hättest du es mir nicht erzählen dürfen.«

»Hab ich auch nicht! Du hast es aus mir herausgequetscht.«

»Wohl kaum. Du bist ohne Gegenwehr eingeknickt.«

»Stimmt«, sagt sie. »Ich bin im Moment nicht gerade in Höchstform.«

Achtzehn

Das Erste, was ich davon mitbekomme, ist Ralph, der zu mir kommt und mich bittet, ihm zu folgen. Es sind nur ein paar Schritte von unserem Büro zu dem von Megan und Seth, wo der Grund für Ralphs düsteres Schweigen offenbar wird.

Er liegt mitten auf dem Teppich, direkt neben Megans Arbeitsplatz.

»Ah«, sage ich und beuge mich hinunter, um ihn genauer zu betrachten.

»Es ist Hundescheiße«, bemerkt Megan und starrt mich aus ihrem sicheren Sessel finster an.

»Bist du sicher?«

»Was, denkst du etwa, das ist von Seth?«

Ich blicke fragend zu Seth, der die Hände hebt und so seine Unschuld demonstriert.

»Wann ist das passiert?«

»Er hat auf uns gewartet, als wir aus dem Meeting mit Marks & Spencer zurückgekommen sind«, erklärt Megan.

»Ich dachte, Clive und Connor machen M&S.«

Schließlich beendet Ralph sein Schweigen. »Lenk nicht vom Thema ab, Dan. Das hier ist absolut inakzeptabel.«

»Es verstößt gegen die Gesundheitsverordnung«, platzt

Megan heraus. »Gott weiß, was für tödliche Mikroben da drin sind.«

Ich muss lachen. »Tödliche Mikroben?«

»Google es, wenn du mir nicht glaubst.«

»Und hast du es gegoogelt, *bevor* oder *nachdem* du es gepetzt hast?«

»Das nehme ich dir übel.« Megan schaut Hilfe suchend zu Ralph und bekommt sie.

»Mein Büro«, sagt er zu mir. »Fünf Minuten.« Er winkt grob in Richtung des Hundehaufens. »Und mach das weg.«

Ich habe immer ein paar Tüten in der Gesäßtasche, und als ich in die Hocke gehe, um dem Befehl Folge zu leisten, merke ich, dass etwas nicht stimmt. Die Sache ist nämlich die, dass ich Doggos Hinterlassenschaften mittlerweile ziemlich genau kenne, und auch wenn sie im Laufe der letzten Wochen ihre Farbe und Textur verändert haben, weil immer mehr Leute im Büro ihm irgendwelche Leckerli zustecken, hat die essenzielle, grundlegende Konsistenz sich nicht großartig verändert: fest und eher trocken. Der Feuchtigkeitsgehalt des vor mir liegenden Haufens erscheint mir ungewöhnlich, verdächtig hoch.

»Worauf wartest du?«, fragt Megan. Ihr Gesicht ist eine Maske des Ekels, aber in ihren Augen liegt ein amüsiertes, triumphales Glitzern.

Sie hat nicht ... Sie kann nicht. Sie hat es tatsächlich getan! Aber wie hat sie ihn so heil und unversehrt hierherbekommen? Es ist ein perfekter Haufen, der aussieht, als wäre er gerade erst dort positioniert worden. Die Antwort kommt mir, als meine Hand sich in der Plastiktüte um den Haufen schließt. Er ist kalt, zu kalt, nicht einmal Zimmertemperatur.

Ralphs kompromisslose Einstellung überrascht mich.

»Es tut mir leid, aber er muss weg.«

»Ralph, es ist gar nichts, ein Missgeschick, eine einmalige Geschichte. Das kannst du nicht ernst meinen.«

»Megan ist unerbittlich.«

»Das und noch vieles mehr.«

»Sei vorsichtig, was du sagst, Dan.«

Ralphs seltsam anmutende Zuneigung für Megan basiert auf einer langen gemeinsamen Geschichte. Sie war die erste Kreative, die er in seiner letzten Agentur eingestellt hat, und ich verzichte darauf, ihm zu sagen, was ich wirklich denke: dass es hier nicht um Doggo geht, sondern dass er bloß der Knüppel ist, mit dem Megan mich schlagen kann, dass, wenn man genau hinsieht, ich es bin, den sie nicht hier haben will.

»Es wird nicht wieder vorkommen.«

»Das kannst du nicht versprechen«, erwidert Ralph. »Da ist noch eine andere Sache. Genau betrachtet verstoßen wir gegen die Mietvereinbarung, wenn wir ein Tier in die Räumlichkeiten lassen.«

»Bisher war es kein Problem.«

»Weil wir es nicht wussten.«

»Lass mich raten – Megan hat den Vertrag rausgesucht.«

»Es spielt keine Rolle, wer den Vertrag rausgesucht hat. Der Vermieter hat das Recht, uns rauszuschmeißen und die Kaution zu behalten. Möchtest du gerne den Umzug bezahlen?«

Ich habe Ralph in den letzten Wochen ziemlich gut kennengelernt – wenn er sich einmal in etwas verbissen hat, lässt er nicht mehr los – und mache mir langsam ernsthaft Sorgen. »Aber er ist ein echter Gewinn für die

Agentur. Die Leute freuen sich, dass er da ist. Sogar Margaret hat ihre Meinung geändert.«

»Ich weiß das. Weswegen es auch sofort passieren muss, bevor sie noch mehr an ihm hängen.«

»Sofort?«

»Bis Ende der Woche.«

»Das heißt bis morgen.«

»Ja, das heißt es.«

Ich starte einen letzten Versuch. »Das kannst du ihm nicht antun. Er ist richtig aufgelebt, seit er hier ist. Es wird ihn umbringen.«

»Dan, sei vernünftig. Er ist ein Hund, er kommt schon zurecht.«

Aber ich weiß, dass es nicht so sein wird. Er wird am Boden zerstört sein, und ich auch. Er ist mehr als ein angenehmer Begleiter, eine amüsante Ablenkung; er ist ein Teil meines persönlichen Mobiliars geworden. Ich bin versucht zu sagen: »Wenn er geht, gehe ich auch«, aber damit würde ich Megan nur in die Hände spielen, und ich bin noch nicht fertig mit ihr, noch lange nicht. Ich sehe Ralph an und erinnere mich an das, was Tristan mir neulich im Vertrauen beim Lunch erzählt hat, und ich denke bei mir: *Gut möglich, dass du gerade deinen eigenen Totenschein ausgefüllt hast, du Bastard.*

Edie ist ziemlich wütend, als ich es ihr erzähle. Sie sagt, sie wird Tristan darauf ansetzen (etwas, das sie mir vor einer Woche niemals hätte sagen können).

»Vielleicht ist das gar nicht nötig.«

Ich berichte ihr von meiner Theorie, dass Megan den Hundehaufen selbst dort positioniert und es dann Doggo angehängt hat.

»Mein Gott«, keucht Edie. »Shitgate.«

Wir warten, bis alle anderen in der Kreativabteilung nach Hause gegangen sind. Es war Edies Idee, die Suche mit der Handykamera zu filmen.

»Und Action!«, ruft sie.

Der Abfalleimer der kleinen Küche hat einen Schwingdeckel. Ich finde, was ich suche, tief unten am Boden – eine Plastikdose. Drinnen ist nur noch ein kleiner Rest, aber der Geruch nach Scheiße ist unmissverständlich. Als Beweismittel würde jeder mittelmäßige Verteidiger es in Stücke reißen, aber es bestätigt meinen Verdacht: Dies ist das Gefäß, in dem Megan den gefrorenen Hundehaufen ins Büro gebracht hat. Jawohl, gefroren. Auf diese Weise war es ihr möglich, ihn in seiner originalen Form, in seiner Ganzheit, zu transportieren. Ich trage OP-Handschuhe (von John Lewis auf der Oxford Street), als ich die Dose aus dem Mülleimer ziehe und in einen wiederverschließbaren Gefrierbeutel fallen lasse (ebenfalls von John Lewis).

»Und Schnitt!«, sagt Edie und nimmt das Telefon runter. Ich bin mir nicht sicher, ob es ein Witz sein sollte, bis sie mich anlächelt. »Gute Arbeit. Weiter so.«

Wir drei schlendern Richtung Oxford Circus, als Edie mich fragt, was ich heute Abend vorhabe. »Ich finde, wir sollten noch einmal durchgehen, wie du das mit Megan morgen machen willst.«

»Heute ist Fußball-Abend. Sechs gegen sechs unter dem Westway.«

»Hast du was drauf?«, fragt sie.

»Nicht wirklich.«

»Sie werden dich also nicht vermissen, wenn ich dich bei mir zum Essen einlade. Ich koche.«

»Würde mich wundern, wenn sie meine Abwesenheit überhaupt bemerken.«

Was nicht ganz stimmt. Sechs gegen fünf macht keinen Spaß, aber sie werden sich damit abfinden müssen.

Meine Vorstellung von Edies Wohnung als ein Mekka des minimalistischen Schicks war falsch. Es sieht aus, als hätte bei ihr jemand eingebrochen. Überall liegen Klamotten, und in jeder Ecke stehen Stapel von Büchern. Wie sich herausstellt, hat Douglas bei seinem Auszug den Großteil der Aufbewahrungsmöglichkeiten mitgenommen – Kleiderschrank, Schubladenkommode, Sideboard und Bücherregale. Wir wissen beide, dass das eine schwache Entschuldigung für dieses Chaos ist. Doggo ist im siebten Himmel und schnüffelt und schnuppert sich durch das Durcheinander. Insgeheim frage ich mich, ob er den nachklingenden Geruch von Tristan bemerkt.

Edie öffnet eine ziemlich gute Flasche Weißburgunder und zeigt mir dann, wie man ein echtes Risotto alla Milanese kocht.

»Hast du immer frisches Knochenmark und selbstgemachte Hühnerbrühe im Haus?«

»Wieso? Was hast du im Kühlschrank?«

»Milch. Butter. Ich esse meist außer Haus.«

»Mit Doggo?«

»Ein Stück die Straße rauf gibt es einen guten Laden, der ein paar Tische draußen hat. Sie kennen ihn da mittlerweile.«

»Keinerlei Sozialleben?«, fragt sie mit einem schelmischen Grinsen.

»Doch, eigentlich schon.«

»Erzähl mir von deinen Freunden.«

So fängt es an, und so geht es weiter, während ich mit dem Holzlöffel im Topf rühre und Edie mit einer Kelle die

Brühe hineinträufelt. Sie kann gut zuhören, fast schon zu gut. Ihr Interesse hat etwas Ausweichendes, als sollten die Fragen mich weiter über mich reden lassen, über alles, nur nicht über sie. Fünf Jahre ist gar nichts, aber plötzlich fühlt es sich an wie eine halbe Ewigkeit. Jetzt, um die dreißig, haben alle meine Freunde ihren Weg gefunden und arbeiten an ihrer Karriere, zufrieden mit der Wahl, die sie ursprünglich einmal getroffen haben. Es ist Edie, die mich darauf aufmerksam macht. Niemand in ihrem Bekanntenkreis hat bisher wirklich den Durchbruch geschafft, noch nicht.

»Das wird sich alles ändern, wenn du nächstes Jahr einen D&AD Award für die SWOSH!-Kampagne abräumst.«

»Ja, klar«, antwortet sie skeptisch.

»Eines Tages wird es passieren.«

»Wie fühlt es sich an?«

»Wer freut sich nicht über ein wenig Anerkennung? Es ist ja nicht so, als würden wir Wohltätigkeitsarbeit leisten. Es fühlt sich gut an.«

Sie spürt mein Zögern. »Aber?«

»Es ist eine Spielerei, ein Grund für Leute, die dich überhaupt nicht kennen, darauf zu lauern, dass du scheiterst.«

»Scheiß auf sie.«

Ich lächele. »Das ist die richtige Einstellung. Du wirst es noch weit bringen.«

»Mit dir, hoffe ich.«

Das überrascht mich. Hat sie meine Zweifel an der Branche, in der wir arbeiten, gespürt? »Ich wüsste nicht, warum nicht.«

»Ich aber«, antwortet sie.

»Oh?«

»Oh?«, echot sie mit der perfekten Intonation.

»Edie, ich habe keinen Schimmer, wovon du sprichst.«

Sie legt die Kelle auf die Arbeitsplatte und schaut mir direkt in die Augen. »Doch, das tust du. Er steht zwischen uns. Sag mir, wenn ich falschliege. Oder besser: Sag mir, was ich tun soll.«

Plötzlich stockt mir der Atem. Mir wird schwindelig. Darauf war ich nicht vorbereitet. Ich habe mit dem Gedanken gespielt, aber ich habe nicht einen Moment daran geglaubt, dass ...

»Schluss machen«, sage ich.

»Schluss machen?«

»Sag ihm, dass es zwischen euch aus ist.«

Der dunkle Schatten, der sich über ihre Augen zieht, ist der erste Hinweis, dass ich etwas in den falschen Hals bekommen habe.

»Ich habe von Fat Trev geredet«, sagt sie. »Ich dachte ...« Sie bricht ab. »Ich weiß nicht, was ich gedacht habe ...«

Ich aber. Sie hat Angst, dass ich mich wieder mit meinem alten Partner zusammentue, und ich habe ihre Worte völlig falsch interpretiert.

Das Missverständnis wird belacht, aber die Stimmung ist hinüber. Selbst als wir uns hinsetzen und essen – das beste Risotto, das ich jemals gegessen habe –, hängt die Peinlichkeit in der Luft wie ein schlechter Geruch. Doggo bekommt eine eigene Schüssel, mit einer Extraportion Knochenmark obendrauf, das er hinunterschlingt, bevor er bellend einen Nachschlag fordert.

Edie hat ein Geschenk für ihn und macht sich auf die Suche. »Es muss hier irgendwo sein.« Schließlich findet sie es unter dem Sofa: Ein schmales Päckchen von Amazon, ungeöffnet.

»Was ist das?«

»Nur so eine Idee«, sagt sie.

Es ist eine DVD von *Marley & Ich* mit Owen Wilson und Jennifer Aniston. Das Cover zeigt die beiden Stars in eine lange Leine gewickelt, die im Maul eines beige-braunen Labradors endet. Der Titel kommt mir vage bekannt vor, während ein einziger Blick auf das Cover Doggo quer durchs Zimmer düsen lässt. Er dreht zwei hektische Runden, bevor er schlitternd vor Edie zum Stehen kommt und hechelnd zu ihr aufblickt.

»Dachte ich's mir doch«, sagt sie.

Doggos seltsame Besessenheit von Jennifer Aniston ist kein Geheimnis mehr. Er liegt zwischen uns auf dem Sofa, die Schnauze auf den Pfoten, und starrt auf den Fernseher (wenn er nicht gerade aufschaut, um sicherzugehen, dass wir den Film genauso genießen wie er). Und der Film ist tatsächlich ziemlich gut. Jennifer liefert eine eindrucksvolle Vorstellung, und Owen ist einfach sein ansehnliches, sympathisches Selbst. Man schmeißt sich nicht unbedingt weg vor Lachen, wie man beim Cover vielleicht erwarten würde. Natürlich, Marley ist eine unverbesserliche Katastrophe von einem Hund, der dazu neigt Möbel zu fressen und Dog-Sitter zu terrorisieren, aber im Grunde ist es die Geschichte eines jungen Paares, das eine Familie gründet. Und das Ende, nun, das Ende …

»Sind das Tränen?«, fragt Edie, als der Abspann läuft.

»Hausstauballergie. Womit ist das Sofa gepolstert?«

Es ist spät geworden. Zeit, nach Hause zu gehen. Doggo darf die DVD mitnehmen und trägt sie selbst, als Edie uns nach unten begleitet. Sie geht in die Hocke und gibt ihm einen Kuss auf die Stirn. »Gute Nacht, Doggo. Morgen ist ein großer Tag.«

»Wir haben gar nicht über Megan gesprochen und wie ich das morgen anstellen soll.«

»Irgendetwas sagt mir, dass du dir schon was einfallen lassen wirst.«

Das Licht im Treppenhaus geht aus, und wir stehen uns in der Dunkelheit gegenüber, die nur vom bleichen Licht der Straßenlaternen erhellt wird, das durch das Fenster über der Eingangstür fällt.

»Gute Nacht, Dan.«

»Hör zu, das eben tut mir leid.«

»Braucht es nicht. Mir tut's jedenfalls nicht leid.« Sie lächelt. »Es bedeutet, dass ich jetzt auch was gegen dich in der Hand habe.«

Ja, das hat sie, und ich weiß nicht, ob es mich nicht eines Tages einholen wird. Sie gibt mir einen kleinen Kuss auf die Wange und zieht die Haustür auf. »Am Ende der Straße müsstest du ohne Probleme ein Taxi bekommen.«

Sie hat recht; wir müssen gerade mal ein oder zwei Minuten warten. Sobald wir uns auf der Rückbank niedergelassen haben, überlässt Doggo die DVD meiner Obhut und legt den Kopf auf meinen Schoß. Er schaut ein wenig schwermütig drein. Vielleicht irre ich mich, aber ich habe das Gefühl, als plagten ihn die Erinnerungen an sein früheres Leben.

Ich streichle mit der Hand über seinen stämmigen kleinen Körper und nehme mir vor, gleich morgen früh im Tierheim anzurufen.

Neunzehn

Da Megan vermutlich weniger misstrauisch sein wird, wenn die ganze Sache auf ihrem Gebiet stattfindet, ist es Edies Job, sich um Seth zu kümmern. In Anbetracht seiner Schwäche für Edie könnte sie ihn vermutlich unter jedem x-beliebigen Vorwand aus dem Büro locken, aber sie entscheidet sich für eine Partie Billard, um sich, wie sie sagt, für die letzte Niederlage gegen ihn zu revanchieren.

Die beiden sind schon mitten im Spiel, als ich leise an ihnen vorbeischleiche und ins Zimmer schlüpfe.

»Hey, Megan. Kann ich kurz mit dir sprechen?«

»Worüber?« Sie sitzt an ihrem Tisch, kritzelt vor sich hin und sieht erst auf, als ich die Tür hinter mir schließe. »Ich habe dir nichts zu sagen.«

Ich ignoriere sie, hole mir einen Stuhl und ziehe das bunte Päckchen aus der Tüte. »Ein Friedensangebot.«

»Das wird es wohl kaum besser machen.«

»Nein, wahrscheinlich nicht. Aber es ist ohnehin deins, also kannst du es ruhig aufmachen.«

Sie öffnet das Geschenkpapier und zieht die Plastikdose in dem wiederverschließbaren Gefrierbeutel heraus. Ihre Gesichtszüge entgleisen für einen Augenblick, aber sie hat sich sofort wieder unter Kontrolle.

»Wow, danke – Tupperware.«

»Leider schon gebraucht. Jemand hat sie benutzt, um Hundescheiße darin zu transportieren.«

»Du brauchst dringend Hilfe.«

»Und du dringend einen Anwalt.«

Ein bisschen melodramatisch vielleicht, aber es zeigt Wirkung. Der überhebliche Ausdruck auf ihrem Gesicht bekommt einen Knacks, und ich kann förmlich sehen, wie es hinter diesen kleinen tief liegenden Augen arbeitet. Sie wirft mit der Plastikdose nach mir. »Ich habe das hier nie zuvor gesehen.«

»Und wenn man deine Fingerabdrücke überall darauf findet?« Ich warte einen Augenblick, um meinen Worten mehr Ausdruck zu verleihen. »Ich habe OP-Handschuhe getragen, als ich die Dose aus dem Müll geholt habe. Ich habe sogar ein Beweisvideo.«

»Was soll das denn jetzt werden – *CSI Soho*?«

»Du hast die Regeln aufgestellt, ich spiele nur danach.«

»Fick dich.«

Ich zögere einen Augenblick, bevor ich antworte. »Weißt du Megan, du bist vieles, aber eines bist du ganz sicher nicht, eine Witzfigur. Aber wenn das hier rauskommt, wirst du zum Gespött der gesamten Branche. Ich meine, komm schon ... einem Hund einen tiefgefrorenen Haufen anhängen?«

Sie reagiert beeindruckend schnell. »Wenn ich so darüber nachdenke: Als ich den Scheißhaufen fand, habe ich ihn mit meiner Tupperdose hier weggemacht. Aber dann dachte ich: Oh nein, ich will, dass die Leute sehen, was dieser verdammte Hund getan hat, also habe ich ihn wieder zurückgelegt und die Tupper weggeworfen.«

»Nicht schlecht für eine Lüge.«

»Du weißt es, ich weiß es. Niemand sonst wird es erfahren.«

»Danke, das ist genau, was ich hören wollte.« Ich schiebe die Dose wieder in die Tüte und stehe auf. »Oh, ich denke, du solltest wissen …«

Ich ziehe den Ärmel meines Pullovers hoch und zeige ihr das winzige Mikrofon, das ich mir ans Handgelenk geklebt habe. Es hat mich 60 Pfund gekostet, und das digitale Aufnahmegerät in meiner Tasche noch einmal 120 Pfund. Ich würde, ohne mit der Wimper zu zucken, das Zehnfache ausgeben, um Doggo zu rehabilitieren.

Als Megan schließlich ihre Stimme wiederfindet, sprüht sie förmlich Gift. »Das ist unterste Schublade.«

»Willst du mir wirklich einen Vortrag über miese Tricks halten?« Ich wende mich zum Gehen. »Wenn du weiter darüber reden willst, ich bin in meinem Büro.«

Ralph bezeichnet es als einen Vollstreckungsaufschub. Offenbar hat Megan ihre Meinung geändert. »Sagen wir mal, sie verzichtet darauf, Anzeige zu erstatten.«

»Oh?«

»Sie sagt, im Grunde mag sie Doggo.«

»Oh?«

Ralph pflanzt seinen Ellbogen auf den Tisch und starrt mich forschend an. »Was hast du gemacht, Dan? War es Geld? Hast du sie bestochen?«

»Ich weiß nicht, was du meinst.«

Er schnaubt skeptisch. »Da ist immer noch die Sache mit unserem Mietvertrag.«

»Er ist ein mentaler Begleithund. Ich kann mir nicht vorstellen, dass das gegen die vertragliche Vereinbarung verstößt.«

Ralph wirft den Kopf in den Nacken und lacht. »Stille Wasser sind tief. Ich merke schon, ich werde dich im Auge behalten müssen.«

»Ich bin nicht derjenige, um den du dir Sorgen machen musst.«

Das lässt ihn augenblicklich wieder nüchtern werden. Mich auch. Ich hatte nicht geplant, das zu sagen.

»Sprich weiter«, sagt er.

Edie ist der Meinung, wir sollten Doggos Rettung gebührend feiern, also schlendern wir nach der Arbeit durch Covent Garden zu einer Bar mit Blick über am Somerset House. Wir schnappen uns zwei gemütliche Sessel auf der Terrasse, wo Edie zwei Gläser Sekt für uns und eine Platte mit Dörrfleisch für Doggo bestellt. Sie möchte die Aufnahme hören, die ich von meinem Gespräch mit Megan gemacht habe. Ich bin überrascht, wie hart ich klinge, wie gnadenlos. Ist das wirklich meine Stimme? Bin das wirklich ich?

»Wow, du hast sie ganz schön ausgespielt.«

Ich erzähle ihr nicht, dass ich das Gleiche mit Tristan gemacht habe.

Ralph hat lange geschwiegen, nachdem ich ihm von Tristans Bemerkung im Restaurant berichtet hatte: dass er, Ralph, schon sehr bald nicht mehr in der Position sein würde, bei Indology den Ton anzugeben.

»Dieser kleine Scheißkerl«, murmelte er schließlich. »Danke, Dan, ich schulde dir was.«

Ich kann mich nicht darauf verlassen, dass Ralph mich aus der ganzen Sache raushält, auch wenn er es versprochen hat. Er ist der Typ Mann, dem in der Hitze des Augenblicks auch mal was rausrutschen kann. Und Tristan ist nicht dumm, er würde sofort denken, dass ich etwas damit zu tun habe. Ich weiß nach wie vor nicht, wieso ich es getan habe. Wahrscheinlich hat es nach der Konfrontation mit Megan immer noch in mir gebrodelt. Aus welchem Grund auch immer, ich habe einen Krieg angezettelt, und jeder weiß, wenn der Geist einmal aus der Flasche ist, kann man ihn unmöglich wieder reinstecken.

»Auf Doggo«, sagt Edie. »Möge er noch lange die Post verteilen.« Wir erheben unsere Gläser und prosten ihm zu, und ich könnte schwören, dass so etwas wie ein Lächeln um seine Lefzen zuckt.

Ich habe die letzten fast vierundzwanzig Stunden damit verbracht, mich bei der Erinnerung an mein unbeabsichtigtes Geständnis Edie gegenüber vor Scham und Peinlichkeit zu winden, während Edie die ganze Angelegenheit nicht groß beschäftigt zu haben scheint. Es ist, als wäre nie etwas gewesen, und genau das will sie mir vermutlich auch mit ihrem Verhalten klarmachen: Es war nichts, also lass uns einfach weitermachen. Es gibt nur ein Problem – ich bin mir nicht sicher, ob ich einfach weitermachen will, nicht, wenn das bedeutet, wieder an den Punkt zurückzukehren, an dem wir vorher waren.

»Hör zu, ich hatte gestern Abend keine Gelegenheit, es zu sagen, aber du brauchst dir um Fat Trev und mich keine Sorgen zu machen. Die Sache ist vorbei. Ein für alle Mal.«

»Tatsächlich?«

Ich erzähle ihr von meinem Essen mit Trev. »Er gibt seinem Job die Schuld für seinen Zusammenbruch. Er wird nicht zurückkommen.«

»Was, wenn er seine Meinung ändert?«

»Ich habe mich entschieden, und zwar für dich.«

Plötzlich wird mir bewusst, wie das für sie klingen

muss, und mein Magen verkrampft sich. »Oh Gott, so habe ich das nicht gemeint.«

»Aber gestern Abend hast du es sehr wohl so gemeint«, stichelt sie.

»Das ist nicht fair. Ich war betrunken.«

»Du hast ein Glas Wein getrunken. Wir haben Risotto gekocht.«

»Ja … ähm … Risottokochen hat eine seltsame Wirkung auf mich, hatte es immer schon.«

Sie ist noch zum Essen verabredet, und ich auch – J und Lilys erste Einladung, seit sie wieder zusammen sind. Es wird eine ihrer großen Freitagabend-Schlemmereien werden, mit Unmengen von Leuten, die sich an den riesigen Esstisch in der Küche quetschen. Außerdem habe ich morgen früh einen Termin im Tierheim, um zu sehen, ob ich ein wenig mehr über Doggo herausfinden kann. Als Edie das hört, fragt sie mich, ob es mir recht wäre, wenn sie mitkäme.

»Klar, wenn du um halb zwölf Zeit hast.«

»Ich habe den ganzen Tag noch nichts vor«, antwortet sie, was eine Einladung sein mag, den Tag gemeinsam zu verbringen – oder auch nicht. Wir werden sehen.

J war immer schon der König der Cocktails. Für ihn ist es mehr als eine Kunst, es ist Alchemie, weshalb er sein eigenes letales Gebräu den »Stein der Weisen« nennt (oder »La Pietra Filosofale«, da es während seines freien Jahrs vor dem Studium in Italien erfunden wurde). Die Zutaten sind ein streng gehütetes Geheimnis, von dem er geschworen hat, es einzig seinem Erstgeborenen anzuvertrauen, was bedeutet, der Cocktail muss im Vorhinein und unter strikter Geheimhaltung zubereitet werden, in der Regel in einer silbernen Schüssel, womit es streng genommen kein Cocktail ist, sondern ein Punsch – ein weitaus passenderer Name. Das erste Glas ist wie ein Schlag ins Gesicht mit einem nassen Fisch. Das zweite, bizarrerweise, wie ein sanftes Streicheln. An diesem sitze ich gerade, als J in die Hände klatscht und die Meute im Garten zur Ordnung ruft.

»Ich habe euch etwas mitzuteilen.« Er schaut zu Lily, die neben ihm steht. »*Wir* haben euch etwas mitzuteilen.« Leises, erwartungsvolles Gemurmel erfüllt die Luft; wir alle denken dasselbe. »Es ist kein Geheimnis, dass Lily und ich im Laufe der Jahre unsere Schwankungen hatten. Tja, man kann nicht Fahrradfahren lernen, ohne hin und wieder ein bisschen zu schwanken, und darüber möchte ich mit euch sprechen.« Lilys Pupillen rollen himmelwärts in matter Duldsamkeit. »Ein Fahrrad«, sagt J. »Einer von euch hat seins an das Geländer unserer Nachbarn gekettet, und die drohen damit, die Polizei zu rufen, wenn es nicht augenblicklich entfernt wird.«

Kollektives Stöhnen. J duckt sich, um einem Cocktailwürstchen auszuweichen, das Doggo sich sofort unter den Nagel reißt, und Lily gebührt der letzte Lacher. »Nun kommt schon, Leute, ihr habt doch nicht wirklich geglaubt, ich würde Ja sagen, oder?«

Lily ist eine Frau, die das Kochen ernst nimmt und aus einem ehrgeizigen und vielfältigen Repertoire schöpft. Heute hat sie sich für Marokkanisch entschieden und verwöhnt uns mit einer Auswahl an exotischen Appetithäppchen und selbst gebackenen Fladenbroten, bevor die Tajines, Couscous und Salate auf den Tisch kommen. J ist es gelungen, einen zweifellos trinkbaren marokkanischen Rotwein aufzutreiben (wie auch einen wässrigen Weißen, der nicht in derselben Liga spielt). Die Kombination ist kaum zu schlagen: tolles Essen und gute Freunde. Ich stelle fest, dass ich die einzige Person am Tisch bin, die im Moment nicht liiert ist, auch wenn ein paar der Partner heute Abend nicht dabei sein können, weil sie auf Geschäftsreise sind.

In den letzten Wochen habe ich mich ziemlich bedeckt gehalten, und ich weiß, dass sie mich früher oder später über Clara ausfragen werden. Als es dann so weit ist, berichte ich ganz ehrlich von Wayne, dem Nachwuchs-Filmemacher aus Neuseeland. Die Neuigkeiten verbreiten sich wie ein Lauffeuer um den Tisch. »Dan, du armes Ding.« »Warum hast du das nicht gesagt?« »Ich kann es einfach nicht glauben.« »Ich aber«, erklärt J. Ich möchte ihnen sagen, dass ich kein Problem damit habe, dass ich mittlerweile kaum noch an Clara denke, aber sie werden bloß glauben, dass ich versuche tapfer zu sein, also beantworte ich ihre Fragen, mache die richtigen Geräusche, und irgendwann wendet sich das Gespräch Gott sei Dank endlich anderen Dingen zu.

Ich weiß, dass ich als Letzter gehen werde, obwohl Charlie und Anna mir einen harten Kampf liefern. Wir sind schon gut beim Whiskey angekommen, als sie endlich schwankend von dannen ziehen. J und ich übernehmen den Abwasch, während Lily DJane spielt und versucht, Doggo für einen Tennisball zu begeistern.

»Er spielt nicht mit Bällen«, erkläre ich.

»Das ist der erste Hund, den ich treffe, der nicht mit Bällen spielt.«

»Er steht auf Jennifer Aniston.«

J schüttelt verzweifelt den Kopf. »Ich muss es einfach sagen, Kumpel …«

Lily schneidet ihm das Wort ab. »Nein, musst du nicht.«

J ignoriert sie. »Dieses ganze ›Ein Mann und sein Hund‹-Getue … Das ist gruselig. Als Clara ihn mitgebracht hat, konntest du das verdammte Vieh nicht ausstehen, und jetzt, wo sie von der Bildfläche verschwunden ist, bist du völlig verrückt nach ihm.«

»J, halt den Mund«, sagt Lily.

»Ich meine, was hast du vor? Ihn für sie aufbewahren, bis sie zurückkommt?«

»Er ist nicht mehr ihr Hund, er gehört mir.«

J wendet sich an Lily. »Siehst du, was ich meine?« Er gibt mir eine Salatschüssel zum Abtrocknen. »Und außerdem, er wird dir keinen Gefallen tun, wenn es darum geht, die Damenwelt zu beeindrucken. Vielleicht wenn er ein schwarzer Labrador wäre oder so.«

Ich kenne diesen Ausdruck in Doggos Augen; es ist derselbe, den er hat, wenn er Megan ansieht. »Pass lieber auf, was du sagst. Du bist gerade dabei, dir jemanden zum Feind zu machen.«

»Himmel …«, murmelt J.

»Vergiss es, Doggo, er ist es nicht wert.« Ich hocke mich neben ihn und kratze ihn an der Schnauze. »Und ich kenne ein Mädchen, das dich genauso hübsch findet wie ich.«

»Sie lügt, Kumpel.«

»Wer?«, fragt Lily neugierig. »Komm schon, raus mit der Sprache.«

Ich erzähle ihnen von Edie. Ich erzähle ihnen fast alles. Das ist der Grund, warum ich so lange geblieben bin.

»Doggo«, sagt Lily, »ich glaube, dein Herrchen hat sich verliebt.«

»Nein, hat es nicht.«

»Pinocchio, pass auf deine Nase auf.«

»Na ja, vielleicht ein bisschen.«

Im Herzen ist J eine einfache Seele – er hat keine Schwierigkeiten, niedere Impulse wie sexuelles Begehren nachzuvollziehen –, und als ich ihm das Foto von Edie auf meinem Handy zeige, habe ich seinen Segen. »Umwerfend«, sagt er. »Allererste Sahne. Tu es.«

»Ich befürchte, ich habe es schon versaut.«

Jetzt erzähle ich ihnen auch noch den Rest – meinen Fauxpas an dem Abend in ihrer Wohnung, Tristan, alles. Ich brauche Hilfe, Führung, einen Rat. Ich höre zu und beobachte, wie sie sich bemühen, wenigstens einmal einer Meinung zu sein. J ist davon überzeugt, dass man mit Zähnen und Klauen um Frauen kämpfen und sie notfalls gewaltsam entführen muss, wenn die Situation es erfordert.

»Das ist doch nicht der Raub der Sabinerinnen«, sagt Lily. Sie sieht mich an. »Hör nicht auf ihn, Dan. Sei einfach du selbst.«

»Als ob *das* jetzt weiterhelfen würde«, schnaubt J.

Ich weiß, dass er das nur teilweise als Scherz meint.

Zwanzig

Es war ein Fehler. Das wird mir klar, als man uns drei in Beths Büro im Battersea-Tierheim führt. »Wie ich sehe, hat man sich immer noch nicht darum gekümmert.«

Ich hätte Doggo zu Hause lassen sollen oder wenigstens draußen vor der Tür mit Edie. »Wir arbeiten daran«, sage ich, aber Beth wirkt nicht überzeugt.

»Bei uns ist einiges passiert, seit wir das letzte Mal hier waren. Ich habe einen neuen Job angefangen. Und Doggo auch.«

Ich gehe davon aus, dass sie es niedlich finden wird, wenn sie hört, dass Doggo der Briefträger der Agentur geworden ist.

»Er hat sogar angefangen zu twittern«, wirft Edie ein. Es stimmt. Anna von der Rezeption hat ihm einen Account eingerichtet.

Der Ausdruck in Beths Augen, als sie auf Doggo blickt, ist nicht leicht zu interpretieren, aber ich würde sagen, es ist weniger Zuneigung als vielmehr Anteilnahme – Mitgefühl, wie man es für ein ausgebeutetes Kind in einer Fabrik irgendwo in Asien empfinden würde. »Nun, sieht aus, als würde er nicht allzu sehr darunter leiden«, räumt sie schließlich widerwillig ein.

Als ich den Termin gemacht habe, habe ich nicht wirklich gesagt, worum es geht, weil ich auf Informationen aus bin – und welche Organisation gibt die in dieser unserer vom Datenschutz besessenen Zeit schon freiwillig heraus? Also dachte ich mir, es sei besser, Beth zu überrumpeln und besagte Informationen in einer Charmeoffensive aus ihr herauszulocken. Leider sagt alles an Beth, dass sie unsere letzte Begegnung nicht in derselben guten Erinnerung behalten hat wie ich.

Sie hört ungerührt zu, als ich ihr von Doggos Obsession mit Jennifer Aniston berichte und dass mich das auf die Frage gebracht habe, wie wohl sein früheres Leben ausgesehen hat. »Ich meine, ich weiß, dass er ausgesetzt wurde, aber das ist so ziemlich alles, was ich weiß.«

Beth hat die Akte vor sich liegen. »Nein, er wurde nicht ausgesetzt. Sein Besitzer hat ihn hergebracht.«

»Ich würde mich gerne mal mit ihm unterhalten, wissen Sie, ein paar Fragen stellen und vielleicht ein paar Tipps bekommen – was er mag, solche Sachen. Wer weiß, vielleicht hat sein Vorbesitzer Interesse, ihm auf Twitter zu folgen und auf diese Weise den Kontakt zu halten.«

Beth schließt die Akte und verrät sofort das Geschlecht des Vorbesitzers. »Ich weiß nicht, warum er Doggo abgegeben hat. Auch wenn Sie das vielleicht denken mögen, wir verhören die Leute nicht, die zu uns kommen.« Sie sagt das mit einem verletzten Unterton, und da erinnere ich mich an meinen unglücklichen Verweis auf die Nazis bei unserer letzten Begegnung. Deshalb ist sie so eisig. »Vielleicht konnte er sich nicht mehr um den Hund kümmern«, fährt sie fort. »Vielleicht hatte er finanzielle Gründe. Für die Besitzer kann es sehr schwer sein, Abschied zu nehmen. Hier fließen nicht wenige Tränen. Ich bin mir nicht sicher, ob er an all das erinnert werden möchte.«

»Aber es wäre möglich«, sagt Edie.

»Ich darf Ihnen keine persönlichen Daten geben, selbst wenn ich wollte. Wir haben hier strenge Richtlinien zum Datenschutz. Das werden Sie sicher verstehen.«

»Und einen Brief weiterzuleiten kommt nicht infrage?«, versuche ich es.

Beth überlegt einen Moment. »Doch, das sollte möglich sein ... Wenn Sie sich an Ihre Seite der Abmachung halten.« Sie schaut auf Doggo. Irre ich mich? Ihr Blick scheint zu sagen: Lassen Sie ihn kastrieren, und ich werde darüber nachdenken. Gut, dass Edie die Erste von uns ist, die ihre Stimme wiederfindet.

»Das ist wunderbar, wir danken Ihnen. Wie Dan bereits sagte, wir arbeiten daran.« Sie schenkt mir ein süßes Lächeln, während sie mir mit ihrem Blick zu verstehen gibt: Sei einfach ein braver Junge.

»Absolut. Danke, Beth.«

Ich weiß mit Gewissheit, dass sie etwas vorhat, als sie erklärt, dass sie sich ebenfalls unbedingt einen Hund zulegen will. Beth wird augenblicklich munter und gibt sich gern die Ehre. Gemeinsam machen wir uns auf den Weg nach unten, als ich plötzlich eine Nachricht von Edie auf dem Handy bekomme: *Wenn ich dir ein Zeichen gebe, ruf mich an.*

In dem Gebäude, in dem sich die Zwinger befinden, herrscht eine Kakofonie aus Bellen und Japsen mit einem hin und wieder eingeworfenen erstickten Jaulen. Doggo scheint die Erinnerungen an seinen kurzen Aufenthalt hier verdrängt zu haben, denn er wirkt eher fasziniert als verstört beim Anblick der großen Zellen auf beiden Seiten des Korridors mit ihren vergitterten Türen und aufgeregten Insassen.

Es gibt hier Hunde in allen Formen und Größen, und wir haben uns bereits eine ganze Reihe von ihnen angeschaut, als Edie mir zuzwinkert. Verstohlen drücke ich auf den Rufknopf meines Handys und beobachte staunend, wie sie loslegt.

»Mum, hi ... Es ist gerade schlecht, ich bin ... Kann ich dich zurückrufen? ... Natürlich interessiert es mich. Wie geht es ihm? ... Warte eine Sekunde.« Sie drückt das Telefon an die Brust und sieht uns an, das Gesicht in entschuldigende Falten gelegt. »Tut mir leid, aber ich muss kurz telefonieren.« Sie sieht zu Beth, rollt mit den Augen und flüstert: »Mütter«, bevor sie sich davonschleicht. »Lass mich irgendwohin gehen, wo es ruhiger ist ... Hunde ... Ja, Hunde. Das erklär ich dir später. Erzähl mir, wie es ihm geht ...«

Ihre Vorstellung ist so überzeugend, dass ich mich selbst dabei überrasche, wie ich, sobald sie außer Sichtweite ist, zu Beth sage: »Ihr Großvater ist vor ein paar Tagen hingefallen.«

Es ist so, wie ich vermutet habe: Edie hatte es auf Doggos Akte abgesehen. Beth hat sie auf dem Schreibtisch liegen lassen, und jetzt haben wir einen Namen – Patrick Ellory – und eine Handynummer. Was genau wir damit anfangen werden, muss gut überlegt werden, und als wir durch den Battersea-Park und über die Albert Bridge schlendern, haben wir noch immer keinen Plan. Wir setzen uns an einen Tisch in der Sonne inmitten der Spielzeughäuschen des Chelsea Farmers Market.

»Du hättest Schauspielerin werden sollen.«

»Wollte ich auch«, erwidert sie. »Ich habe mich in meinem letzten Schuljahr am National Youth Theatre beworben. Sie haben mich abgelehnt.«

»Ihr Pech. Ich bin mir nicht sicher, ob ich jemals wieder ein Wort von dem glauben werde, was du sagst.«

»Dein Pech. Das war kompletter Unsinn.«

»Wirklich?«

»Nein, ich habe es versucht, aber nicht geschafft. Ich war nicht schlecht, aber ich konnte nie wirklich loslassen, mich in einer Rolle verlieren.« Sie nimmt einen Schluck von ihrem Bier. »Es ist das Gleiche wie bei meinen Beziehungen, zumindest haben meine Exfreunde das immer gesagt.«

Ich will nicht über Tristan sprechen. »Drei Jahre mit Douglas, da musst du wenigstens irgendwas richtig gemacht haben.«

»Zwei Jahre zu viel. Seine Worte, nicht meine, aber er hatte recht. Ich habe bloß eine Weile gebraucht, um es zu erkennen.«

Ich hatte immer angenommen, dass sie Douglas für Tristan den Laufpass gegeben hat, aber wie es scheint, ist ihre Beziehung einfach mit beiderseitiger Zustimmung im Sande verlaufen. »Am Ende waren wir mehr wie Bruder und Schwester. Wir haben uns im Guten getrennt, selbst als er bei meiner besten Freundin eingezogen ist.«

Unser Dilemma ist Folgendes (und erfreulicherweise ist es nun *unser* Dilemma und nicht mehr nur meins): Wir können Patrick Ellory nicht die Wahrheit sagen, denn dann laufen wir Gefahr, dass er uns abweist und sich unter Umständen sogar beim Tierheim beschwert. Edie denkt, sie sollte ihn anrufen, so tun, als gehörte sie zum Tierheim, und ihm erklären, dass Mikeys (ich komme einfach nicht über diesen Namen hinweg) neuer Besitzer sich gerne mit ihm in Kontakt setzen würde. Wenn Ellory zustimmt, kann ich ihn einfach anrufen. Wenn nicht, sind wir aufgeschmissen.

Edie wählt Ellorys Nummer, legt aber auf, als die Mailbox antwortet. Sie wird es später noch einmal versuchen.

»Wie hat er geklungen?«

»Eloquent. Freundlich. Älter.«

Plötzlich kommt mir eine Idee. Doggo liegt zusammengerollt unter dem Tisch im Schatten. »Wo ist Patrick?«, frage ich. Träge hebt er ein Lid und schaut mich ungerührt an. Der Name scheint ihm nichts zu sagen. »Patrick!« Immer noch nichts, nicht einmal das kleinste Funkeln des Wiedererkennens.

»Das ist seltsam für einen Hund mit einem so guten Namensgedächtnis«, sagt Edie.

Sie schlägt vor, zur South-Kensington-Filiale von Christie's rüberzuschlendern, um zu sehen, welche Auktionen sie zeigen. »Letztes Mal hat es funktioniert.« Und wie es funktioniert hat. Der Durchbruch für den SWOSH!-Claim kam auf dem Rückweg von der Auktion zum Thema Impressionismus und Moderne.

Vintage-Poster spielen nicht unbedingt in derselben Liga, auch wenn viele der Stücke in der Galerie im Erdgeschoss aus Frankreich kommen wie der Vargo, der neue Kleinwagen, für den wir immer noch nicht den richtigen Ansatz gefunden haben. Das geht nicht nur uns allein so. Clive und Connor erklären, in einer Sackgasse zu stecken, es sei denn, ihre furchtbaren Streitereien (schlimmer als sonst) sind nur Tarnung.

Ralph hat genau gewusst, was er da tat, als er das Briefing an die gesamte Kreativabteilung weitergab. Entgegen seinen Beteuerungen, uns alle dabeihaben zu wollen, hat er damit die Konkurrenz unter uns nur noch verschärft.

Das Team, das ihn am Mittwoch am meisten beeindruckt, wird die Aufgabe bekommen. Megan hält ihre Karten bedeckt und hat Seth ganz offensichtlich zur Geheimhaltung verpflichtet. Es würde mich jedoch nicht wundern, wenn wir die Sache alle auf ähnliche Weise angehen und uns auf die Vorzüge hinter der hässlichen Verpackung konzentrieren: der geringe Benzinverbrauch und die umfangreiche Serienausstattung (einschließlich Navigationssystem und Bluetooth-Freisprecheinrichtung). Es lässt sich nicht leugnen, man bekommt eine Menge für sein Geld, nur leider bezahlt man das mit einer Optik, die einem die Tränen in die Augen schießen lässt.

Ein paar der alten Poster mit ihren stilisierten Darstellungen schon lange in Vergessenheit geratener französischer Alkoholika, Ozeanriesen mit rasiermesserscharfem Bug, rasender Lokomotiven und palmengesäumter Wellness-Resorts an der Riviera bescheren Edie und mir einen wahren Inspirationsschub. Es gibt nur ein Problem: Sie alle sind Beispiele der verführerischen Macht eines stilvollen Äußeren über den Inhalt, während der Inhalt logischerweise der einzige Trumpf ist, den wir bei der Bewerbung des zweifellos ganz und gar nicht verführerischen, absolut stillosen Vargo ausspielen können.

Edie ist es, die auf diese unvorteilhafte Disparität hinweist. Und plötzlich scheint uns die lässige Eleganz der Poster zu verspotten. Es wird ohnehin Zeit zu gehen; Edie hat einen Friseurtermin in Marylebone.

Ich kenne keine Frau, die ihr Haar so kurz trägt wie Edie. »Nur zum Spitzenschneiden, nehme ich mal an.«

»Hängt davon ab«, erwidert sie. »Wie kurz, denkst du, sollte ich sie schneiden lassen?«

»Ripley in *Alien 3*. Es könnte dir sogar stehen.«

»Vielleicht mach ich das.«

Doggo und ich bringen sie noch zur U-Bahn-Station South Kensington, wo sie es noch einmal bei Patrick Ellory versucht und wieder auf der Mailbox landet. Sie verspricht, mich sofort anzurufen, wenn sie mit ihm gesprochen hat. Fast schon im Gehen erwähnt sie, dass sie sich morgen mit ein paar Freunden zum Lunch in einem Pub am Fluss bei Richmond trifft. Dummerweise kann ich nicht mitkommen, denn das hieße, meiner Mutter abzusagen, die für Pat Connellys Beerdigung aus Spanien rübergekommen ist.

»Warum hast du nichts davon gesagt?«

»Weil ich glaube, dass ich auf Grandpas Bemerkung vielleicht ein bisschen überreagiert habe.«

Ich weiß, dass sie denkt, ich würde nur tapfere Miene zum bösen Spiel machen, aber das tue ich nicht. Als Mum am Donnerstag angerufen hat, um sich mit mir zu verabreden, hat nichts in ihrer Stimme darauf hingedeutet, dass sie vorhat, etwas Dunkleres mit mir zu teilen als einen Sonntagsbraten.

Einundzwanzig

Meine Mutter ist manisch pünktlich. Ich weiß das, weswegen ich mir die größte Mühe gebe, rechtzeitig dort zu sein, und mich dadurch weniger als sonst verspäte. Zwölf Minuten ist eine meiner besten Leistungen. Und ausreichend Zeit für meine Mutter, ihren Bloody Mary fast leer zu trinken.

Der Drink hat ihren Ärger ein wenig betäubt. Sie will nicht hier essen, aber das Restaurant, das sie und Nigel bevorzugen, nur ein Stück die Straße hinunter von dem Hotel gelegen, in dem sie übernachten, wenn sie in London sind, erlaubt keine Hunde.

»In Fleisch und Blut sieht er besser aus« ist das Beste, was ihr einfällt, als sie Doggo sieht.

»Du kannst ihn streicheln, wenn du willst.«

»Muss ich, Schatz?«

»Es besteht keinerlei Gefahr. Ich habe ihm was gegen Flöhe gegeben. Und gegen Würmer.«

»Das hast du getan? Ganz allein?« Sie klingt positiv überrascht und tätschelt Doggo sogar ein paarmal ungelenk den Kopf.

»Wo ist Nigel?«, frage ich.

Es folgt eine schwache Ausrede, irgendwas von einem kurzfristigen Geschäftstermin, den er nicht absagen konnte, was mich zum Grübeln bringt und Dinge denken lässt, die ich nicht denken möchte. Sie sind jedoch schnell wieder vergessen, als Mum angeregt über Pat Conellys Trauerfeier plaudert und über die vielen Geister aus der Vergangenheit, von denen sie erwartet (und größtenteils befürchtet), ihnen im Krematorium draußen in Hertfordshire zu begegnen.

»Wird Dad auch dort sein?«

»Das weiß ich nicht. Wahrscheinlich nicht. Pat war eine der wenigen Freunde, die sich auf meine Seite geschlagen haben, als er mich wegen dieser Lesbe verlassen hat.«

»Mum, ich glaube nicht, dass Carol eine Lesbe ist.«

»Schatz, sei nicht so naiv. Sie sind genauso gut darin, das zu verbergen, wie diese Homos.«

In Augenblicken wie diesen erscheint mir der Generationenabstand zwischen uns wie ein unüberbrückbarer Abgrund. »Niemand sagt mehr Homos.«

»Gut, dann nimm halt ein anderes Wort. Ich denke, ich werde mit den Austern anfangen.«

Mum hat immer schon gern ein Glas Wein getrunken – das Ploppen des Korkens um sechs Uhr am Abend gehört zu den bleibenden Erinnerungen meiner Kindheit –, aber sie kippt den Saint-Véran herunter, als versuchte sie damit ein Feuer zu löschen. Als ich ihr rate, es langsamer angehen zu lassen, erklärt sie mir, genau das versuche sie. Das ist eine kryptische Antwort und der erste deutliche Hinweis auf das, was kommen wird. Ich brauche nur ein paar Sekunden auf den nächsten zu warten, und an diesem ist nichts mehr kryptisch.

»Ich habe dich wegen Grandpa angelogen.« Es platzt förmlich aus ihr heraus.

»Wegen Grandpa?«

»Du weißt, was ich meine.«

»Hilf mir.«

»Wegen dem, was er zu dir gesagt hat.« Sie kann mir nicht in die Augen sehen. »Oh Gott, dieser verdammte Nigel.«

»Nigel?«

»Er sagt, du hast ein Recht darauf, die Wahrheit zu erfahren. Aber er irrt sich. Da kann nichts Gutes bei herauskommen, und jetzt ist es zu spät ...« Sie tupft mit der Serviette die Tränen weg, die ihr in die Augen steigen.

Ich fühle mich taub und zugleich bemerkenswert wach, als hätte man mich in einen eisigen See geworfen. Blind strecke ich die Hand nach Doggo aus, der unten an meinen Füßen sitzt, und finde Trost in der rauen Zunge, die über meinen Handrücken leckt. Selbst wenn mir etwas einfallen würde, das ich sagen könnte, bin ich nicht sicher, ob ich in der Lage wäre, die Wörter zu formen. Ich sehe, dass Mum ebenfalls kämpft.

»Es tut mir so leid, Liebling«, gelingt es ihr schließlich, mit erstickter Stimme zu sagen.

»Wer?«, will ich wissen.

»Das kann ich dir nicht sagen. Noch nicht. Du musst es verstehen, er weiß es nicht.«

»Er weiß es nicht?«

»Dass du sein Sohn bist. Ich muss erst mit ihm sprechen.« Sie schüttelt, verärgert über sich selbst, den Kopf. »Ich hätte zuerst mit ihm reden sollen. Das war der Plan, aber als ich dich gesehen habe ... Na ja, es ist einfach aus mir herausgeplatzt.«

»Mum, du musst mir schon mehr geben als das.«

Das tut sie, leise und mit einer kontrollierten Würde,

die in einem krassen Gegensatz zu der skandalösen Geschichte steht, die sie erzählt. Offensichtlich war der Campus der University of East Anglia in den späten 70ern und 80ern eine wahre Brutstätte sexueller Promiskuität. Ich bin überrascht zu hören, dass Dad (Dad?), mit all seinem hochtrabenden Getue, reichlich von der verbotenen Frucht genascht hat, die in seinem Fall meist in Form verliebter Studentinnen daherkam. Von Mum wurde erwartet, dass sie seine Eskapaden tolerierte – sexueller Besitz war ein bourgeoises Konstrukt, wie man weiß – und sich ein paar eigene Schäferstündchen machte. Sie probierte es ein paarmal aus, bevor Emma geboren wurde, aber unfreiwillig, eher aus Pflichtgefühl, in der Hoffnung, in Dad (wieder dieses Wort) einen letzten Rest von Anstand oder Eifersucht zu entfachen. Dann, nach Emmas Geburt, versuchte sie es wieder, aber diesmal nicht, weil sie dachte, sie müsse es tun, sondern weil sie es wollte.

»Er war etwas Besonderes. Jung. Sanft. Sehr attraktiv. Und witzig.«

Ich kann sehen, wie die Tentakel der Erinnerung sie an einen anderen Ort ziehen. »Mum«, sage ich, um sie zurückzuholen.

»Ihr habt die gleichen Gesichtszüge. Männern mit markanten Gesichtszügen mangelt es selten an Vorzügen. Wer hat das gesagt?«

»Keine Ahnung. Wie jung?«

»Er hat an seinem Doktor im Bereich Klimaforschung gearbeitet.«

»Ein Wissenschaftler?«

»Nicht mehr, vielleicht noch in der Freizeit, ich weiß es nicht. Er hat sich auf einem ganz anderen Gebiet einen Namen gemacht.«

»Gut oder schlecht?«

»Das liegt im Auge des Betrachters.«

University of East Anglia 1982? Er muss ein Linker gewesen sein, vermutlich ein Anhänger der New Labour Party.

»Oh Gott, ich bin Tony Blairs heimliches Kind der Liebe.«

Sie lacht. »Nein.«

»Wer?«

»Ich habe es dir doch gesagt, ich kann es dir nicht sagen, nicht bevor ich mit ihm gesprochen habe. Du hast jetzt so lange gewartet, ein klein wenig länger wird dich nicht umbringen.«

Plötzlich und unerwartet steigt Wut in mir hoch. »Es ist ein Unterschied, ob man wartet oder dreißig Jahre lang verdammt noch mal im Dunkeln gelassen wird.«

Ich bekomme vage mit, wie die Gäste an den umstehenden Tischen auf meinen lauten Ton reagieren und Mum nach meiner Hand greift. »Mit einer Sache hast du recht«, sagt sie. »Du *warst* ein Kind der Liebe. Ich wusste genau, was ich tat. Du warst kein Unfall. Es war absolut fahrlässig – oh Gott, das war es –, aber ich wollte ein Baby mit ihm machen. Und ich weiß, dass er es auch wollte. Er wollte, dass ich deinen Vater verlasse ... Michael verlasse.«

»Und warum hast du es nicht getan?«

Sie zögert, sucht die Antwort in ihrem Weinglas. »Ich weiß es nicht. Aus Angst vermutlich, aus Angst, das würde ihn aufhalten. Er war nur ein Junge, aber schon damals war klar, dass er einmal Großes bewirken würde. Und dann war da noch Emma. Vergiss Emma nicht. Wir waren eine Familie.«

»Sie weiß nichts davon?«

»Niemand weiß davon.«

»Außer Grandpa. Und dem verdammten Nigel.«

Sie wird ganz steif und richtet sich in ihrem Stuhl auf. »Der verdammte Nigel ist der Grund, warum wir darüber reden, und es wäre schön, wenn du ihm ein wenig mehr Respekt entgegenbringen könntest. Ich weiß, dass er nicht dein Typ ist, aber er ist ein guter Mann, und von denen gibt es nicht viele, glaube mir.«

Ich lasse den Kopf hängen. »Entschuldige.«

»Es sei dir vergeben. Ich dagegen erwarte nicht, dass du mir vergibst. Noch nicht. Vielleicht eines Tages.«

Ich weiß, dass ich unter Schock stehe und keinen klaren Gedanken fassen kann, aber ich bin mir ziemlich sicher, dass ich meine Mutter noch nie so habe reden hören, mit so viel Gefühl, einer solch schneidenden Offenheit. Sie sieht sogar anders aus – als hätte die Lüge wie ein Schleier all die Jahre über ihr gelegen und ich könnte sie erst jetzt als die Frau erkennen, die sie wirklich ist.

Alles gut. Nichts zu berichten. Fühl mich wie der letzte Idiot.

Das ist in etwa der Tenor der versprochenen Nachricht, die ich Edie sende. Ich bringe es einfach nicht über mich, ihr die Wahrheit zu sagen. Sie würde darüber reden, sich womöglich nach ihrem Essen in Richmond mit mir treffen wollen, während ich einfach nur laufen, den Boden unter meinen Füßen spüren möchte, denn der ist wenigstens fest, verlässlich.

Edies Antwort landet auf meinem Handy, als Doggo und ich gerade bei Speaker's Corner den Hyde Park betreten: *Das ist gut, aber schlecht für meine Mutter, die auf mehr gehofft hat! x*

Ich habe keine Ahnung, was ich ihr antworten könnte, also höre ich stattdessen zu – dem üblichen Gequatsche religiöser Spinner und harmloser Exzentriker auf ihren Kisten und Trittleitern. Ist es wirklich möglich, dass JFK ermordet wurde, weil er vorhatte, die Wahrheit über den UFO-Absturz in Roswell ans Licht zu bringen? Die Beweisführung ist ein wenig lückenhaft. Der Beste unter ihnen ist ein junger, überraschend redegewandter Kerl, der behauptet, aus sicherer Quelle zu wissen, dass Simon Cowell kürzlich in die Reihen der Neuen Weltordnung aufgenommen wurde, diese unheilvolle geheime Verbindung von Freimaurern, Illuminati, Juden, Jesuiten, Bankern und anderen unerwünschten Personen, die die politischen Geschicke dieser Welt seit Jahrhunderten aus dem Schatten heraus bestimmen. Irgendwie gelingt es ihm, sogar den 11. September und die globale Erwärmung miteinzubeziehen.

Dieses verklausulierte Spiel mit Verschwörungstheorien hat etwas Belebendes. Für die wahrhaft Paranoiden ist alles möglich. Und besser noch: Im Vergleich dazu wirkt meine eigene Geschichte, die man mir soeben um die Ohren gehauen hat, öde und alltäglich.

Doggo und ich umrunden gerade den Serpentine, als ich das plötzliche Verlangen spüre, mich auszuruhen. Mit ausgestreckten Gliedern lege ich mich im Schatten einer großen Eiche auf den Rücken und suche nach bedeutungsvollen Mustern im Dach der Äste und Zweige über mir. Doggo stupst mich mit seiner Schnauze an und hüpft auf und ab. Das ist eine Premiere. Möchte er wirklich, dass ich mit ihm spiele? Vielleicht spürt er meine trübe Stimmung und versucht mich abzulenken. Wenn dem so ist, hat er keinen Erfolg.

»Entschuldigung, ist das Ihr Hund?«

Die Worte haben keine Bedeutung, zumindest nicht sofort, nicht bis ich aufwache und eine Frau mit langen braunen Haaren auf mich herunterstarrt. Sie sieht nicht glücklich aus. Ich setze mich mühsam auf. »Entschuldigung?«

Sie zeigt mit dem Finger auf Doggo. »Der Hund da, ist das Ihrer? Er hat unseren Ball geklaut.«

Ich sehe zwei junge Mädchen mit einem Welsh Terrier und einen Mann (vermutlich der Vater der Mädchen) langsam auf Doggo zugehen, der tatsächlich einen Tennisball im Maul hat.

»Braver Hund, lass ihn fallen, lass den Ball fallen.« Doggo sprintet außer Reichweite. »Verdammter Köter!«

Ich ignoriere die Beleidigung – so gerade. »Keine Sorge, ich hole ihn.«

Berühmte letzte Worte. Irgendwann gelingt es mir, Doggo davon zu überzeugen, den Ball fallen zu lassen, aber als ich ihn aufheben will, schnappt er ihn sich wieder und schießt zwischen meinen Beinen hindurch. Der Mann streckt den Arm aus, verfehlt Doggo und landet auf den Knien. »Doggo!«, brülle ich und nehme die Verfolgung auf.

Nach gut zwanzig Minuten wilder Jagd übergibt Doggo uns schließlich seine Beute. Meine Entschuldigung stößt auf taube Ohren.

»Sie sollten lernen, ihn zu kontrollieren«, sagt der Mann.

Ich wende mich an die Mädchen. »Hat das Spaß gemacht?«

»Ja«, erklären sie einstimmig und noch immer verzückt von der Vorstellung, wie ein kleiner Hund zwei erwachsene Männer vorgeführt hat.

Ich reiche dem Mann den feuchten Tennisball. »Dann war es wenigstens nicht völlige Zeitverschwendung.«

Doggo kommt erst wieder in meine Nähe, als sie weg sind. Er kommt zaghaft, vorsichtig, aber als ich mich auf die Knie fallen lasse, rennt er los und lässt sich von mir durch die Luft wirbeln. »Es ist okay, ich bin wieder zurück. Danke, du süßer kleiner Kerl.« Er leckt mir übers Gesicht, und ich pruste ihm in den Nacken.

Zweiundzwanzig

Als ich Montagmorgen in die Agentur komme, wartet der Comic auf meinem Schreibtisch, gemeinsam mit einer Nachricht von Josh: *Hab mich am Wochenende noch mal drangesetzt.*

Ich muss lachen. Er hat die drei Frames beibehalten – M-m-m-m … D-d-d-d … McDonald's! –, aber er hat noch einen Hund mit an den Tisch gemalt, einen Hund, in dem ganz klar Doggo zu erkennen ist! Als das Baby mit »McDonald's« herausplatzt, liegt ein brillanter Ausdruck abgrundtiefen Weltschmerzes in seinem Blick. Es ist einfach genial; die Pointe funktioniert nach wie vor, aber jetzt ist der Hund die eigentliche Hauptfigur. Man bekommt den Eindruck, als hätte diese arme weise Kreatur dieses modische junge Pärchen (die Nerdbrille des Vaters ist eine weitere geniale Zugabe) am Hals, für die das Leben niemals ganz so laufen wird wie geplant.

Edie ist begeistert. Tristan behauptet das Gleiche. Er scheint ein wenig neben sich zu stehen, und als er mich an der Kaffeemaschine abfängt, verstehe ich, warum.

»Schönes Wochenende gehabt?«, fragt er.

»Nicht schlecht. Du?«

»Was hast du so gemacht?«

Er ist nicht der Typ, der mit mir über mein Wochenende plaudert; er weiß ganz offensichtlich, was ich gemacht habe, und will mich auflaufen lassen. Ich erzähle ihm von unserem Ausflug ins Tierheim.

»Wessen Idee war das?«, will er wissen.

»Meine.«

»Edie sagt, es war ihre.«

»Es war meine Idee hinzufahren. Sie hat mich gefragt, ob sie mitkommen kann. Tristan, wieso führen wir dieses Gespräch?«

Er rückt ein Stückchen näher. Unangenehm nah. »Ich möchte nur sichergehen, dass ihr die gleiche Geschichte erzählt.« Er ist so sehr von sich überzeugt, so sicher, dass er mich einschüchtern kann.

»Hey«, sage ich, »Ich bin dein Wingman.«

Das gefällt ihm – die feige Antwort, der wissende Wink auf *Top Gun* –, und er legt mir eine Hand auf die Schulter, salbt mich mit seiner Vergebung. »Okay. Ich wollte nur sichergehen.«

Übers Wochenende habe ich ein paarmal daran gezweifelt, ob es richtig war, Ralph von Tristans Plänen zu berichten. Jetzt bereue ich nichts mehr. Ich hoffe, dass die Räder sich in Bewegung setzen und er auf die Schnauze fliegt. Edie behauptet, noch eine andere Seite von ihm zu kennen, und vielleicht existiert sie tatsächlich irgendwo, aber die Wahrheit ist, seinetwegen halte ich weniger von ihr, als ich es sonst tun würde.

Ganz so deutlich sage ich ihr das nicht; ich erkläre ihr, dass sie mich in Zukunft darüber informieren muss, was sie ihm erzählt hat und was nicht.

»Das war jetzt das zweite Mal, dass er mich gewarnt hat, mich von dir fernzuhalten.«

»Das zweite Mal?«

»Letztes Mal habe ich es dir nicht gesagt. Das erste Mal war beim Lunch.«

Der Gedanke scheint sie zu amüsieren. »Was hat er gesagt?«

»Willst du das wirklich wissen?«

»Ja, will ich.«

»Wenn du sie vögelst, werde ich dich feuern.«

»Das hat er gesagt?«

»Poetisch, oder?«

Sie wirbelt mit ihrem Stuhl herum und sieht mich an. »Dan, für seine Neurosen bin ich nicht verantwortlich.«

»Ich will bloß in Ruhe gelassen werden. Ich will nicht von ihm attackiert werden, wenn ich mir einen Kaffee hole. Ist das zu viel verlangt?«

»Nein.«

»Wahrscheinlich ist es das Beste, wenn wir uns außerhalb der Agentur nicht mehr sehen.«

»Okay«, sagt sie.

»Nur noch bei der Arbeit.«

»Nur noch bei der Arbeit.«

»Gut.«

Trotz Doggos Bemühungen bin ich seit dem Gespräch mit meiner Mutter gestern extrem angespannt, und Edie ist nicht die Erste, die die Auswirkungen meiner Gereiztheit zu spüren bekommt. Als ich heute Morgen im Bus meinen Sitz angeboten habe, bekam ich dafür ein Schnauben und die Frage: »Wieso? Weil ich eine Frau bin?«

»Nein, weil ich ein Gentleman bin. Aber wenn Sie gerne stehen möchten, ist uns das nur recht, nicht wahr, Doggo?«

Er antwortete mir mit einem kurzen Kläffen.

»Ich werde Ihnen lieber nicht verraten, was er gerade gesagt hat.«

Das brachte uns ein glucksendes Lachen von einigen unserer Mitfahrer ein.

Der Anruf von Patrick Ellory kommt kurz nach der Mittagspause. Ich weiß, dass er es ist, weil Edie sich plötzlich in Annabelle Theakston vom Battersea-Tierheim verwandelt. Die Quintessenz ihrer Unterhaltung ist wie folgt: Ellory hat gerade erst die Anrufe in Abwesenheit auf seinem Telefon gesehen, weil er bis heute Morgen im Ausland war; aber er ist gerne bereit, mit Mikeys neuem Besitzer zu sprechen, auch wenn Mikey der Hund seiner Tante war und er sich also nicht sicher ist, ob er wirklich weiterhelfen kann. Edie ist klug genug, ihre Neugier zu bremsen und nicht allzu viele Fragen zu stellen; Annabelle Theakston würde all diese Details, und wahrscheinlich noch mehr, direkt vor sich liegen haben.

Sie notiert sich Ellorys Nummer und reicht mir das Post-it. »Jetzt bist du dran.« An ihrer Stimme höre ich, dass sie seit unserem frostigen Austausch heute Morgen immer noch wütend ist.

»Nicht jetzt. Später.«

»Keine Ursache«, bemerkt sie spitz.

»Tut mir leid. Danke. Du warst wieder einmal so überzeugend, dass man Angst bekommt.«

Sie zuckt die Achseln. »Vielleicht liege ich falsch, aber für mich hat es sich so angehört, als wäre seine Tante gestorben.« Sie hat leise gesprochen, damit Doggo, der auf dem Sofa liegt, sie nicht hört, und wir schauen beide zu ihm rüber.

Zu Hause recherchiere ich im Internet über Trauer bei Hunden. Den beeindruckendsten Beweis, dass unsere vierbeinigen Freunde ein sehr reales Gefühl des Verlustes empfinden können, zeigt ein Video, das ich auf YouTube finde und in dem ein sibirischer Husky schluchzend wie ein Mensch auf dem Grab seines verstorbenen Frauchens liegt. Vielleicht war Doggo nicht einmal das beschert, denke ich. Der Anblick des Grabsteins erinnert mich daran, meine Mutter anzurufen.

Nigel nimmt ab. Er ist in ihrem Hotelzimmer.

»Hi Nigel, ich bin's.«

»Daniel«, antwortet er ein wenig verhalten.

»Hör zu, danke, dass du Mum dazu gebracht hast, mir die Wahrheit zu sagen.«

»Wirklich?«

»Wirklich. Ich weiß das zu schätzen.«

»De nada, amigo.«

Als Mum ans Telefon kommt, frage ich sie, wie die Trauerfeier heute gelaufen sei.

»Warst du schon mal in einem Krematorium? Arme Pat. Es war grässlich. Eine Fabrik. Wie am Fließband. Es gab kaum genug Zeit, um die Musik zu wechseln. Manche verteilen die Asche im Memorial Garden. Asche!? Ich habe Knochenstücke in den Rosenhecken gesehen!«

Sie fragt, wie ich mich fühle.

»Oh, weißt du ... Ein wenig verwirrt.«

»Natürlich bist du das. Es war richtig, es dir zu sagen, oder?«

»Ja, ich denke schon.«

»Du klingst nicht überzeugt.«

»Was ist, wenn er mich nicht kennenlernen möchte?«

»Das ist möglich. Es würde mich aber wundern.«

Sie würde sich wundern, aber ich würde für den Rest meiner Tage in einem sonderbaren Limbus leben, gefangen zwischen zwei Vätern – von dem einen, der denkt, er hätte mich gezeugt, effektiv ignoriert, und von dem anderen, der es tatsächlich getan hat, abgelehnt. Ich kann mich nicht darauf verlassen, dass es nach dreißig Jahren ein glückliches Wiedersehen geben wird. Von Mum weiß ich, dass er mittlerweile eine eigene Familie hat, und ich möchte wirklich nichts tun, um das in irgendeiner Weise zu gefährden. Schließlich ist er ebenso ein Opfer dieser ganzen Situation wie ich. Bis gestern hat keiner von uns gewusst, dass der andere existiert; wir waren in unserer Unwissenheit miteinander verbunden. Mum hat es damals nicht unbedingt darauf angelegt, ihn reinzulegen, aber wie sie schon sagte, sie wusste, was sie tat, und ließ zu, dass sie von ihm schwanger wurde. Er hat jedes Recht, die Neuigkeiten schlecht aufzunehmen.

»Es ist lieb von dir, es von dieser Seite zu betrachten«, sagt Mum. »Aber du warst immer schon ein umsichtiger Junge.«

Vielleicht bereite ich mich aber auch bloß auf das Schlimmste vor. Mum hat mittlerweile in Erfahrung gebracht, dass er im Urlaub ist, und selbst wenn er zurückkommt, wird sie die ganze Sache höchst vorsichtig und diplomatisch angehen müssen, schon aus Respekt vor seinen Lebensumständen. Dabei kommt ihr zugute, dass ich nicht vorhabe, Ärger zu machen. Ich habe ihr gesagt, dass ich kein öffentliches Bekenntnis zu mir als seinem Sohn (oder eine heimliche Vater-Sohn-Beziehung) von ihm erwarte. Alles, was ich will, ist, mich hinsetzen und meinem biologischen Vater in die Augen sehen. Außerdem habe ich beschlossen, dass niemand sonst etwas davon zu erfahren braucht, Dad nicht und auch Emma nicht.

»Wirklich, Danny? Bist du dir sicher?« Die Überraschung in Mums Stimme mischt sich mit spürbarer Erleichterung.

»Wozu sollte das gut sein?«

»Ehrlichkeit?«, schlägt sie zaghaft vor.

»Himmel, und um welchen Preis? Ich könnte die Konsequenzen nicht ertragen. Du?«

»Es ist deine Entscheidung.«

»Ja, das ist es. Und danke, dass du mir die Möglichkeit gegeben hast, sie selbst zu treffen.«

Ich höre, wie sie ein plötzliches lautes Schluchzen unterdrückt. »Oh Gott …«

»Was?«

»Wie bist du nur so … so vernünftig geworden?«

»Clara nennt es kaltherzig.«

»Das Mädchen ist dumm. Eines Tages wird sie aufwachen und erkennen, was sie getan hat.«

Dreiundzwanzig

»Du hast ihn immer noch nicht angerufen?«, fragt Edie.

»Der Abend ist irgendwie an mir vorbeigeflogen, und plötzlich war es zu spät.«

Das ist eine Version der Wahrheit. Um halb zehn, nach dem langen Telefonat mit meiner Mutter, hatte ich bereits den größten Teil einer Flasche Rioja intus und wollte mich nicht durch ein Gespräch mit Patrick Ellory nuscheln.

»Dann tu's jetzt«, sagt Edie. »Ich bestehe darauf.«

»Ach ja?«

»Komm, Doggo, lassen wir Mr. Hoffnungslos einen Moment allein.«

Er meldet sich mit einem einzigen Wort – »Ellory« –, aber darin liegt Wärme und Heiterkeit. Ich sehe einen Engländer der alten Schule vor mir, sportlich und gut darin, Dinge zu reparieren. Er ist Anwalt und hat gleich einen Gerichtstermin, aber gern bereit, mit mir ein wenig über seine Tante Geraldine, Doggos Vorbesitzerin, zu plaudern. »Total verrückt. War sie immer schon. Hat nie jemanden gefunden, der klug genug oder dumm genug war, sie zu heiraten.«

Sie hat ihr ganzes Leben lang in demselben Haus in Wandsworth verbracht, ein großes Haus mit einem riesigen wilden Garten, wo sie auch Doggo gefunden hat, der in der alten Luftschutzhütte neben dem Töpferschuppen kauerte (ganz so, wie sie es als junges Mädchen während der Bombenangriffe der Deutschen im Zweiten Weltkrieg getan hatte).

»Sie hatte ihn schon ein paar Wochen lang aufgepäppelt, als ich ihn das erste Mal sah, und da sah er immer noch aus, als stünde er an der Schwelle des Todes. Der Himmel weiß, wie er ausgesehen haben muss, als sie ihn gefunden hat. Meine Frau hat sie immer ›das seltsame Paar‹ genannt, und das waren sie, wie sie da in diesem verrückten alten Haus lebten. Wissen Sie, ich glaube, er war für sie der Ehemann, den sie niemals hatte, das einzige lebende Wesen, das sie jemals wirklich und wahrhaftig geliebt hat. Ich freue mich für sie, dass sie dieses Glück am Ende noch gefunden hat. Sind Sie noch da?«

»Ja, entschuldigen Sie, das ist sehr interessant. Was ist mit ihr geschehen?«

»Sie hatte einen schweren Schlaganfall.«

Es war Doggo gewesen, der die Nachbarn alarmierte. Als der Krankenwagen kam, mussten sie ins Haus einbrechen, weil alle Türen und Fenster verriegelt waren, zumindest schien es so. Später stellte sich heraus, dass eine der Dachgauben offenstand, was bedeutete, dass Doggo dort hochgelaufen und auf die Dachziegel hinausgeklettert sein musste.

»Ich habe es gesehen, und es ist ein verdammt tiefer Fall, selbst mit dem Rhododendron, in dem er vermutlich gelandet ist – gelandet sein muss. Anders hätte er den Sprung unmöglich überleben können.«

Ellory fühlt sich immer noch schlecht, weil er Doggo ins Tierheim gebracht hat, aber es war ihnen unmöglich, ihn zu sich zu nehmen, da ihr Leben bereits von einer Handvoll Katzen regiert wurde. »Und keiner meiner Cousins wollte ihn. Sie interessieren sich mehr dafür, das Haus auf den Markt zu bringen und das Geld zu kassieren. Aber ich bin es, der die Handlungsvollmacht über ihren Besitz hat, und ich werde es nicht zulassen, solange sie noch am Leben ist.«

»Wie bitte?«

»Es geht ums Prinzip.«

»Nein, ich meine ... Sie lebt?«

»Sagte ich das nicht?«

»Sie lebt!?«, fragt Edie.

»Mehr oder weniger. Ich glaube, er verwendete den Begriff ›Wachkoma‹.«

»Aber sie lebt.«

»Theoretisch.«

Sie wirft einen Blick auf Doggo. »Du weißt, was wir zu tun haben, oder?«

»Nein.«

»Lügner.«

»Edie, das können wir nicht machen. Sie ist nur noch eine Hülle. Willst du, dass er sie so in Erinnerung behält?«

Sie packt meinen Unterarm. »Dan, ich habe da so ein Gefühl. Vertrau mir. Wir müssen es tun.«

Ich weiß, dass ich geschlagen bin, aber ich werde nicht kampflos aufgeben. »Ich dachte, wir hätten gesagt: keine privaten Treffen.«

»Das hier ist Arbeit.« Sie schenkt mir ein breites Lächeln. »Schließlich reden wir hier vom Agentur-Briefträger, oder?«

Das St. George's Hospital in Tooting ist ein riesiger, ausgedehnter Komplex aus beeindruckend unansehnlichen Backsteingebäuden (günstig gelegen, wie ich feststelle, direkt gegenüber dem Lambeth-Friedhof).

Ich bleibe mit Doggo ein wenig zurück, während Edie einen ersten Vorstoß ins Innere wagt. Wir gehen davon aus, dass sie uns nicht einfach mit einem Hund in die Abteilung für Schlaganfälle spazieren lassen werden, und wir liegen richtig. Edie kehrt zurück mit der Nachricht, dass die unumstößliche Regelung in Bezug auf Tiere lautet: nur Begleithunde (und auch die nur unter besonderen Umständen). »Ich war versucht zu fragen, was mit den Tieren sei, die sie in diesem Moment im Namen der medizinischen Forschung schlachten.«

»Ich wusste gar nicht, dass du eine Tierschutz-Aktivistin bist.«

»Du hättest mich mal an der Uni sehen sollen. Ich hatte eine Sturmhaube und alles.«

Der Plan ist simpel. Wir schmuggeln Doggo in meinem Rucksack hinein. Es gibt nur ein Problem. Er weigert sich, auch nur in die Nähe des Dings zu kommen, geschweige denn hineinzuklettern. Je mehr wir uns bemühen, ihn zu überreden, desto misstrauischer wird er. Er knurrt sogar und zwickt mich warnend in die Hand. Ich erkläre ihm, dass wir versuchen wollen, Geraldine zu finden; ich erkläre ihm, dass Geraldine ihn unbedingt sehen will; ich erkläre ihm, dass Geraldine einen riesigen Sack Choc Drops für ihn hat. Er lässt sich nicht erweichen.

»Vielleicht hat er Platzangst«, überlegt Edie.

Nein, es ist etwas anderes. Er springt für sie von einem Hausdach hinunter, aber in einen Rucksack zu klettern ist ihm zu viel? Das ergibt keinen Sinn. Ich hole mein Handy heraus und rufe Patrick Ellory an. Mailbox. »Patrick, hier ist Daniel. Entschuldigen Sie, dass ich noch einmal störe, aber ich frage mich, ob Mikey Geraldine vielleicht unter einem anderen Namen kannte?«

Wir schlendern eine Weile durch die Straßen, bis wir uns im Biergarten eines trostlosen Pubs niederlassen. Eine Stunde später sitzen wir immer noch hier, und sogar Edies Enthusiasmus schwindet allmählich. Widerstrebend stimmt sie zu, unser Vorhaben für heute aufzugeben. Wir sind gerade auf dem Weg zur Tooting Broadway Station, als Patrick Ellory zurückruft.

»Sie haben absolut recht. Für ihn war sie immer Zsa Zsa.«

»Wie die Schauspielerin?«

»*Moulin Rouge* war ihr Lieblingsfilm.«

Ich warte, bis wir wieder auf dem Parkplatz des Krankenhauses stehen, bevor ich Doggo damit konfrontiere. »Wo ist Zsa Zsa?« Er erstarrt, sein Blick sucht meinen, um zu sehen, ob wir von derselben Person sprechen. »Komm, wir gehen Zsa Zsa besuchen.« Er bellt dreimal und dreht sich um sich selbst wie ein Derwisch. Ich gehe mit dem Rucksack neben ihm in die Hocke, und er stürzt sich förmlich hinein, Kopf voran. Ich drehe ihn um und führe meinen Finger an die Lippen. »Sch«, mache ich, als ich den Reißverschluss vor seinen weit aufgerissenen und erwartungsvollen Augen schließe.

Mit dem Aufzug fahren wir in den zweiten Stock des Atkinson-Morley-Flügels, als ich feststelle, dass es genau 20 Uhr ist – Ende der Besuchszeit.

»Entspann dich«, sagt Edie. »Überlass mir das Reden.«

Alles Reden hilft nichts, um uns an Geraldines Bett in der Abteilung für Schlaganfälle zu mogeln, denn sie ist auf die Intensivstation verlegt worden. Als wir dort ankommen, sagt Edie, ich solle draußen warten. Ich rede leise über die Schulter hinweg mit Doggo, versichere ihm, dass es jetzt nicht mehr lange dauern wird, weswegen ich die beiden Pförtner erst bemerke, als sie schon fast auf meiner Höhe sind. Ich lächle und nicke ihnen zu. »Guten Abend.« Dem Blick nach zu urteilen, den sie wechseln, denken sie ganz offensichtlich, ich sei aus der Psychiatrie getürmt.

Edie kommt zurück. »Okay, also, sie ist meine Oma, du bist mein Freund, und wir sind gerade aus Vancouver hergeflogen.«

»Was wollten wir denn in Vancouver?«

»Weiß der Himmel. Hab ich nicht gesagt. Es ist mir einfach in den Sinn gekommen.«

»Vielleicht leben wir da.«

»Wenn du willst.«

»Ich habe gehört, es soll eine tolle Stadt sein – direkt am Wasser, Berge zum Skifahren ganz in der Nähe. Ich kann mir uns gut dort vorstellen. Ja, das klingt gut.«

»Dan, ich glaube nicht, dass sie fragen wird.«

»Sie« entpuppt sich als die Oberschwester. Groß und mit ernstem Gesicht, schroff, aber nicht unfreundlich. Auf ihrem Namensschild steht: LYDIA. Sie führt uns ans hintere Ende der Station. Ich spüre, wie Doggo sich im Rucksack bewegt, während wir durch die Gasse der komatösen Patienten laufen, fast so, als spürte er die Anwesenheit von Menschen an der Schwelle des Todes, allein durch die um sie versammelten Maschinen am Leben gehalten. Das Summen und Zischen der Beatmungsgeräte wird von einer Symphonie aus im Stakkato piependen Monitoren unterbrochen.

Überall ist Krankenhauspersonal, und ich denke schon,

es wird niemals möglich sein, einen Hund aus dem Sack zu lassen, ohne dass eine der Schwestern uns dabei sieht, als Lydia uns in ein Zimmer führt, in dem nur ein einziges Bett steht.

»Wir bemühen uns, ihnen am Ende ein wenig Privatsphäre zu ermöglichen.«

»Wie lange noch?«, fragt Edie.

»Sehr bald, auch wenn Ihre Großmutter eine echte Kämpferin ist. Sie lag im Koma, als sie hierherkam, aber man lernt einzuschätzen, was für Menschen sie sind, die Zeichen zu lesen.« Sie wirft einen Blick auf die Monitore. »Es steht alles hier oben. Sie will nicht loslassen.« Sie zeigt ein warmes und unerwartetes Lächeln. »Ich lasse Sie jetzt allein.«

Geraldine sieht nicht aus wie ein menschliches Wesen. Sie sieht aus, als hätte das Meer sie ausgespuckt und an den Strand gespült – ein Stück Treibholz, bis auf die härtesten Sehnen und Knorpel verwittert und von der Sonne gebleicht. Dieser Eindruck wird noch verstärkt durch das rhythmische Auf und Ab ihres Brustkorbs durch das Beatmungsgerät – wie Wellen, die sanft auf den Strand rollen. Doch wenn man den Plastikschlauch in ihrem Mund ignoriert und die vielen Schläuche und Kabel, die in sie hinein- und wieder hinauslaufen, sieht man, dass sie einmal eine schöne Frau gewesen ist.

Ich lasse den Rucksack von meiner Schulter gleiten und lege ihn auf das Fußende des Betts. Als ich Doggo herauslasse, lege ich sofort die Hand um seine Schnauze. »Schsch.« Er versteht – gibt es etwas, das er nicht versteht? –, doch als er sie dort liegen sieht, entfährt ihm ein zitterndes Wimmern. Vorsichtig läuft er zu ihr und leckt ihr die Wange. Dann vergräbt er die Schnauze an ihrem

Hals, direkt unter ihrem rechten Ohr, und stupst. Noch einmal. Er versucht sie zu wecken, sie wieder zu Bewusstsein zu bringen. Ich weiß, dass es nicht geschehen wird, sie ist zu weit weg. Ich schaue zu Edie, die meinen flehenden Blick sieht und den Kopf schüttelt. *Du irrst dich*, sagen ihre Augen. *Es war kein Fehler.*

Doggo bellt zweimal frustriert auf, bevor es mir gelingt, ihn zu beruhigen und zum Schweigen zu bringen. Ich denke schon, dass wir noch mal davongekommen sind, als wenige Augenblicke später die Tür aufgeht. Lydias rascher einschätzender Blick erfasst Doggo, der ausgestreckt quer auf Geraldine liegt. »Was denken Sie eigentlich, was Sie hier machen?«, zischt sie. »Schaffen Sie ihn hier raus.«

»Die beiden hatten nur einander«, sagt Edie bittend.

»Es gibt Regeln!«

»Und es gibt ein paar Dinge, die größer sind als Regeln.«

Aber Lydia lässt sich nicht erweichen. »Ich rufe den Sicherheitsdienst.«

Glücklicherweise wirft sie noch einen letzten Blick auf Doggo, denn das lässt sie abrupt innehalten. Er starrt sie an, seine dunklen Augen leer, jeder Hoffnung beraubt. Zuerst höre ich es nicht, meine Ohren sind nicht darauf getuned – aber Lydias. Ihr Blick schießt zum Herzmonitor. Es ist nichts Dramatisches, ein langsames Ansteigen: 58 … 59 … 60 …

Edie ist es, die die Bewegung sieht. »Ihre Hand …«

Ein Zucken. Etwas. Nichts. Aber da ist es wieder, wie ein Krampf in der ausgedörrten Kralle. Ich nehme die Hand, so leicht und zerbrechlich wie ein junger Vogel, und lege sie sanft auf Doggos Kopf.

61 … 62 … 63 … 63 … 63 …

Ich könnte schwören, dass er einen langen Seufzer ausstößt, als der Alarm losgeht. Ich habe gerade noch Zeit, die Nulllinie auf dem Monitor zu erkennen, bevor Lydia hinüberläuft und einen Schalter an der Maschine drückt, der das durchdringende Heulen verstummen lässt. Doggo scheint nicht zu verstehen, was geschehen ist, bis auch das Beatmungsgerät abgeschaltet ist und er das Heben und Senken der knochigen Brust nicht mehr unter sich spürt.

Wir betrachten ihn, an sie geschmiegt, beinahe so still wie sie. Einen schrecklichen Moment lang denke ich, er würde ihr folgen, die gleiche dunkle Straße hinunter, aber als ich mit der Hand von seinem Kopf bis zu seinen Hinterläufen streiche, sieht er mich an.

Ich höre Edie hinter mir leise schluchzen, und ich will mich nicht umdrehen, weil ich weiß, dass ich dann ebenfalls anfangen würde.

»Das ist noch nie passiert«, sagt Lydia. Selbst im gedämpften Licht des Zimmers kann ich den Schimmer in ihren Augen erkennen.

»Danke«, sage ich.

An der Tür wendet sie sich noch einmal um. »Wer sind Sie wirklich?« Aber bevor ich etwas sagen kann, schüttelt sie den Kopf, wie um zu sagen, dass es keine Rolle spiele.

Vierundzwanzig

Ich muss Doggo die Treppe zu Edies Wohnung hinauftragen.

»Es ist seltsam, er scheint doppelt so schwer zu sein wie sonst.«

Das sind die ersten Worte, die ich sage, seit wir vor dem Krankenhaus in ein Taxi gestiegen sind. Ich habe keine Ahnung, was der Fahrer über uns gedacht hat – Edie und ich in finsterem Schweigen, Schulter an Schulter, mit Doggo wie einer Decke über unseren Beinen.

Doggo bekommt das Sofa und das Filet, das Edie für ihr eigenes Abendessen geplant hatte. Mir hängt der Magen auf den Schuhsohlen, und als er sich weigert zu fressen, demonstriere ich ihm, was von ihm erwartet wird.

»Hey«, schilt Edie. »Ich rühr uns schnell was zusammen.«

Wir sitzen bei Kerzenlicht am kleinen runden Esstisch und essen Käsesoufflé mit grünem Salat.

»Ich habe noch nie jemanden sterben sehen«, sagt Edie schließlich.

»Ich auch nicht.« Ich lege meine Gabel auf den Teller. »Es war nicht wirklich, als würde sie sterben, eher als würde sie davongleiten, an einen anderen Ort.«

»Wie ein Ballon.«

»Als hätte er ihr einen kleinen Schubs gegeben, und weg war sie.«

Edie schaut zu Doggo, der sich auf dem Sofa zusammengerollt hat. »Ich glaube wirklich, wir sollten ihn heute Nacht da liegen lassen.«

»Meinst du?«

»Bleibt heute Nacht hier«, sagt sie.

»Ich kann bei ihm auf dem Sofa schlafen. Hast du eine Decke?«

»Tut mir leid, keine Decken. Du wirst bei mir im Bett schlafen müssen.« Sie lächelt. »Ich verspreche, die Hände bei mir zu behalten.«

»Wenn Tristan das rausfindet . . .«

»Das wird er nicht. Und es ist eine gute Gelegenheit, noch mal über unseren Pitch zu sprechen.«

Bei all dem, was in den letzten Stunden passiert ist, hatte ich es völlig vergessen: Morgen Nachmittag präsentieren wir Ralph und Tristan unsere Idee für den Vargo-Fernsehspot.

Wir liegen auf dem Rücken nebeneinander in der Dunkelheit, sie in T-Shirt und Unterhose, ich in Boxershorts (kein T-Shirt, weil es nur zerknittern würde und ich es morgen noch mal anziehen muss). Wir reden tatsächlich über unseren Pitch, feilen noch ein wenig daran herum und finden noch ein paar hippe Formulierungen, die Tristan ansprechen sollen. Es ist noch nicht sehr spät, aber wir sind beide völlig erledigt, und ich spüre, wie ich allmählich wegdämmere. Immer wieder schleife ich mich von der Schwelle des Schlafes zurück in die Gegenwart, will diese seltsam unterdrückte Intimität, gemeinsam an die Decke zu starren, noch ein wenig länger genießen.

»Ich bin froh, dass es geklappt hat.«

»Was?«, fragt sie.

»Das mit dem Job.«

»Ich auch. Alle sind froh. Die Mannschaft mag dich.«

»Ausgenommen Megan.«

»Stimmt.«

»Sie hat mich gestern gebeten, ihr die Aufnahme zu geben«, sage ich.

»Was hast du ihr gesagt?«

»Dass ich sie schon gelöscht habe.«

»Deine Versicherung?«

Ich weiß erst, dass ich es sagen werde, als die Worte schon beinahe heraus sind: »Dich habe ich auch angelogen … Über das Essen mit meiner Mutter.«

Sie dreht den Kopf und sieht mich an. »Oh, Dan, du Armer.«

»Nein, es ist okay.« Das Zittern in meiner Stimme sagt etwas anderes.

Sie dreht sich auf die Seite. »Wer?«

Ich kann ihr keinen Namen nennen, weil ich keinen habe. Aber ich erzähle ihr, was ich weiß, und beantworte ruhig all ihre Fragen. Als ich fertig bin, schlüpft sie aus dem Bett und schließt die Tür.

»Ich bin mir nicht sicher, ob er das in seinem Zustand ertragen könnte«, sagt sie und gleitet wieder unter die Bettdecke.

»Was?«

»Komm her, ich zeig's dir.«

Sie rutscht näher, und im nächsten Moment spüre ich den sanften, suchenden Druck ihrer Lippen auf meinen.

Fünfundzwanzig

Gott weiß, was Doggo davon hält. Er hat miterlebt, wie ich innerhalb eines guten Monats mit drei verschiedenen Frauen geschlafen habe. Ich möchte ihm erklären, dass drei Frauen in vier Jahren ein weitaus akkuraterer Indikator meiner Promiskuität ist.

Heute Morgen geht es ihm ein wenig besser, wenn auch nicht viel; gerade genug, um matt mit dem Schwanz zu wedeln, als ich mich neben ihm auf das Sofa fallen lasse. Ich weiß immer noch nicht, ob wir wirklich das Richtige getan haben. Klar, er hatte Gelegenheit, sich von seiner geliebten Zsa Zsa zu verabschieden, aber was für ein Trost ist das für einen Hund? Ich bin mir nicht sicher, ob er die Feinheiten eines solchen Abschlusses zu schätzen weiß.

Wir sitzen schon seit zehn Minuten schwermütig nebeneinander, als Edie auftaucht und barfuß und nur in einem T-Shirt, das gerade zu kurz ist, um alles zu verbergen, durch den Flur tappt.

»Morgen, Jungs.« Ihre Stimme ist noch rau vom Schlaf.

»Gott, du siehst ja gut aus …«, sage ich, von einer plötzlichen Welle des Verlangens erfasst.

Sie kniet sich vor uns auf den Boden und küsst Doggo auf den Kopf. Dann nimmt sie mein Gesicht in ihre Hände und küsst mich sanft auf die Lippen. »Kaffee?«

»Klingt gut.«

»Toast?«

»Ich esse aus Prinzip keinen Toast.«

»Tja, ich schon.«

Und außerdem frisch gepressten Orangensaft und reife Mango. Doggo bekommt eine Dose Thunfisch mit ein bisschen Brot, das sie zuvor in Milch eingeweicht hat. Es ist schön zu sehen, dass er wieder Appetit hat. Wenn man bedenkt, wie kurz die Nacht war, müsste mir eigentlich vor Erschöpfung der Schädel brummen, aber ich fühle mich erstaunlich fit, als hätte jemand mit einem geheimen Rädchen an all meinen Sinnen gedreht. Ich sehe zu, wie Edie in der Küche rumhantiert, und frage mich, ob ich gerade eine Routine beobachte, die eines Tages zu einem Teil meines Lebens werden könnte. Ich habe Grund zu hoffen, zumindest ein bisschen, nach dem, was sie mir in den frühen Morgenstunden erzählt hat.

»Ich habe nicht mehr mit Tristan geschlafen, seit du und ich uns das erste Mal begegnet sind.«

»Hmmm?«, brummte ich schläfrig.

»Ich glaube, damals wusste ich schon, dass ich in der Lage sein wollte, dir das irgendwann einmal zu sagen. Jetzt habe ich es getan.«

»Das wusste ich nicht.«

»Weil ich Angst hatte.«

»Angst?«

»Vor meinen eigenen Gefühlen. Davor, dass Clara zurückkommt. Und ich habe gesehen, dass du noch nicht so weit warst, was nicht verwunderlich ist, nach dem, was sie dir angetan hat. Also habe ich gewartet. Es hat mir nichts ausgemacht. Es hat mir sogar gutgetan, wie eine Art Buße. Seien wir ehrlich, ich bin auch nicht unbedingt ein braves

Mädchen gewesen. Ich habe nur einmal geschwankt, nach der Hochzeit.«

»Der Hochzeit?«

»Als Barbara mir erzählt hat, du hättest ihr gesagt, dass du niemals mit einer Kollegin zusammen sein könntest, weil das zu beengend wäre.«

»Das war eine vertrauliche Information. Sie hat es dir erzählt?«

»Nicht mir – meiner Mutter. Sie sind seit einer Ewigkeit befreundet.«

»Edie ...«

Sie legte mir den Finger an die Lippen. »Nein, nicht. Ich verstehe es. Und ich denke, du hast recht. Ich weiß nicht, ob ich es könnte. Aber zumindest wissen wir es jetzt.«

»Was?«

»Wie schön es sein könnte, wenn wir nicht zusammen arbeiten würden.«

»Aber ich arbeite gerne mit dir zusammen. Jeden Morgen genieße ich die Busfahrt, weil ich weiß, dass ich dich gleich sehen werde, und ich stelle mir vor, was du wohl anhast.«

»Du achtest darauf, was ich anhabe?«

»Klar.«

»Das ist gut«, sagte sie.

Die Zeit ist knapp. Wir duschen (man beachte!) getrennt, als probten wir bereits für unsere Rollen, die wir für den Rest des Tages spielen werden. Edie gibt mir ein Hemd aus ihrem Schrank; Douglas hat es vergessen, als er ausgezogen ist, und auch wenn es nicht unbedingt mein Stil ist (ich trage prinzipiell keine Streifen und auch keine gestickten Verzierungen), ist es besser, als in demselben

T-Shirt zur Arbeit zu erscheinen, das ich gestern schon getragen habe – eins der Dinge, die Adlerauge Margaret in der Buchhaltung sofort auffallen würden.

In der Nähe von Edies Wohnung gibt es keinen Park, also verrichtet Doggo sein morgendliches Geschäft auf dem Bürgersteig an der Pimlico Station. Ich tüte es ein und werfe es gerade in den Müll, als Edie vorschlägt, dass es besser wäre, sich hier zu trennen. Ein paar Leute aus der Agentur wohnen südlich der Themse, nicht zuletzt Tristan, und sie trifft ihn manchmal in der U-Bahn Richtung Oxford Circus.

»Keine Sorge«, sage ich. »Wir nehmen den Bus.«

»Du kannst den 88er nehmen, gleich da vorne.«

Horden müder Pendler strömen an uns vorbei in die U-Bahn-Station. Ich spüre, dass ein öffentlicher Kuss nicht infrage kommt, also strecke ich die Hand aus und erkläre mit gespielter Förmlichkeit: »Vielen Dank, es war mir ein Vergnügen.«

Sie lächelt. »Ganz meinerseits.«

Sechsundzwanzig

Seit dem Shitgate-Zwischenfall hatte sich Megan angenehm kleinlaut, ja beinahe reserviert verhalten. Die Aussicht auf den Pitch heute Nachmittag hat ihr lautes, ungehemmtes und generell unerträgliches Selbst wieder hervorgebracht. Ich kann die bullige Selbstsicherheit, die sie verströmt, förmlich riechen. Wahrscheinlich hat sie genau das auch so gewollt. Sie ist wie ein Boxer, der seine Sprüche auf der Pressekonferenz vor dem Kampf loslässt und darauf abzielt, seinen Gegner aus der Bahn zu werfen und den einen oder anderen psychologischen Treffer zu landen.

Das Meeting ist für zwölf Uhr angesetzt, und ob es nun an Megans Getue liegt oder bloß an Edies Nerven, auf jeden Fall beschließt sie, all unsere Storyboards noch einmal zu überarbeiten.

»Die sind noch nicht aussagekräftig genug.«

»Edie, sie sind völlig in Ordnung.«

»Ganz genau. In Ordnung. Aber mehr auch nicht.«

Ich liefere ihr keinen allzu harten Kampf; es ist eine Gelegenheit, neben ihr an ihrem Tisch zu sitzen, meinen Schenkel an ihren zu drücken und ihren Geruch einzuatmen, während sie zeichnet. Nach einer Stunde werden wir von Josh unterbrochen. Er ist so aufgeregt, dass er kaum sprechen kann.

»Er hat sie überzeugt. Der Cartoon. Sie wollen ihn haben!«

»Wer?«

»*Private Eye.*«

Sie wollen nicht nur ihn, sondern noch mehr von seiner Sorte. Sie denken, man könnte ihn zu einer Serie ausweiten: eine Milieustudie der weltgewandten liberalen Mittdreißiger aus der Perspektive ihres lebensklugen Hundes. »Der Hund hat sie überzeugt. Sie lieben den Hund.«

Wir drehen uns alle drei unisono um und blicken zu Doggo, der den Kopf über den Sofarand hängen lässt. »Geht es ihm nicht gut?«, fragt Josh und runzelt die Stirn.

»Er hatte eine schlimme Nacht.«

Es ist nicht der richtige Moment, um zu feiern oder zu überlegen, was die Neuigkeit für Josh, Doggo und mich bedeutet, aber ich spüre, dass sich gerade eine Tür geöffnet hat. Nun ja, weniger eine Tür als eine Notluke.

Um Viertel vor zwölf erscheint Tristan in der Kreativabteilung, um zu verkünden, dass Ralph noch unterwegs sei und das Meeting um eine halbe Stunde verschoben werde. Er sieht mich mit einem seltsamen Ausdruck im Gesicht an, als wäre er verwundert, mich hier zu sehen, und bittet mich dann in sein Büro.

»Mach die Tür zu«, sagt er. »Schnapp dir einen Stuhl.« Ich lasse mich ihm gegenüber nieder.

»Hübsches Hemd«, bemerkt er.

»Danke.«

»Wo hast du es her?«

Die Lüge fällt mir nicht schwer. »Es war ein Geschenk von Clara.«

»Clara, hm? Muss furchtbar gewesen sein, einfach so

sitzengelassen zu werden.« In seinem Blick liegt etwas leicht Manisches.

»Es war nicht einfach.«

»Dann kannst du dir sicherlich vorstellen, wie ich mich gerade fühle.« Er lehnt sich in seinem Stuhl nach vorne. »Die Sache ist, ich kenne dieses Hemd. Ich habe es schon einmal gesehen.«

»Wo?«

»Versuch nicht, mich zu verarschen, Dan. Du weißt, wo.«

Ich nehme mir einen Moment, um seine Worte zu überdenken, bevor ich so ruhig wie möglich antworte: »Es ist nicht, was du denkst.«

»Seit wann weißt du, was ich denke, mein Freund?«

»Ich bin nicht dein Freund, Tristan.«

»Nein, aber das hättest du sein können ... sein *sollen* ... Denn du wirst sehr bald feststellen, wie es sich anfühlt, mich als Feind zu haben. Du wirst so was von untergehen. Ihr beide.«

Ich beschließe, dass es das Beste ist, nicht zu antworten, sondern ihn nur anzustarren und in seiner Verachtung schmoren zu lassen.

»Was?«, will er schließlich wissen.

»Du bist ein verheirateter Mann, Tristan.«

»Ist das eine Drohung?«

»Ich sage nur, dass es bedauerlich wäre, wenn deine Frau Wind von alldem bekäme.«

Er starrt mich mit zusammengekniffenen Augen abschätzend an. »Das würdest du nicht machen. Ein guter Mensch wie sie, die niemandem etwas getan hat? Nein, das kann ich mir nicht vorstellen, nicht jemand wie du.«

Er hat recht. Ich würde ihr Leben nicht ruinieren, selbst

wenn ich glaubte, ihr damit einen Gefallen zu tun. Ich hebe die Hände und frage schließlich: »Sind wir hier fertig?«

»Wir beide sind noch lange nicht fertig. Aber ja, du kannst verdammt noch mal aus meinem Büro verschwinden.«

»Scheiße«, flucht Edie und läuft nervös auf und ab. »Er muss meine Sachen durchwühlt haben, als ich nicht hingeschaut habe.« Sie bleibt stehen und dreht sich zu mir um. »Tut mir leid, ich hätte nicht gedacht, dass er so ein Schnüffler ist.«

Ich verdränge das Bild eines nackten Tristan, der ihren Kleiderschrank durchwühlt, während sie unter der Dusche steht. »Es ist nur ein Problem, wenn du ihn zurückwillst.«

»Ich habe dich nicht angelogen, Dan. Ich wollte ihn von dem Moment an nicht mehr, als du in mein Leben getreten bist.«

Hat sie die geringste Ahnung, wie gut sich das anfühlt?

»Dann bleibt uns nur, diesen Shitstorm gemeinsam durchzustehen, nicht wahr?« Edie verzieht grimmig das Gesicht bei dem Gedanken. »Du sitzt mit dem SWOSH!-Etat sicher im Sattel. Er kann dir gar nichts.«

»Glaubst du?«

Das ist mein Stichwort für eine kitschig-heldenhafte Bemerkung wie »Ich werde es nicht zulassen«, aber ich bin mir nicht sicher, ob ich ihn davon abhalten kann, einen raffinierten und langwierigen Rachefeldzug aus dem Schatten heraus zu führen, wenn er sich das einmal in den Kopf gesetzt hat.

Tristan begrüßt uns betont kumpelhaft und mit einem breiten Lächeln, als wir alle nach und nach ins Sitzungszimmer kommen. Aber sein Blick haftet gerade lange genug an meinem, um seine Drohung von vorhin zu bestärken. Ich erinnere mich an das erste Mal, als ich dieses Zimmer betreten habe, für mein Bewerbungsgespräch mit Tristan und Ralph (und auch Edie, wie ich annehme), und plötzlich wird mir bewusst, wie viel in den letzten Wochen mit mir passiert ist. Nach Jahren wohliger Trägheit und aus Gründen, die ich nicht ganz durchschaue, ist mein Leben plötzlich losgaloppiert. Ich bin der Reiter, der an den Zügeln zieht, aber gleichzeitig den Wind im Gesicht, die berauschende Mischung aus Angst und Hochgefühl genießt. Ich fühle mich unverwundbar, zumindest an den Stellen, die wichtig sind, und ich kann mich nicht erinnern, mich jemals so gefühlt zu haben.

Ralph hat ein verschmitztes Lächeln im Gesicht, als er auftaucht. Das Ganze mag offiziell eine Brainstorming-Sitzung sein, aber er weiß genau, dass er mit seiner Aufgabe ein Kampffeld abgesteckt hat. »Okay, dann lasst mal sehen, ob ihr Bastarde das Geld wert seid, dass ich euch zahle.«

Es ist nur eine Kleinigkeit, aber normalerweise hätte er »wir« gesagt und nicht »ich«, aus Respekt Tristan gegenüber, und ein kurzes Zucken in Tristans Gesichtsausdruck sagt mir, dass er das Gleiche denkt.

Clive und Connor sind die Ersten. Paradoxerweise haben die endlosen Stunden brutaler und vulgärer Wortgefechte hinter verschlossener Tür einen ultrasanften Ansatz hervorgebracht. Ihre Idee für den TV-Spot – erzählt auf Clives Storyboards und unterlegt mit einem sanften Synthie-Soundtrack, den sie mitgebracht haben – ist eine in Slow Motion erzählte Geschichte eines jungen Paares (unser Zielpublikum), die mit dem Vargo durch die Gegend cruisen. Der zentrale Ansatz ist, dass die Welt draußen sich jedes Mal verwandelt, während sie mit dem Vargo interagieren. Wenn sie die Sitzheizung anschalten, weicht der Winter dem Frühling; das Sonnendach wird zurückgefahren, und draußen sprießen auf wundersame Weise die Blätter an den Bäumen. Weiße Blüten rieseln und verwandeln sich in Schneeflocken, als die Klimaanlage angestellt wird. Und als der Fahrer ein neues Ziel über den Touchscreen ins Navigationssystem eingibt, werden sie wie von Zauberhand auf eine hohe Klippe transportiert, von der aus sie den gigantischen Ball der untergehenden Sonne im Meer versinken sehen, davor die Silhouetten einer ganzen Armada antiker Galeonen unter vollen Segeln. »Vargo. Die Freiheit zu träumen.«

Kein Volltreffer, aber nicht schlecht. Ganz und gar nicht schlecht. Die Absprache lautet, dass erst alle ihre Ideen präsentieren, bevor wir darüber diskutieren, und ich nicke ihnen anerkennend zu. Megan nicht. Sie wirkt ziemlich von sich überzeugt, als sie und Seth nach vorne gehen. Ihr Ansatz liegt weit am anderen Ende des Spektrums: ein frenetischer Blitzangriff aus Schnappschüssen des verrückten Wochenend-Lifestyles der megahippen Vargo-Besitzer – aufwachen im funky Loft (zum Erbrechen durchgestylt oder eine Hommage an die wegweisenden Werbespots der späten 1980er, je nachdem, wie man es betrachtet); auf dem Weg zum Borough Market, wo der geräumige Kofferraum des Vargo vom hausgebackenen Kuchen bis zu den Blumensträußen problemlos alles schluckt; ein Plausch mit den Freunden über die Bluetooth-Freisprechanlage, während sie sich durch einige reizvoll heruntergekommene Viertel des Großstadtdschungels schlängeln; dann raus ins Grüne, wo das Navigationssystem sie zu ihrem Ziel führt – einem entlegenen Fleckchen am Ufer eines von Bäumen gesäumten Flusses. Sie bereiten ein reichhaltiges Picknick für vier (man beachte: nicht für zwei) vor, während sie erwartungsvoll den Fluss hinunterblicken. Und hier kommt die Pointe: Der Fluss, an dem sie stehen, ist der Severn, bekannt für seine Gezeitenwellen, und die Freunde (ein ebenso attraktives Pärchen natürlich) kommen auf Surfbrettern den Fluss hinauf zum Picknick gefahren. Ein paar bezeichnende Aufnahmen von Ausgelassenheit und fröhlichem Lachen, dann eine letzte Aufnahme bei Sonnenuntergang von oben auf die vier Freunde, wie sie im Vargo davonfahren, die Surfbretter auf dem Dach. »Vargo. Warum sich mit weniger zufriedengeben?«

Es ist ein seltsamer Claim, der nicht Seths üblichem hohen Standard entspricht. Sein etwas verlegenes Gesicht sagt mir, dass er möglicherweise nicht sehr viel damit zu tun hatte oder sogar nicht einmal mit dem gesamten Konzept, das Tristan jetzt mit einem herzhaften »Bravo« quittiert. Was auch immer er von Edies und meiner Idee halten wird, er wird sie durch den Dreck ziehen und anschließend noch darauf herumtrampeln.

Wir haben ebenfalls ein attraktives junges Pärchen, allerdings sitzt bei uns die Frau am Steuer (Edies Idee). Schnitt und Close-up ihrer Hände auf dem Lenkrad: »Lederlenkrad serienmäßig«. Er tippt ihre Zieladresse ins Navi ein: »Navigationsgerät serienmäßig«. Sie drückt auf einen Schalter: »Beheizbare Vordersitze serienmäßig«. Und so weiter – Einparksensoren, geringe Emissionswerte, minimaler Verbrauch, alles serienmäßig – bis zum letzten Frame, in dem steht: »Vargo. Weil es gut ist, hohe Ansprüche zu haben.«

Wie zu erwarten, gibt Tristan sich völlig unbeeindruckt. Er produziert sogar ein leicht irritiertes Stirnrunzeln. Ralph eröffnet die Diskussion mit ein paar aufmunternden Worten und beglückwünscht uns alle für unsere Ideen, aber irgendetwas sagt mir, dass er enttäuscht ist. Tristan erklärt sofort, dass seiner Ansicht nach Megans und Seths Konzept mit seinem »High-energy Buzz« und dem Glamour, den es verspricht, das beste ist.

»Warum sich mit weniger zufriedengeben?«, sagt Ralph skeptisch. »Hier fehlt die Kraft, die die Bilder ausstrahlen.«

»Vielleicht ein bisschen«, räumt Tristan ein. »Wie wäre es mit ›Warum sich mit Wasser zufriedengeben, wenn man Wein haben kann?‹?«

Ralph lacht laut los und sieht uns an. »Was haltet ihr davon, Leute? Alkohol und Autos? Ob wir das bei der ASA durchkriegen?« Er wendet sich wieder an Tristan: »Die *Advertising Standards Authority*, die Werbeaufsicht, nur so nebenbei bemerkt.«

Tristan weiß sehr wohl, was die ASA ist, ebenso wie er weiß, dass er erst hätte nachdenken sollen, bevor er den Mund aufgemacht hat. »Irgendwas in dieser Richtung«, bemerkt er defensiv.

»Orangensaft«, schlägt Ralph vor. »Warum sich mit Orangensaft zufriedengeben, wenn man Wasser haben kann?« Kurzes Schweigen. »Naaa, es klingt einfach nicht.« Es ist nicht nur der dick aufgetragene Sarkasmus, es ist auch das herausfordernde Funkeln in Ralphs Augen. Es liegt etwas Ernstes in der Luft, und ich bin mir nicht sicher, ob Tristan weiß, was es ist. Ich weiß es.

Während Tristan vor Wut kocht, treibt Ralph die Diskussion weiter. In all unseren Konzepten fehlt etwas, etwas Grundlegendes, was er nicht wirklich greifen kann. Er ist angetan von dem träumerischen Ansatz von Clive und Connor, aber am Ende ist er zu geheimnisvoll, zu vage. Und auch wenn ihm unser Claim gefällt – »Weil es gut ist, hohe Ansprüche zu haben« –, ist er nicht sicher, ob es der richtige Weg ist, ein Auto auf seinen technischen Schnickschnack zu reduzieren. Und zu Megan und Seth: Wenn man ein Produkt mit einer Lifestyle-Story auf eine ganz bestimmte Personengruppe zuschneidet, läuft man Gefahr, einen Großteil der Bevölkerung vor den Kopf zu stoßen.

»Sie könnten sich fragen: ›Wieso sollte ich ein Auto kaufen, das von Arschlöchern wie diesen da gefahren wird?‹«

»Arschlöchern?«, fragt Megan, als wäre sie nicht ganz sicher, ob sie ihn richtig verstanden hat.

»Nicht du vielleicht.«

Ein herablassendes Lächeln kommt Megan gewöhnlich leicht über die Lippen. Außerdem kennt sie Ralph seit einer Ewigkeit, weswegen sie anscheinend glaubt, ihm sagen zu können: »Ralphy, du bist mehr als doppelt so alt wie unsere Zielgruppe.«

»Das weiß ich«, antwortet er. »Aber ein blasiertes, in einem Loft hausendes Arschloch erkenne ich immer noch auf fünfzig Metern Entfernung ... *Brutus.*«

Man muss kein Kenner von Shakespeares *Julius Caesar* sein, um zu verstehen, was er da sagt. *Et tu Brute? Auch du, Brutus?* Sie hat ihn verraten, und sie soll wissen, dass er es weiß.

Keine Ahnung, was genau der Auslöser ist – vielleicht

das Knistern nur mit Mühe unterdrückter Aggression in der Luft, das Gefühl, dass die Situation jeden Augenblick ziemlich hässlich werden könnte –, aber plötzlich sehe ich wieder den glatzköpfigen Schlägertypen in Athlone Gardens vor mir, der mich (»Doughnut«) und Doggo (»Quasimodo«) von seinem Balkon aus beschimpft hat. Und in diesem Augenblick kommt mir der Claim in den Kopf.

»Gebt mir eine Minute«, sage ich und springe auf die Füße.

Die Erleichterung am Tisch ist deutlich zu spüren. Alles ist besser als das, was hier jeden Augenblick auszubrechen droht.

»Hm?«, fragt Ralph.

»Nicht mal. Ich bin sofort zurück. Unterhaltet euch ein bisschen.«

Das Letzte, was ich sehe, als ich den Raum verlasse, ist Edies flehender Blick. *Lass mich hier nicht allein!*

Da Doggo immer noch nicht wieder auf dem Damm ist, habe ich ihn bei Anna an der Rezeption gelassen. Sie hat ihn sich auf den Schoß gesetzt und tippt mit seiner Pfote auf der Tastatur herum.

»Schon fertig?«

»Nicht ganz. Ich brauche Doggo.«

»Aber er twittert gerade.«

»Er kann später weitermachen«, sage ich und nehme ihn hoch.

Ich bin keine dreißig Sekunden weg gewesen, und wenn sie sich in der Zwischenzeit unterhalten haben, dann ist davon nichts zu spüren. Eisiges Schweigen erwartet mich, als ich mit Doggo im Arm wieder zurückkehre. Ich stelle ihn mitten auf den Tisch.

»Was seht ihr?«, frage ich.

»Einen Hund, der unsere Kekse frisst«, sagt Connor. (Einen Mann, der gerade beruflichen Selbstmord begeht, sagt Ralphs grimmiges Lächeln.)

Ich nehme den Teller mit den Keksen und gebe ihn Edie. Doggo wirkt ernsthaft erbost. »Im Ernst. Was seht ihr?«

»Doggo«, offeriert Seth.

»Nein. Was ihr seht, ist ein kleiner und sehr hässlicher Hund ... Möglicherweise der unattraktivste Hund, den ihr je gesehen habt.«

»Möglicherweise?«, fragt Megan und zieht eine Augenbraue hoch.

»Halt die Klappe, okay?«, sagt Ralph. »Ich glaube, ich weiß, worauf er hinauswill.«

Ich trommle mit den Fingern auf den Tisch. Doggo tappt zu mir herüber, und ich kraule ihm den Kopf und spiele mit seinen Ohren; er ist im siebten Himmel.

»Hässlich kann liebenswert sein.« Ich hebe den Blick und schaue in die Runde. »Clive und Connor verkaufen einen Traum. Megan und Seth einen Lifestyle. Edie und ich, na ja, wir verkaufen einen Haufen Schnickschnack. Keiner von uns verkauft das Auto. Wir finden es peinlich. Aber das brauchen wir nicht, denn ...«

»Hässlich kann liebenswert sein«, sagt Ralph fasziniert. »Hast du noch was Konkreteres?«

»Nur den Claim. Ist mir gerade erst in den Kopf gekommen.« Ich zögere.

»Nun?«

»Der Glöckner von Notre Dame.«

Seth lacht und schlägt mit der Hand auf den Tisch. »Verdammt! Und der ist auch noch Franzose!« Was ihm einen vernichtenden Blick von Megan einbringt.

»Es ist bloß so eine Idee.«

»Nein, ist es nicht«, knurrt Tristan. »Es ist eine Scheiß-Idee.«

»Es ist mutig, es ist riskant, es ist verdammt noch mal genial.« Ralph sieht Tristan an. »Es ist genau das, wofür diese Agentur steht, ob es dir gefällt oder nicht.«

»Ja, nun, mir gefällt's nicht.«

»Ja, nun, wir müssen ohnehin ein Wörtchen reden.« Ralph blickt in die Runde. »Mittagspause. Beziehungsweise ... wenn ich so darüber nachdenke: Nehmt den Rest des Tages frei.« Als wir aufstehen, fügt er hinzu: »Du nicht, Megan – du bleibst hier.« Ich habe schon so einige Ausdrücke auf Megans Gesicht gesehen, seit ich bei Indology angefangen habe, aber echte Besorgnis war bisher noch nie darunter.

Die Tür hat sich noch nicht ganz hinter uns geschlossen, als Connor in seinem schweren irischen Akzent flüstert: »Kann mir mal irgendwer erklären, was da drin eigentlich los war?«

Ich zucke mit den Achseln. »Keine Ahnung.«

Zurück in unserem Büro versichere ich Edie, dass das alles keine große Sache ist und sich schon wieder einrenken wird. Dann frage ich sie, was sie machen will.

»Nach Hause gehen«, sagt sie.

»Okay.«

»Zu dir nach Hause.«

Petrus hat seine Meinung in den letzten Stunden geändert. Die Sonne hat die Wolken aufgelöst, und ein warmer Wind weht durch die Straßen von Soho. Wir nehmen ein Taxi zur Dock Kitchen am oberen Ende von Ladbroke Grove. Edie hat noch nie dort gegessen. Doggo und ich schon, viele Male. Der Laden ist sozusagen unsere Kantine. Das umgebaute Werftgebäude mit Blick auf den Grand Union Canal hat oben eine große Terrasse, wo man unter weißen Sonnenschirmen sitzen kann. Wir nehmen zweimal die gegrillte Makrele. Das Glas Wein dazu zeigt bald seine Wirkung und erinnert mich daran, wie wenig ich letzte Nacht geschlafen habe. Es sind nur ein paar Minuten Fußweg zu dem Bett, von dem wir beide wissen, dass es auf uns wartet.

Zuerst denke ich, ich muss vergessen haben, die Wohnungstür abzuschließen, als ich vor zwei Tagen aus dem Haus gegangen bin, aber dann sehe ich die Koffer im Flur stehen, und mein Magen verkrampft sich.

Sie hat im Wohnzimmer am Schreibtisch gesessen und ihre E-Mails gecheckt, aber jetzt steht sie auf und dreht sich um.

»Daniel.«

»Clara.«

An ihrer Kleidung und dem Make-up kann ich erkennen, dass sie sich Mühe gegeben hat, besonders gut auszusehen. Sie kommt eilig auf mich zu, bis sie Edie hinter mir entdeckt und abrupt innehält.

»Das ist Edie. Edie, Clara.«

»Hi«, sagt Edie.

Claras Blick wandert hinunter zu Doggo. »Doggo …«, gurrt sie, geht in die Hocke und streckt die Hand nach ihm aus. Sein Schwanzwedeln hat etwas Zögerliches, als er zu ihr trottet; ja, er erkennt sie wieder, aber er ist auch misstrauisch. »Sieh dich nur an, kleiner Mann.« Ich sehe, wie er nervös zu Edie schaut, als Clara ihn mit Zärtlichkeiten überschüttet.

»Ich kann nicht glauben, dass du ihn behalten hast. Heißt er immer noch Doggo? Hast du einen Namen für ihn gefunden?«

»Ich lasse euch wohl mal allein«, sagt Edie.

Ja, tu das, sagt Claras Blick.

»Bleib wenigstens auf einen Kaffee oder so«, erwidere ich schwach.

»Nein, ihr beide habt eine Menge zu bereden.«

»Ich bring dich noch runter.«

»Ist schon okay.«

Aber ich tue es trotzdem. »Nette Überraschung«, sagt sie im Treppenhaus.

»Es tut mir leid.«

»Sie ist sehr hübsch.«

»Edie, du hast keinen Grund, dir Sorgen zu machen.«

»Ich mache mir keine Sorgen. Warum sollte ich mir Sorgen machen? Deine Freundin, mit der du vier Jahre zusammen warst, ist eben wieder aufgetaucht und sieht aus, als käme sie gerade von einem verdammten Laufsteg.« An der Haustür bleibt sie stehen. »Sie will dich zurück, Dan.«

»Das weißt du nicht.«

Ein Schatten der Enttäuschung fällt auf ihr Gesicht. »Falsche Antwort. Du hättest sagen sollen: Ich sie aber nicht.«

Ich will es sagen, aber die Worte wollen nicht kommen. »Edie …«

Aber sie ist schon weg, die Stufen hinunter und die Straße rauf. Ich weiß, dass Clara oben steht und aus dem Fenster sieht, und ich bringe es nicht über mich, ihr eine öffentliche Szene zu bieten.

Ich bin nicht allzu überrascht von Claras Eröffnungszug, als ich wieder nach oben komme. »Sie ist ein bisschen jung für dich, findest du nicht?«

»Wir arbeiten zusammen. Sie ist meine neue Partnerin

in der Agentur.« Warum sage ich ihr nicht, wie es ist? Ich habe keinen Grund, ihr auszuweichen.

»Arbeitest du heute von zu Hause? Hotdesking?«

»In der Agentur herrscht dicke Luft. Hab den Nachmittag frei.«

»Daniel, ich bin eine Frau, sie ist eine Frau. Ich kenne diesen Blick in ihren Augen. Es ist okay.« Sie macht einen Schritt auf mich zu. »Halte mich.«

Ein letztes Mal, sage ich mir, weil ich keine Gelegenheit dazu hatte, als sie gegangen ist. Ich wünschte, es würde sich schlechter anfühlen, aber es ist, als würde man einen Handschuh überziehen oder einen Schuh, den man jahrelang eingetragen hat. »Ich bin direkt vom Flughafen hierhergekommen«, flüstert sie an meinem Hals. »Es tut mir leid, dass ich Mist gebaut habe.« Und jetzt klammert sie sich an mich und schluchzt leise. »Du musst mir vergeben. Bitte, vergib mir.«

Der kleine Teufel auf meiner Schulter sagt mir, dass vier Jahre sich nicht einfach wegwischen lassen, aber all der Schmerz, den sie mir bereitet hat, schon. Es gibt keinen Engel auf der anderen Schulter. Aber es gibt Doggo.

Er beobachtet uns nicht nur vom anderen Ende des Zimmers aus, er starrt mir direkt in die Augen, und auch wenn sein Starren nicht leicht zu interpretieren ist, liegt eine ganz offensichtliche Spannung, beinahe schon eine Drohung in der Haltung seiner Schultern. Ich lächle schwach. Er lässt sich nicht beeindrucken, sondern steht reglos da, wie aus Stein gemeißelt, mein Gewissen, mein Wegweiser ... Mein Schutzengel.

Wieso habe ich so lange gebraucht, um es zu verstehen?

Ich sehe mich selbst, durchdrungen von trägem Zynismus, wie ich Clara wegen Kamael aufziehe. Ich sehe Fran, süß und ätzend zugleich, wie sie mich auf der Dinnerparty meiner Schwester Emma ins Gebet nimmt: *Vielleicht suchst du nach Heiligenscheinen und Flügeln, obwohl du auf ganz andere Dinge achten solltest.* Und ich sehe Zsa Zsa, hager und ausgemergelt in ihrem Krankenhausbett liegen, endlich bereit, den Kampf aufzugeben und loszulassen.

Sanft löse ich mich aus Clara Umklammerung, streiche ihr mit den Fingern durchs Haar und mit den Daumen unter den Augen entlang, um ihre Tränen wegzuwischen. Ich fühle mich leer, bar jeden Grolls gegen sie. Ich bin frei, sie wieder zu lieben, nur nicht wie früher.

»Ich bin's«, sage ich in den Hörer.

»Das sehe ich«, erwidert Edie.

»Ich dachte, du möchtest vielleicht ein Update.«

»Nicht unbedingt. Nicht nach dem, wie du dich verhalten hast.«

»Hilf mir, was habe ich noch mal falsch gemacht?«

»Du hättest sie rausschmeißen sollen, weil sie in deine Wohnung eingebrochen ist.«

»Nicht eingebrochen«, korrigiere ich sie. »Sie hatte einen Schlüssel.«

»Du hättest die Schlösser austauschen sollen.«

»Du hast recht, hätte ich, aber ich habe wirklich nicht damit gerechnet, dass sie zurückkommt.«

»Und jetzt hat sie es getan.«

»Und jetzt ist sie wieder weg.«

»Wo denn?«, fragt Edie vorsichtig.

»Weiß ich nicht. Ich habe nicht gehört, was sie zum Taxifahrer gesagt hat.«

Kurzes Schweigen. »Wo bist du?«

»Ich sitze mit Doggo vor deiner Haustür und wünschte, du wärst hier.«

»Rühr dich nicht vom Fleck«, erwidert sie und legt auf.

Sie trägt Jeans-Shorts und ein Pink-Floyd-T-Shirt, das so durchgetragen ist, dass es nur von ihrem Vater stammen kann. Ich kann sehen, dass sie geweint hat.

»Was ist passiert?«, fragt sie.

Meine Hand fährt an meine Wange. »Das? Oh, sie hat mich geschlagen.«

»Gut, dann brauche ich das nicht mehr zu tun.«

»Schlag zu, wenn du willst. Es ist immer noch betäubt, ich würde also nichts spüren.«

Edie sieht sich meine Wange genauer an. »Gott, sie hat dich wirklich erwischt. Trägt sie einen Ring am Mittelfinger?«

»Sie war ziemlich wütend. Hat sogar versucht, Doggo mitzunehmen. Sie meinte, wenn man es genau betrachtet, würde er ihr gehören.«

»Und dann?«

Ich blicke hinunter zu Doggo. »Erzähl ihr, was du gemacht hast, Doggo.« Er schaut beschämt zu uns hoch.

»Hat er nicht!«, keucht Edie. »Er hat sie gebissen?«

»Es war eher eine Warnung. Kein Blut. Na ja, nicht viel.« Edie nimmt Doggo auf den Arm. »Oh, Doggo, mein Held.« Er leckt ihr das Gesicht, und ich habe ihn noch nie so glücklich gesehen.

Siebenundzwanzig

Ich weiß nicht mehr, wie oft ich mich umgezogen habe, seit Edie mich mit einem Kuss und einer Tasse Tee geweckt hat. Ich habe schon die Anzug-Variante durch (von J geborgt), den Casual-Look mit Jackett (extra bei Selfridges gekauft) und den V-Pullover, alles davon mit Hemd und Krawatte, Hemd ohne Krawatte und jeder Variante von T-Shirt. Am Ende habe ich mich für ein Buttondown-Hemd mit Rundhalspulli entschieden, nur um meine Meinung noch einmal zu ändern, als ich schon fast zur Tür raus war.

Deshalb laufe ich jetzt in Jeans, Chukka Boots und marineblauem Poloshirt neben Doggo her. »Euro-Trash-Banker im Freizeitlook«, lautete Js Urteil. Aber so wird es jetzt bleiben müssen, weil er mir anschließend die Tür vor der Nase zugeschlagen und den Schlüssel umgedreht hat. Nur Edie hat uns zum Abschied vom Balkon aus zugewunken. Ihre Lippen haben etwas geformt, das verdächtig nach »Ich liebe dich« aussah, auch wenn sie es später leugnen wird.

Vermutlich hätten wir ein Taxi nehmen sollen, aber es ist nicht allzu weit, und ich habe Lust auf einen Spaziergang durch den Holland Park. Ich denke nicht, dass es wirklich einen Unterschied machen wird, wenn wir eine Viertelstunde zu spät kommen.

Früher bin ich nie zu Fuß irgendwohin gegangen. Wieder etwas, das Doggo mir gegeben hat. Er genießt es, trottet mit ausgezogener Leine vor sich hin und saugt die Ansichten und Gerüche der Stadt in sich auf. Für mich ist es die Gelegenheit, ein wenig vor mich hin zu träumen oder, wie heute, meine Gedanken zu ordnen.

Wahrscheinlich hätte die Nachricht gestern, dass wir den Vargo-Etat nicht gewonnen haben, mich mehr treffen sollen. Ralph sagt, sie hätten geschwankt, gezögert, es beinahe getan, aber am Ende war die Idee, den Wagen zu verkaufen, indem man sein unglückliches Äußeres anpries, dann doch eine Nummer zu gewagt. Wir wissen immer noch nicht, für wen sie sich letztendlich entschieden haben. Wer auch immer es sein mag, Tristan wird jedenfalls entzückt sein, wo auch immer er ist. Mein letzter Stand ist, dass er versucht hat, seinen alten Job bei der *Campaign* wiederzubekommen, und gescheitert ist. Ich kann mir nicht vorstellen, dass es ihm allzu viel ausmacht. Er ist wie eine Katze – er wird immer auf den Füßen landen. Es würde mich nicht wundern, wenn sein Buch ein Bestseller wird und er sich mit Einladungen zu Vorträgen eine goldene Nase verdient. In gewisser Weise hoffe ich sogar, dass es so sein wird. So, wie er gestrickt ist, besteht berechtigter Grund zu der Annahme, dass Erfolg seine Rachegelüste dämpfen wird.

Ich werde immer noch hin und wieder wegen meiner Rolle in der ganzen Sache von Schuldgefühlen geplagt, aber das liegt vermutlich daran, dass Ralph nicht aufhört, mir dafür zu danken, dass ich ihn auf Tristans Masterplan aufmerksam gemacht habe. Ich weiß nicht, was genau Ralph mit dieser Information gemacht hat, aber es war eindeutig genug, um Tristan mitsamt dem Vorstandsgremium den Weg abzuschneiden und ihn in einem Gegenangriff aus der Agentur zu drängen. Megan, Ralphs dienstälteste Mitarbeiterin, wurde ebenfalls Opfer der Säuberungsaktion, weil sie dem jungen Prätendenten ihre Seele verkauft hat. *Et tu, Brute.*

Indology ist ein sehr viel glücklicherer Ort, seit die beiden fort sind, das war mir schon klar, bevor ich gegangen bin. Es hat sich nicht wirklich so angefühlt, als würde ich fortgehen, so kurz wie ich dort war. Außerdem schauen Doggo und ich ständig in der Agentur vorbei. An manchen Tagen besteht Edie darauf, ihn mit zur Arbeit zu nehmen, und die Agentur bekommt für einen Tag ihren Briefträger zurück. Er genießt die Aufmerksamkeit, was ein wenig beunruhigend ist, wenn man bedenkt, wie viel mehr davon ihm in Zukunft noch zuteilwerden wird.

Die Cartoonserie ist seit einer Weile draußen und schlägt allmählich Wellen – nun ja, es ist zumindest ein leises Kräuseln der Oberfläche. Josh und ich haben uns schwergetan, einen Titel dafür zu finden, und es schmerzt noch immer ein wenig, dass er ihm eingefallen ist und nicht mir, dem Wortakrobaten. Er lautet »Warten auf Doggo«.

Ein Cartoon alle zwei Wochen kann wohl kaum als Vollzeitbeschäftigung bezeichnet werden – erst recht nicht für Josh, der weiterhin bei Indology arbeitet –, aber wenn ich nicht gerade mit Ideen jongliere, ein Depot für die Zukunft ansammele, arbeite ich an meinem Roman. Geld wird ein Problem werden, wenn ich keinen Verlag finde. Wenn es ganz schlimm kommt, habe ich immer noch das Angebot von Ralph, als Berater auf Teilzeitbasis zurückzukommen.

Edie hat mittlerweile mit ihrem neuen Texter richtig abgehoben. Seit Megan gefeuert wurde, ist Seth förmlich aufgeblüht. Nicht einmal ihm selbst war bewusst gewesen, wie knapp er nach neun Monaten in einem Raum mit ihr an einem Nervenzusammenbruch vorbeigeschrammt ist. Und seit er mit Anna von der Rezeption zusammen ist, mache ich mir auch weniger Sorgen wegen seiner Verehrung für Edie.

Doggo bleibt stehen, um einen jungen Trieb am südlichen Rand des Holland Park zu wässern. Ich würde mich ihm augenblicklich anschließen, wenn ich auch nur im Entferntesten glaubte, dass ich damit davonkäme, so nervös bin ich. Wir überqueren die Kensington High Street und biegen in die schmale Gasse ein, die Richtung Edwards Square führt.

Ich war bisher erst ein paarmal in dieser Gegend, um mich mit Freunden in einem Pub zu treffen, aber ich weiß genau, was mich erwartet, weil ich mir das Haus auf Google Streetview angesehen habe. Es hat vier Etagen, die ersten beiden stuckverziert, die oberen geklinkert – und der eiserne Balkon vor den Fenstern im dritten Stock ist von einem uralten Blauregen überwuchert (der auf Google Streetview vor lila Blüten, die wie Weintrauben herunterhängen, förmlich zu triefen scheint, jetzt aber verblüht ist).

Ich öffne das Tor, gehe durch den winzigen gepflasterten Vorgarten und steige die Treppe hinauf.

Mein Herz schlägt einen lächerlichen Trommelwirbel in meiner Brust.

»Bereit, meinen wahren Vater kennenzulernen?«, frage ich.

Doggo wirkt interessiert, beinahe eifrig, und wenn er bereit ist, dann bin ich es auch.

Meine Hand greift nach der Messingglocke neben der Tür.